古典詩歌研究彙刊

第十七輯

龔鵬程 主編

第 12 冊

南都・南疆・南國——
南明（1644-1662）遺民詩中的「南方書寫」（上）

吳翊良 著

國家圖書館出版品預行編目資料

南都‧南疆‧南國——南明（1644-1662）遺民詩中的「南方書寫」（上）／吳翊良 著 -- 初版 -- 新北市：花木蘭文化出版社，2015〔民104〕

目 4+170 面：17×24 公分

（古典詩歌研究彙刊 第十七輯；第 12 冊）

ISBN 978-986-404-080-3（精裝）

1. 明代詩 2. 詩評

820.91   103027253

ISBN-978-986-404-080-3

9 789864 040803

古典詩歌研究彙刊
第十七輯 第十二冊   ISBN：978-986-404-080-3

南都‧南疆‧南國
——南明（1644-1662）遺民詩中的「南方書寫」（上）

作　　者　吳翊良
主　　編　龔鵬程
總 編 輯　杜潔祥
副總編輯　楊嘉樂
編　　輯　許郁翎
出　　版　花木蘭文化出版社
社　　長　高小娟
聯絡地址　235 新北市中和區中安街七二號十三樓
　　　　　電話：02-2923-1455／傳真：02-2923-1452
網　　址　http://www.huamulan.tw 信箱 hml810518@gmail.com
印　　刷　普羅文化出版廣告事業
初　　版　2015 年 3 月
定　　價　第十七輯 14 冊（精裝）台幣 22,000 元

南都‧南疆‧南國——
南明（1644-1662）遺民詩中的「南方書寫」（上）

吳翊良　著

作者簡介

吳翊良，國立臺南成功大學中國文學研究所碩士、博士。碩士班師學於江建俊教授、陳怡良教授，主要研究魏晉南北朝辭賦；博士班就讀期間，師學於廖美玉教授，博士論文以南明遺民詩為研究議題。曾任職於南臺科技大學通識中心、臺南應用科技大學通識中心兼任助理教授。相關論文有〈殘山剩水話南朝——南明遺民詩中的「南朝想像」（1644-1662）〉、〈歸園田居——明初「歸田詩」研究（1368-1402）〉、〈鍾惺、譚元春《唐詩歸》選評杜甫詩研究——以杜詩各體為觀察核心〉、〈地景書寫與文本詮釋——以錢謙益的〈黃山組詩〉二十四首為析論對象〉、〈空間・欲望・園林——論李漁的小說《十二樓》中「樓」的象徵與意涵〉、〈權力中心，版圖越界——漢代京都賦中的「山水書寫」研究〉、〈從「詠嘆山水」到「歷史隱喻」——魏至西晉辭賦中的「山水書寫」研究〉、〈終罷斯結廬，慕陶真可庶——論韋應物對陶淵明之繼承與轉化〉、〈放逐與反放逐——柳宗元作品中的「望鄉」論述〉、〈漢代女賦家「女性書寫」探討——以〈自悼賦〉、〈東征賦〉為析論對象〉。

提　　要

　　甲申之變（1644），順治（1638-1661）於北京登基為帝，這一年造成明清鼎革，政權移轉，是中國歷史上一個天崩地坼、所謂「亡天下」之悽愴時局。清人入關之後，明朝宗室同時也在南方陸續成立了相對於北方的政權，分別是南京的弘光福王（1644-1645）、浙江的魯王監國（1646-1653）、福建的隆武唐王（1645-1646）、廣東的紹武（1646）以及西南的永曆桂王（1647-1661），這也就是本論文所要探討的南明時期（1644-1662）。南明，在歷史上與清朝抗衡了近二十年（1644-1662），學界對於這歷史上曖昧模糊的時間點，或稱之為明末清初輕易略過，或指涉為晚明延續不加細辨。

　　但事實上，偏安南方的南明，不但在南方擁有軍政、諸王自立、圖謀復興，當時的政權分治、地緣政治、流離奔逃、跨越國境之現象，都在南方展開大規模的離散流亡與書寫行動，如福王北轅、唐藩殞閩、魯國漂泊於海崖、永曆播遷於緬甸，南明遺民詩人則為殘明餘烈，忠義頑民，倉皇遁竄，窮途末路，浮泊洋海，梯山橫海，梯山棧谷，亡命天涯，心懷惓惓故國之心，為了扶危定傾，拯濟崩壞之世，誓志不移，在荊棘榛林中匍匐前進，濺血開路，丹心碧血，徘徊於萬死一生之間，縱使肉身成道，在所不惜與不悔。

本文以「南明遺民詩中的南方書寫」為考察主軸，所分析的遺民詩人，有賡續堅定不移的心志，抗明殉節者，如夏完淳（1631-1647）、陳子龍（1608-1647）；有堅定復明者（此特指南明抗清時期），如瞿式耜（1590-1651）、徐孚遠（1599-1665）、錢澄之（1612-1693）、張煌言（1620-1664）、屈大均（1630-1696）；有晚年懺悔贖罪者，如錢謙益（1582-1664）；有乞師日本後播儒學於東亞者，如朱舜水（1600-1682），有取道安南迷航南海者，如徐孚遠；有終身不仕二朝，著書立言者，如黃宗羲（1610-1695）、顧炎武（1613-1682）、王夫之（1619-1692）；有心懷故朝，卻不強加限制子孫應試清廷之舉者，如有風流遺民之稱的冒襄（1611-1693）。南明遺民從熟悉的江南，一路撤退至天之南，來到了南方邊緣的遺民所開展出的「南方書寫」，記錄了他們以不得不然的離心選擇，從北方的故土（江南），流離至八荒之域的閩南、嶺南、滇南，乃至境外的交南（越南），於天南一線之中存續南明正朔與復明興望，面對政權／疆域／國族／心境／身分／認同的轇轕複雜與反覆拉扯，對抗世變的無情打擊，如何將文本置諸詩人的生命史中進行脈絡式的觀察，見出其流動起伏的生命經驗與複雜情感，處在「南方」的詩人主體，自我如何鑲嵌於他者、時代、世界的結構之中，是本文考索重點。

　　本博論總題為《南明（1644-1662）遺民詩中的「南方書寫」》，即是透過南方書寫所呈顯的三個主要面向──南都、南疆、南國──來做全面深入的討論。這三個研究向度：「南都」為南明遺民詩中記憶的城邦，而都市又是與國家也就是「南國」至為密切相繫；「南疆」則跨屬於南方境域也是界定「南國」領土的主要條件之一；南明遺民流竄至「南疆」，「南都」則是其流亡之起點與精神之原鄉。故此，南都、南疆、南國三者同為空間向度，彼此聯繫照映，雖各為獨立卻又相互織綜，與遺民的城邦、記憶、地域、身分、認同、家國、國族、民族等複雜問題相互牽引、聚合、辯證，可以統攝在「南方書寫」的網狀脈絡之中。全文共分六章：

　　第一章為「序論：南明文學研究之開展」。概述「南明」的歷史背景、研究現況與文獻回顧，並從中歸納出學界尚未注意的面向，同時闡釋南明、遺民詩、南方書寫的名詞義界，以及問題意識與研究向度。

　　第二章為「南明遺民詩中的南方視域及其詩學意義」。首先考察抗清、流亡者在空間移動的變遷中，與其遺民意識之間的聯繫與對應；接著，奔赴南方政權的南明遺民，在南方的殘山賸水中保存大明江山的想像，當進入了南方視域之中，所觀察到的「南方野蠻」與「南方異域」之景象，遂開啟自我／他者、先見／實境、中心／邊緣、主體／世界的多重交會與相互融聚，從而反映出深層的「南方意識」與「南方隱喻」。若以南明為基點，考察其立足於南方，觀測世界，或能開展出一條由南方出發，迤邐綿延於中國文學／歷史上，南方視域／南方書寫／南方詩學交錯鎔鑄的知識體系與多元圖譜。

　　第三章為「南明遺民詩中的南都圖像與回憶文學」。在這章中討論兩個重點：「南都圖像」與「回憶文學」。以「南都」來說，可以分成明末南都／清

初南都,南明遺民詩人在鼎革易代之際,對於南都所引發出的今昔對比之景象。以「回憶」來說,遺民詩中,前朝/新朝、記憶/當下的書寫,因個人情境與際遇而有不同展現與詮釋。此處考釋1657年的秦淮與濟南,冒襄撰《巢民詩集》中的個人記憶,冒襄編選《同人集》卷六《丁酉秦淮倡和》中的集體記憶,王士禛〈秋柳詩四首〉的抒情記憶,乃至南明遺民徐夜、顧炎武、冒襄之同題賦詠〈秋柳詩〉,回應了王士禛模稜如霧的記憶,轉為可被驗證、且真實存在的當下歷史,從而見證南明史事,並紀錄遺民心境。

第四章為「南明遺民詩中的疆域概念與地理詩學」。在這章中討論兩個重點。「疆域概念」與「地理詩學」。以「疆域概念」來說,南方疆域的地理空間為「海之東,地之南」,神州淪陷後,南明遺民從內陸到海洋,往「海之東」遠航,並不斷往「地之南」造成南而又南的地理向度與疆界版圖;此中又可細分成江南水域、東南沿海、嶺南山系、西南荒江、海上孤島,實可凸顯出「南方疆域」殊異之類型。南明遺民對「南方疆域」之觀念,可如張煌言、瞿式耜二人所表現出之複雜認同,作為詮釋對象,相較學界慣常從「身分認同」、「政治認同」來論述遺民身分之二元對立,從「疆域認同」的角度切入,可以發現張煌言乃「無路可退的認同」,瞿式耜為「身心轇轕的認同」;最後,基於上述之疆域觀念,進一步整構詩中的空間輿圖/人文地理/遺民情懷,所交織出的「地理詩學」,在「異質空間」、「風土草木狀」、「移動的行在」、「無地」等層面上,開展出一套跨越政權/地域/國境之光譜圖景與地理詩學。

第五章為「南明遺民詩中的南國想像與家/國論述」。在這章中討論兩個重點:「南國想像」與「家/國論述」。以「南國想像」來說,南明遺民詩如何整合南方勢力與分散政權是當時首要課題,「南國」詞彙大量出現在遺民詩中,儼然將南方視為對立於北方之「國」,這種「南國」的文學想像與修辭藝術,提供了南明與遺民一個復興的實體;那麼,如何建構出、想像出這個「南國」,筆者發現可以從「平行的想像」與「垂直的想像」分別討論。「平行的想像」是指將南方勢力整合在一起,塑造出共同的敵人,乃是北方外侵中土的清虜,面對這個外患,南方各政權必須團結齊聚在一起,共同力行「華/夷之辨」;「垂直的想像」是指藉由歷史上的文化道統來替南明政權背書,詩中出現的東晉、唐朝、南宋,都是周彝南遷,承繫漢鼎,其際遇與處境正與宗室亂離,偏安南方的南明,彼此相映互涉,往上溯源歷史,尋求正統,強化了「南國」正朔的合理性。透過這兩種方式——「平行的想像」、「垂直的想像」——從而在文本空間的修辭藝術中,建立起「南國想像」。有了這樣的理解基礎,進一步辨析「家/國論述」。此又可分成「以國為家」、「以家為國」兩點。「以國為家」透顯了國族的南方帝國,錢澄之詩中記載永曆帝與西南邊的互動,諸如南越王的王霸象徵,吳、楚黨爭的權力競奪,帝國對邊境的凌駕,乃至孫可望封疆,意圖自立為王,都是自居中心的帝/王,對南荒邊疆的權力再現。「以家為國」則是民族的南方願景,以瞿式耜為論述核心,來到西南的瞿式耜,對南方不免有「身心轇轕的認同」,惟相較其他

南明遺民對南方劇烈的起伏情緒，他並不急於逃避或排斥南土，在桂林七年的時間，實際提出了邊境策略與軍事規劃，對桂林一地的建設與願景，誠屬「以家為國」的民族願景。

　　第六章為「結論」。首先，闡釋南明遺民文學的二元結構特徵；再次，歸納本文研究成果；最後，擬議未來研究方向。

目次

第一章　序論：南明文學研究之開展

第一節　研究背景及目的

一、從甲申之變談起

明崇禎十七年（1644），以李自成（1606-1645）為首的起義軍攻陷北京，崇禎皇帝（1628-1644）自縊，李氏於北京建立了短暫的大順政權，後明將吳三桂（1612-1678）引清軍入關，擊退以李自成所率起義軍，是為甲申之變（1644）。順治（1638-1661）於北京登基為帝，這一年造成明清鼎革，政權移轉，是中國歷史上一個天崩地坼、所謂「亡天下」之悽愴時局〔註1〕。清人入關之後，明朝宗室同時也在南方陸續成立了相對於北方的政權，分別是南京的弘光安宗（1644-1645）、浙江的魯王監國（1646-1653）、福建的隆武紹宗（1645-1646）、廣東的紹武（1646）以及西南的永曆昭宗（1647-1661），這也就是本論文所要探討的南明時期（1644-1662）。面對朱明王朝的頹然崩解，南方政權的此起彼落，宣示著正朔的延

〔註1〕有關崇禎末年的朝政與北京的陷落，可參〔美〕魏斐德（Frederic Wakeman）著，陳蘇鎮、薄小瑩等譯：《洪業——清朝開國史》（南京：江蘇人民出版社，2003年），頁24-102。

續與道統的堅持。

　　偏安南方的南明，在歷史上與清朝抗衡了近二十年（1644-1662），雖由於軍權分治、地緣政治，致使政權分散與各擁其主之現象，從支持某個政權與君帝，到恢復文武百官、六官制度等相關行政設施，仍各有其實質或象徵意義。惟按清代修撰明史，附弘光、隆武、永曆三帝於莊烈本紀（崇禎帝）之後，不別為之立紀，既不承認其正統，且不認為其為偏安之主。不過這並不能無視於當時在南方自居帝王、建立諸政權、分封藩王、使用年號的歷史事實。對於南方稱帝、稱王的現象，清初史傳、野史中的記載略顯分歧，有的將福王、唐王、魯王、桂王列入屬於帝王之「本紀」〔註2〕；有的置放在代表諸侯之「世家」〔註3〕；有的則編列於諸侯藩國之「列傳」〔註4〕；有的則以記傳敘事為主，而不強分「體例」〔註5〕。地位之高低，從本紀、世家到列傳，依照編撰者的意識形態與發言立場，而有不同

〔註2〕如溫睿臨撰《南疆繹史》，分成《南都紀略》、《閩疆紀略》、《粵中紀略》、《浙東紀略》，即是以「紀」尊重南明「帝」，但又曰「略」考量清廷立場。詳參《南疆繹史》，《臺灣文獻史料叢刊》第五輯（台北：臺灣大通書局），頁1-94。陳永明分析溫睿臨的編排策略，正代表著清初遺民到清人的南明史書寫之階段，云：「溫氏在《南疆逸史》中對南明政治地位的處理手法，或多或少都反映了清初新一代漢人那種既認同清人統治的合法性，但又不忍否定南明正統的複雜心理情結（complex）。」陳永明：《清代前期的政治認同與歷史書寫》（上海：上海古籍出版社，2011年），〈從「為故國存信史」到「為萬世植綱常」〉，頁123。

〔註3〕如張岱（1597-1679）：《石匱書後集》卷五，《臺灣文獻史料叢刊》第五輯（台北：大通書局，1987年）「明末五王世家」（福王、唐王、桂王、魯王）。

〔註4〕如清人修明史，王鴻緒（1645-1723）奉敕編撰《明史藁》，即稱：「甲申三月，莊烈帝既殉社稷，明祚已終。」對於福王、唐王、永明王所謂三王也，將之列入三王傳，編列《列傳》之中。詳參〔清〕王鴻緒等撰：《明史稿列傳》，周駿富輯《明代傳記叢刊》（台北：明文書局，1991年），頁136-149。

〔註5〕如計六奇（1622-？）：《明季南略》，《臺灣文獻史料叢刊》第五輯（台北：大通書局，1987年）；邵廷采（1648-1711）：《西南紀事》、《東南紀事》，《臺灣文獻史料叢刊》第五輯（台北：大通書局，1987年）。

的編排與動機。大抵說來，按清代修撰明史，附弘光、隆武、永曆三帝於莊烈本紀之後，不別爲之立紀，不承認其正統，且不認爲其爲偏安之主。持這種官方態度的如〔清〕李天根於乾隆十二年（1747）至十三年（1748）間所輯《嚼火錄》，此書自序云：

> 維時殘明餘孽，播越南服，竊距一隅，稱王稱帝、建朝改元，如趙宋之恭端帝昺喘息海涯；至壬寅十一月而後漸滅殆盡。……究不知聖朝之何以大一統、三王之何以隨起隨滅，豈非今日之缺典與？……名「嚼火」者，深慨夫三王臣庶以明末餘生竊不自照，妄想西昇東墜，速取滅亡，爲可哀也。〔註6〕

以清朝爲正朔、正統，卻直稱南明三王「稱王稱帝」，爲餘孽竊距天南一隅，爲可哀也。李天根站在清朝的角度至爲明顯，但值得注意是他雖然不承認南明可以與清朝正朔並論，但也承認：「唐、福王，群書或稱王、稱帝，概仍原文不改，以存眞也。」〔註7〕這即反映了不能無視於當時「南明」在南方自居帝王、建立諸政權、分封藩王、使用年號的歷史事實。

　　溫睿臨著《南疆逸史》，曾與編輯《明史》的萬斯同交流，萬斯同認爲：「以福、唐、魯、桂入『懷宗』，紀載寥寥，遺缺者多。……後之人，有舉隆、永之號而茫然者矣！」溫睿臨對日：「其間固有抗顏逆行、伏尸都市，非令甲之罪人乎？取之，似涉忌諱；刪之，則曷以成書？」〔註8〕溫睿臨取捨之間的兩難，站在清朝的立場擔心「取之」的語涉忌諱，站在遺民的視角則「刪之」無法成「信史」。因此，溫睿臨縱使知道南明諸王理合記載於「本紀」之中，卻最終不稱「本紀」，而云「紀略」，就是顧及「統於本朝」之故，以清朝爲正統

〔註6〕《嚼火錄》，《臺灣文獻史料叢刊》第五輯（台北：大通書局，1987年），頁1-2。

〔註7〕《嚼火錄·凡例》，頁3。

〔註8〕《南疆繹史·原例》，《臺灣文獻史料叢刊》第五輯（台北：臺灣大通書局），頁31。

的官方修史立場而做的權宜折衷之計，可以看出對南明「帝王」之入於本紀合乎事理，但就「統」的立場則不能不做變通，因此改稱「紀略」，書中即有《南都紀略》、《閩疆紀略》、《粵中紀略》、《浙東紀略》〔註9〕。徐鼐（1810-1862）有《小腆紀年》、《小腆紀傳》〔註10〕二書，前者以年為經，後者以人為緯，書中雖以清朝為正朔，但也將弘光、隆武、紹武、永曆、監國魯王列為「紀」中，而不是屬於藩王的「列傳」。可以說，雖然對於福王、唐王、魯王、桂王是否能列為「帝」本紀，仍有不同聲音，但在清初的南明史書寫中，南明與清初的紀年是同時並行的。相較官方立場的態度，戴名世（1653-1713）的發言則是肯定南明帝王的政權、封疆、政教：

> 昔者宋之亡也，區區海島一隅，僅如彈丸黑子，不踰時而又已滅亡，而史猶得以備書其事。今以弘光之帝南京，隆武之帝閩粵，永曆之帝西粵、帝滇黔，地方數千里，首尾十七八年，揆以春秋之義，豈遽不如昭烈之在蜀，帝昺之在崖州。〔註11〕

毫不隱諱地認可了南明諸帝在南方自居帝王、建立諸政權、分封藩王、使用年號的歷史事實。就清朝當時統治階層的立場來說，對南明的消音、遮蔽、刪落，有其歷史背景、權力結構、政治話語的力量操控。與其貶低、抹煞南明遺民的文學創作與歷史地位，毋寧讓南明弘光、隆武、永曆、魯王與清初順治、康熙年號同時並論，承認其在同一時空中與清初呈現一平行的歷史進程，正如表列〔註12〕：

〔註 9〕 《南疆繹史》，頁 1-94。

〔註10〕 《小腆紀年》，《臺灣文獻史料叢刊》第五輯（台北：臺灣大通書局）；《小腆紀傳》《臺灣文獻史料叢刊》第五輯（台北：臺灣大通書局）。

〔註11〕 《戴名世集》（台北：文海出版社，1988 年），頁 419-420。

〔註12〕 〔美〕司徒琳著，李榮慶、郭孟良、卞師軍、魏林譯，嚴壽澂校訂：《南明史：1644-1662》（上海：上海書店，2007 年），頁 361。原題為 *The Southern Ming, 1644-1662*（New Heaven: Yale University Press, 1984）；此處採用 2007 年中譯本。惟原表 1646 年中無「魯王」，筆者增入。

公元	干支	明	清
1644	甲申	崇禎 17	順治 1
1645	乙酉	弘光	順治 2
		隆武	
1646	丙戌	隆武 2	順治 3
		紹武 1	
		魯王 1	
1647	丁亥	永曆 1；魯王 2	順治 4
1648	戊子	永曆 2；魯王 3	順治 5
1649	己丑	永曆 3；魯王 4	順治 6
1650	庚寅	永曆 4；魯王 5	順治 7
1651	辛卯	永曆 5；魯王 6	順治 8
1652	壬辰	永曆 6；魯王 7	順治 9
1653	癸巳	永曆 7〔註 13〕；魯王 8	順治 10
1654	甲午	永曆 8	順治 11
1655	乙未	永曆 9	順治 12
1656	丙申	永曆 10	順治 13
1657	丁酉	永曆 11	順治 14
1658	戊戌	永曆 12	順治 15
1659	己亥	永曆 13	順治 16
1660	庚子	永曆 14	順治 17
1661	辛丑	永曆 15	順治 18
1662	壬寅	永曆 16	康熙 1

　　由此表來看，如弘光元年爲順治二年（1645）；隆武政權爲元年到二年，爲順治二年到三年（1645-1646），隆武卒於汀州，後鄭成功

〔註 13〕魯王監國於此年始自去監國年號。參陳乃乾、陳洙：《徐闇公先生年譜》，《臺灣文獻叢刊》第 123 種（臺灣銀行經濟研究室編輯；台灣省文獻委員會出版，1997 年），頁 39。

奉隆武年號到隆武五年止（也就是 1649 年，順治六年），因此實際
上隆武年號起迄爲 1645-1649；魯王稱監國於順治三年（1646），直
到監國八年也就是順治十年（1653）歸奉永曆帝；永曆元年則是始
於順治四年（1657），止於永曆十五年也就是順治十八年（1661），
隔年（1662）吳三桂於雲南絞死桂王。由以上的南明／清初紀年來
看，可以知道兩者是同時存在於相同時空之中的，而南明政權中的
弘光（福王）、隆武（唐王）、監國（魯王）、永曆（桂王）三者更在
順治初期並置重疊。換言之，從 1644-1662 年，若以清初立場紀年，
則爲順治（共十八年）、康熙元年；若以南明爲觀照位置，則有弘光
政權、隆武政權、魯王監國、永曆政權之紀年方式，這兩種紀年在
當時爲「同一時空」，若以清初紀年自然爲清初詩歌；若以南明立場
反思，這些作品則可劃屬南明遺民詩群，可謂一體兩面。那麼，以
「南明」爲反思的位置與論述主體，針對南明詩歌之特定主題做深
入解讀，探討此一獨特時空環境中的詩歌創作表現，應特具學術意
義與研究價值。

二、南明政權的興亡

　　「南明」係指從公元 1644 年，李自成攻陷北京、崇禎自縊到後
來清朝定鼎中原，南方所陸續成立的幾個政權之統稱。大體而言，
歷史學者對南明史的起迄凡有二說：一爲主張 1644 到 1662〔註14〕；

〔註14〕　主此說者以〔美〕司徒琳（Lynn A. Struve）爲代表，請見氏著：《南
　　　　明史：1644-1662》；朱維錚於該書的序言亦云：「十七世紀中葉的南
　　　　明，其實是四個或五個抗清政府的統稱。它們都無例外地抬舉明帝
　　　　國某個親王充當領袖，彼此間卻並沒有承襲關係。每個政權的生存
　　　　時間，短的不過一兩年，長的也僅十來年。通計不到二十年，只可
　　　　稱作歷史的瞬間。」（序言，頁 1）按此說的不到 20 年當贊成司徒琳
　　　　之說，惟「短的不過一兩年」之說有誤，南明政權中最短的紹武
　　　　政權，不到 40 天。可參謝國楨《南明史略》（長春：吉林出版，2009
　　　　年），頁 140。顧誠也贊成南明以二十年爲限，其《南明史・序論》：
　　　　「鄭氏家族在台灣始終奉行明朝正朔，雖然皇帝和朝廷早已不存
　　　　在。本書沒有採取這種方法，……在本書中敘述鄭氏家族事蹟僅
　　　　限於鄭成功去世爲止。」（北京：中國青年出版社，1997 年），頁 3。

一爲主張 1644 到 1683〔註15〕。其起始點爲 1644 年殆無疑義，至於迄止點則有二說：一爲康熙元年（1662）吳三桂於昆明絞死永曆帝朱由榔（1623-1661），南明結束；一爲康熙二十二年（1683）海外鄭氏父子在臺政權——鄭成功（1624-1662）、鄭經（1642-1681）、鄭克塽（1670-1717）——爲施琅所攻下，其所奉尊的永曆正朔年號告終，時爲永曆三十七年（1683）。按此二說，各有其論述立場與史學觀點，然本文所欲研探的南明時期，則贊同司徒琳（Lynn A. Struve）所主張的 1644 到 1662 爲起迄。其主因即在於，昭宗永曆帝於 1662 殉國滇都，海外鄭氏父子雖仍以永曆爲正朔，但寓臺的二十年間，在原先「反清復明」的口號中也加入了「立國東瀛」之聲音〔註16〕，此時的永曆紀年洵屬「名存實亡」，若較諸 1644-1662 的（內陸）南明抗清行動，1662-1683 的（海島）明鄭在臺政權已經有開拓新天地的決心，逐漸轉向「在地化」的願景〔註17〕。故此，1644-1662、

〔註15〕 主此說者較多，如南炳文：《南明史》（天津：南開大學出版社，1992年）；柳亞子：《南明史綱史料》（上海：人民出版社，1994 年）。錢海岳：《南明史》（北京：中華書局，2006 年），「出版説明」，頁 6；謝國楨：《南明史略》（長春：吉林出版，2009 年）。

〔註16〕 此點廖美玉師曾以鄭成功爲例，説明兩岸對鄭成功在反清復明與立國東瀛的兩樣詩情。詳參氏著：〈反清復明與立國東瀛——鄭成功蹈海的兩岸詩情〉，《臺灣古典文學研究集刊》創刊號（臺北：里仁書局，2009 年），頁 43-92。當然我們不是忽略了鄭經在臺灣時亦響應了中原之復明行動，即「三藩」（1673-1681），但吳三桂此時的「反清復明」之號，究竟是眞心的以明朝爲正朔，還是個人野心？應予以保留。有關吳三桂「借明旗號」的背後意圖及「大周政權」的時地問題，可參滕紹箴著：《三藩史略》（北京：中國社會科學出版社，2008 年），頁 988-1019。

〔註17〕 例如龔顯宗即以鄭經爲例，認爲：「明鄭文學家從依依難捨的故鄉之思逐漸轉爲積極建國的想法，在台灣重現桑梓的構圖慢慢的完成了。」（龔顯宗：《從台灣到異域：文學研究論稿》（台北：文津，2007 年），頁 22。陳昭瑛認爲，明鄭文學充滿了抗爭的民族性，也是明鄭文學反抗異族的民族性，就這一點而言，南明文學與歷史是了解明鄭台灣文學最重要的時代背景與參考指標。然而明鄭台灣文學仍有異於內地之南明文學者，即在眷懷故國之外，亦寓

1662-1683，雖可統之為「南明」，兩者可以結合並看視為一部完整的南明史之發展過程，做脈絡式的解讀；不過筆者認為，前二十年（1644-1662）與後二十年（1662-1683），兩者的時空背景、復明動機、擁有資源、中原陸地／海洋島國，所擁有的資源與軍事戰略都是大不相同的。故此，聚焦於 1644 到 1662 之間，可以更為深入的解讀南明遺民在這段歷史中的政治行動、主體意識與時空情境。當時主要的政權大凡有五，底下分述之。

有不歸之思，以及**發現臺灣**的熱忱。明鄭文學中出現許多反映台灣風土民情，以及表達**安居台灣**之決心的作品。她並以鄭成功為例，指出這種為了維持中國人認同而不得不離開中國的悲劇性衝突，正好反映在鄭成功的雙重歷史地位，作為「延平郡王」的鄭成功所代表的是反抗異族、堅持漢族認同的「遺民」精神，這與明鄭文學中眷懷故國的傳統相互呼應；而作為「開山聖王」的鄭成功則代表當時漢人開拓新天地的勇氣與決心，這是一種冒險犯難的「移民」精神，與明鄭文學中充滿不歸之思的作品也可以互相映證。詳見氏著：《臺灣文學與本土化運動》（台北：正中，1998年）〈台灣詩史三階段的特色〉，頁 5-6。又〈明鄭時期臺灣文學的民族性〉一文繼續闡發此論點：「明鄭的臺灣是南明的延續，南明的時代精神自然而然地隨遺民政府、遺民文學而移植臺灣，成為臺灣文化史上最早階段的特徵。」（頁 45-46）；施懿琳師：〈後殖民史觀詮釋臺灣古典文學的一個嘗試──以明鄭時期為分析對象〉（台南：成大臺文所舉辦臺灣文學史國際研討會，2002 年 4 月）則嘗試從「後殖民歷史」觀的徑路來思考鄭成功寓臺的歷史過程。此處我們暫且擱置明鄭時期的「臺灣論述」，但由龔、陳、施等人對明鄭寓臺之各自表述，可以理解 1662-1683 的「明鄭政權」雖仍奉永曆年號，但因牽涉到了「臺灣」，故必與 1644-1662 的「南明政權」之反清復明，已有不同。這也即是本論文務將兩者劃分，僅先探討 1644-1662 之「南明」的主要原因。

南明政權的地理位置*

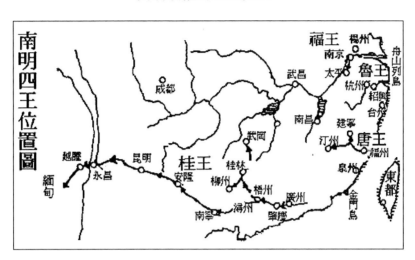

（一）南京弘光政權（1644-1645）

清軍擊退攻佔北京的大順政權，後改帝號爲順治元年（1644），消息傳到南方（南直隸），南方文武官員遂於南京成立了以朱由崧（1607-1646）爲帝的弘光政權，並宣佈明年爲弘光元年（1645）。朱由崧，乃神宗孫、福恭王常洵長子〔註18〕。在弘光朝廷中的主將乃史可法（1601-1645），並設有「江北四鎮」用以抵禦清軍南下，此四鎮將軍分別爲高傑（？-1645）、劉澤清（？-1645）、劉良佐（？-？）、黃得功（？-1645），再加上當時駐武昌的左良玉（1599-1645）〔註19〕；大體言之，弘光政權誠如司徒琳（Lynn A. Struve）所說：

---

* 圖檔引自 http://www.taiwanus.net/history/2/1.htm 上網檢索日期：2011.03. 01。

〔註18〕其傳可參錢海岳《南明史》，頁 1-55。

〔註19〕弘光四鎮與左良玉的勢力，可參謝國楨：《南明史略》，頁 43-71；四鎮的勢力範圍可參〔美〕司徒琳（Lynn A. Struve）：《南明史：1644-1662》，頁 10；弘光內部的軍閥內鬨，可參南炳文：《南明史》，頁 3-24；顧誠：《南明史》，頁 87-113。

> 弘光政府是完全按照明朝先例建立起來的，各機構一應俱
> 全，包括六部在內，而六部自唐代以來，一直是中國政府
> 的基石。〔註20〕

初步檢閱錢海岳編著的《南明史》傳記，可以發現弘光政權下的文／武官員較諸其他政權實佔多數，但擁有人才、資源鼎盛的弘光政權因內鬨傾軋與清軍逐步南侵，僅維繫一年左右的時間而旋即覆滅。

（二）浙江魯王監國（1646-1653）

監國魯王，諱以海，字巨川，魯王監國乃弘光元年（1645）閏六月二十一日（八月十二日）稱監國於台州，以明年為（魯）監國元年。魯監國八年（1653）三月，自去監國號，奉表滇中（永曆）〔註21〕。司徒琳（Lynn A. Struve）認為：「魯政權缺乏組織結構，卻比南明政權其他領導層更為團結一致。」〔註22〕值得注意的是，魯王監國乃弘光元年閏六月二十一日（八月十二日）稱監國於台州，此年（1645）南明紹宗朱聿鍵也在閩北福州成立了隆武政權，東南遂同時有兩個政權產生，浙、閩嫌隙日生，底下的臣屬各擁其主，相互攻訐，不能群策群力團結抗清，加速了南明敗滅之日。

（三）福建隆武政權（1645-1646）

順治二年（1645），明福建巡撫張肯堂、禮部尚書黃道周（1585-1646）、安南伯鄭芝龍（1604-1661）、靖虜伯鄭鴻逵（1613-1657）等，於福州奉唐王朱聿鍵（1602-1646）稱監國。閏六月二十七日稱帝，改福州為天興府，以是年為隆武元年。朱聿鍵，太祖九世孫，唐裕王器墭子。隆武政權建立之初，深知福州不是，也不可能成為另一個南京或北京。他盡量設法離開閩江流域，試圖把江西、兩廣、湖廣乃至四川的文武官員置於他的統轄之下，並取得了相當的成功〔註23〕。然而當時軍政大權掌握在鄭芝龍手上，隆

〔註20〕〔美〕司徒琳（Lynn A. Struve）：《南明史：1644-1662》，頁 182。

〔註21〕錢海岳：《南明史》，頁 285-326。

〔註22〕〔美〕司徒琳（Lynn A. Struve）：《南明史：1644-1662》，頁 62-63。

〔註23〕〔美〕司徒琳（Lynn A. Struve）：《南明史：1644-1662》，頁 64。

武帝之實權有限。順治三年（1646），清軍南下浙東，鄭芝龍通敵暗降，隆武帝出奔汀州，八月被清軍逮殺，隆武滅亡〔註24〕。隆武朝雖僅一年多的國祚，但平心而論，隆武帝在南明歷史中，強調文武的作用是同等重要的看法，是應當受到肯定的〔註25〕。

（四）廣東紹武政權（1646）

隆武帝在汀洲遇難後，他的胞弟聿　（？-1646）由汀洲航海，逃到廣州，並於一六四六年十一月初二日稱監國於廣州，初五即建元紹武。同年的十一月十八日，在廣西則另由丁魁楚（？-1647）、瞿式耜（1590-1651）擁戴了桂王朱由榔於肇慶。建立紹武政權的主要人物是蘇觀生（1599-1647），但抗清非其首要之務，與永曆相奪帝統，同室操戈造成勢力的斲喪，以致清兵南下攻破廣州，蘇觀生自經、朱聿　投繯而絕，紹武政權不到四十天宣告終結〔註26〕。

（五）西南永曆政權（1647-1661）

永曆帝朱由榔（1625-1662），本爲桂王，一六四六年朱由榔在廣東肇慶稱帝，稱明年爲永曆元年（1647）。順治十六年即永曆十三年（1659）流亡緬甸，順治十八年（1661）夏曆十二月初三日後被送交吳三桂，康熙元年（1662）四月十五日在昆明遭縊死。死後鄭成功在台灣的政權仍沿用永曆年號〔註27〕。永曆朝廷主要有兩個政黨：分別是佔優勢的楚黨與處劣勢的吳黨。前者之核心成員在都察院，包括了掌握永曆朝最精銳武力的李成棟（？-1649）、瞿氏耜以及首輔嚴起恒（？-？）、五虎（金堡、袁彭年、劉湘客、丁時魁、蒙正發）；後者的成員是宦官和皇帝外戚，尤爲重要的是馬吉翔（？-1661），以及將領陳邦傅（？-1652）〔註28〕。永曆朝勢如水火的吳、楚黨爭，孫可

〔註24〕紹宗本紀，可參錢海岳：《南明史》，頁57-118。
〔註25〕詳參〔美〕司徒琳（Lynn A. Struve）：《南明史：1644-1662》，頁77。
〔註26〕謝國楨：《南明史略》，頁139-140；南炳文：《南明史》，頁191-194。
〔註27〕昭宗本紀，可參錢海岳：《南明史》，頁119-284。
〔註28〕〔美〕司徒琳（Lynn A. Struve）：《南明史：1644-1662》，頁119。

望（?-1660）、李定國（1621-1662）的割據之戰，及由此而導引出的
敗壞之朝綱與野心之軍閥，都是永曆朝所面臨到的艱鉅危機〔註29〕。
從以上南明的五個政權來看，我們可歸納當時的幾個特色。首先，是
文武專擅。如安宗弘光時，羅萬象針對劉孔昭「舉用不及武臣」之說，
即上疏言：

> 諸勳臣謂今日用文不用武，皇上有封者四鎮矣；新改京營，
> 又加二鎮銜矣。武官布列，原未曾缺，何嘗不用武臣？年
> 來封疆失事之法，先帝獨厚武臣，而武臣之報於先帝者安
> 在乎？〔註30〕

羅萬象以弘光重用武官的現象來反駁劉孔昭「不及武臣」之論，再
如鄧文昌為馬士英厲聲指斥：「公勳臣，無預國大事。」〔註31〕倪會
鼎所云：「今文武如水火，自一二正人外，無可倚者。」〔註32〕從這
些事例可以推知當時南明朝政的文武官員彼此互有傾軋與抗衡，其
影響就如司徒琳（Lynn A. Struve）所說的：「統合文武這一問題，在
明朝從未獲得解決。」〔註33〕第二，為官氾濫。如蔣平階於隆武朝
時授兵部司務，遷浙江道御史，曾疏言：「一官五月而易數人，一人
數日而更三命，百里而督撫並設，巡方與中使並差，皆害政之大者。」
〔註34〕熊開元（1599-1676）亦記南明朝臣對官爵的熱衷及名器之
濫，云：「侯一人則群恥為伯，相一人則恥為卿，甚有豎儒廝養，得
五六品官，夷然不屑者。」而黃宗羲亦說，南明朝覆亡，曾爭先入
仕的舉人「皆復會試於本朝（按：指清朝），人謂之『還魂舉人』。」
〔註35〕第三，各為其主。舉例來說，同樣於1645年成立政權的隆武、

〔註29〕永曆朝黨爭之細節，可參顧誠：《南明史》，頁307-316。此時大西南
　　　　的各地義師，以及孫可望、李定國的爭戰，可詳參謝國楨：《南明史
　　　　略》，頁141-189；南炳文：《南明史》，頁230-252。
〔註30〕錢海岳：《南明史》，頁2134。
〔註31〕錢海岳：《南明史》，頁1859。
〔註32〕錢海岳：《南明史》，頁1983。
〔註33〕〔美〕司徒琳（Lynn A. Struve）：《南明史：1644-1662》，頁180。
〔註34〕錢海岳：《南明史》，頁2175。
〔註35〕熊、黃二人之說乃至稗史、私家著述所反映出其時士人獵取官爵

魯監國，擁戴者各爲其主，不合力圖恢復。如楊文瓚（？-？）向魯監國泣言：「閩、浙宜合，主上宜稱王姪奉正朔，異日先後復京，於義爲正。」〔註36〕力主浙、閩必須同心，勸諫浙江魯王監國以福建隆武政權爲尊，並伏奏：「閩、浙同舉，浙當其衝，閩蔽其後，若無東浙，焉有八閩。」〔註37〕以前方的東浙作爲後方閩地的遮蔽，唇亡齒寒，說明了團結才有致勝的可能。第四，地域紛爭。南明政權相對於北方的清朝，其地理位置較南，抗清勢力也集中在東南、西南一帶。因此地理位置與戰略政策之討論也是南明士人的思考重點。如梁以樟（1608-1665）參史可法軍，曾倡言曰：「若無河北、山東，是無中原江北，無中原江北，區區江南豈足自保。……若棄二省而守江北，則形勢屈，即偏安亦不可得矣。」〔註38〕以江北的山東、河北之防禦特質，諫言不可仰偏安之勢；再如楊文瓚所述：「八閩天險可以制勝，此天資中興之基也。」〔註39〕但繼位於閩北福州的隆武卻以「僅此彈丸之地」〔註40〕來描述所據之疆土，可見來到閩地的君臣，對南方的認知實有落差；此外，如李魯（1591-1646）則強調「江西」的地理形勢：「王師惟當直取江右。江右披山襟湖，可東提兩浙，西絜荊湖，控閩粵，三方輻輳，據上遊以望孝陵。」〔註41〕在閩、浙之間旁增了贛地，強調其控扼輻輳之優勢。

　　由上所述，從文武專擅、爲官氾濫、各爲其主、地域紛爭等四點來看，可以勾勒出南明時期的政局動態與人事圖像，亦提供了我們對南明政權的理解基礎。

　　唯恐不及之心態，可以參見趙園：《制度・言論・心態——明清之際士大夫研究續編》（北京：北京大學出版社，2006年），頁49。
〔註36〕錢海岳：《南明史》，頁2169。
〔註37〕錢海岳：《南明史》，頁2169。
〔註38〕錢海岳：《南明史》，頁1694-1695。
〔註39〕錢海岳：《南明史》，頁2169-2170。
〔註40〕錢海岳：《南明史》，頁2088。
〔註41〕錢海岳：《南明史》，頁2203。

第二節　文獻回顧與評述

　　在本小節中，首先爬梳「南明歷史」與「南明文學」的文獻回顧，並針對歷史與文學此兩大領域的研究現況分別評述。

一、南明歷史的文獻評述

　　有關南明歷史的專著研究，就目前搜集的資料，按照發表順序，羅列如下：

1. 謝國楨：《南明史略》（長春：吉林出版，2009 年）。〔註42〕
2. 〔美〕司徒琳著，李榮慶、郭孟良、卞師軍、魏林譯，嚴壽澂校訂：《南明史：1644-1662》（上海：上海書店，2007 年）。〔註43〕
3. 楊雲萍：《南明研究與台灣文化》（臺北縣：臺灣風物出版，1993 年）。
4. 柳亞子：《南明史綱史料》（上海：上海人民出版社，1994 年）。
5. 顧誠：《南明史》（北京：中國青年出版社，1997 年）。
6. 南炳文：《南明史》（天津：南開大學出版社，1999 年）。
7. 黃玉齋：《明鄭與南明》（臺北：海峽學術出版，2004 年）。
8. 錢海岳：《南明史》（北京：中華書局，2006 年）。
9. 黃典權：《南明大統曆》（臺南：景山書林發行，未注初版年月）。
10. 金宇平：《清廷與南明弘光政權關係研究》（湖南：湖南師範大學碩士論文，2006 年）。

　　謝國楨《南明史略》最大的特點即在於章節的安排能夠架構出南明的歷史政權與流民起義軍的多方互動，能讓讀者清楚地掌握到當時

〔註42〕《南明史略》寫成於 1957 年，此處採用再版。

〔註43〕原題為 *The Southern Ming, 1644-1662*（New Heaven: Yale University Press, 1984）；此處採用 2007 年中譯本。

的流民起義（大順軍、大西軍），滿清軍隊以及南明的抗清政權，三方的彼此角力與爭戰；司徒琳（Lynn A. Struve）的最大貢獻則是從「地緣政治」將南明政權在不同地區（長江、浙江、東南、華南、兩廣、大西南）的反抗，依照時間按次序鋪展出來，讓紛雜的歷史理出清晰的眉目；楊雲萍與黃玉齋則聚焦於南明與「台灣」的部份；柳亞子則將南明史事以紀傳編年；顧誠的歷史敘事則在史料中注入了新的反思與批判，如弘光朝大將史可法，其正直耿介的忠義形象深植於南明史之中，但顧誠卻認為弘光朝的毫無作為以致土崩瓦解，與史可法有關〔註44〕，顧誠的史觀與其他南明史學者之視角略有不同，可相互參看〔註45〕；南炳文則在謝國楨的基礎上發揮更細緻準確的史觀精神，將南明史更為完整的建構出來，其中別具意義的乃是增入了「南明時期的對外關係」〔註46〕，為諸本所無深入提及者，乃其特殊貢獻；錢海岳窮盡二十餘年的修訂，完成了一百二十卷的《南明史》，此書資料詳贍，體例完整，所列傳主近兩萬人，按照傳統的紀傳體通史，為本紀、志、表、列傳四部份〔註47〕；黃典權的《南明大統曆》則提供了南明各政權奉正朔的時間考辨。另如〔美〕魏斐德（Frederic Wakeman）：《洪業》（*The Manchu Reconstruction of Imperial Order in Seventeenth Century China*）從清初的角度書寫了中國十七世紀的歷史〔註48〕，亦可與南明歷史對照參讀。

〔註44〕顧誠：《南明史》，頁 35。

〔註45〕顧城：《南明史》與他本南明史的最大不同在於，對於李自成、大順政權、農民起事軍有較多的著墨與考述，且文中不出現「流寇」一詞來指涉張獻忠、李自成等人；此或與其意識形態所映現出的歷史史觀相互發明。筆者認為此書抉發了許多未曾被討論的史料乃其貢獻，至於詮釋角度容或因人而異，故有商榷空間。值得注意的是，書中紀年方式有時以公元，有時以清初，有時以南明，略顯紛亂，宜統一。

〔註46〕南炳文：《南明史》，頁 352-377。

〔註47〕錢海岳：《南明史・出版說明》，頁 6。

〔註48〕〔美〕魏斐德（Frederic Wakeman）著，陳蘇鎮、薄小瑩等譯：《洪業——清朝開國史》（南京：江蘇人民出版社，2003 年）。

而期刊論文依照發表年月排序如下：

1. 朱希祖：〈南明三朝史官及其官修史籍考〉，《國史館館刊》
   1947 年 8 月，頁 54-57。

2. 胡秋原：〈復社與南明諸王朝之抗清運動〉，《中華雜誌》1968
   年第 6 卷第 1 期，頁 21-27。

3. 簡又文：〈南明民族女英雄張玉喬考証〉，《大陸雜誌》1970
   年 9 月第 41 卷第 6 期，頁 169-186。

4. 陳永明：〈慷慨赴死易，從容就義難──論南明堅持抗清諸
   臣的抉擇〉，《九州學刊》1994 年 12 月，頁 61-76。

5. 葉高樹：〈徐鼐（1810-1862）的南明史研究〉，《輔仁歷史學
   報》1994 年 12 月，頁 191-221。

6. 萬曉一：〈南明永曆時期「御滇營」的覆滅〉，《雲南師範大
   學哲學社會科學學報》1995 年 4 月第 27 卷第 2 期，頁 30-34。

7. 秦慰儉：〈南明永曆政權在廣西的五年〉，《廣西民族學院學
   報》1995 年第 2 期，頁 73-77。

8. 黃君萍：〈廣州紹武政權的建立與南明政治的腐敗〉，《史學
   集刊》1996 年第 3 期，頁 24-28。

9. 何冠彪：〈清高宗對南明歷史地位的處理〉，《新史學》，1996
   年 3 月第 7 卷第 1 期，頁 1-27。

10. 翁洁：〈試論南明政權抗清的性質〉，《右江民族師專學報》
    1997 年 3 月第 10 卷，頁 53-56。

11. 李建軍：〈南明永曆朝廷與雲南沐氏家族關係考〉，《南開學
    報》2000 年第 6 期，頁 61-65。

12. 陳文源：〈南明永曆政權與澳門〉，《暨南學報》2000 年 11 月
    第 22 卷第 6 期，頁 61-65。

13. 吳航、馬小能：〈查繼左的南明史書寫〉，《古籍整理學刊》
    2001 年 5 月第 3 期，頁 29-36。

14. 牛軍凱：〈南明與安南關係初探〉，《南洋問題研究》2001 年

第 2 期，頁 91-97。

15. 劉曉東：〈南明士人「日本乞師」敘事中的「倭寇」記憶〉，《歷史研究》2001 年第 5 期，頁 157-165。

16. 南炳文：〈南明首次乞師日本將領之姓名考〉，《史學月刊》2002 年第 1 期，頁 47-52。

17. 汪榮祖：〈桃花扇底送南明〉，《歷史月刊》2003 年，頁 28-32。

18. 林觀潮：〈隱元禪師和南明抗清士人的關係〉，《韶關學院學報》2003 年 1 月第 24 卷第 1 期，頁 66-74。

19. 曹增友：〈耶穌會士與南明王朝基督化〉，《中西文化研究》2003 年 6 月，頁 38-44。

20. 南炳文：〈南明政權對日通好求助政策的形成過程〉，《南開學報》2003 年第 2 期，頁 61-65。

21. 李建軍：〈孫可望、李定國等部農民軍與南明永曆朝廷關係考〉，《湖南師範大學社會科學學報》2003 年 9 月第 32 卷第 5 期，頁 87-91。

22. 陳文源：〈西方傳教士與南明政權〉，《廣西民族學院學報》2003 年 11 月第 25 卷第 6 期，頁 90-93。

23. 陳華林：〈南明地主降清集團的心理探究〉，《信陽師範學院學報》2003 年 4 月第 23 卷第 2 期，頁 122-124。

24. 熊宗仁：〈南明時期抗清的歷史正當性辨析——兼論孫可望領導的大西軍餘部與永曆王朝的「聯合恢剿」〉，《貴州民族研究》2004 年第 4 期，頁 151-158。

25. 陳華林：〈道德和利益的衝突——南明各社會群體複雜心態的原因探析〉，《信陽師範學院學報》2004 年 8 月第 24 卷第 4 期，頁 114-116。

26. 祝求是：〈南明馮京第日本乞師一次考〉，《寧波廣播電視大學報》2004 年 3 月第 2 卷第 1 期，頁 13-17。

27. 劉中平：〈南明弘光政權與清朝幾種政策的比較研究〉，《遼

寧大學學報》2006 年 1 月第 34 卷第 1 期，頁 79-84。

28. 吳元豐：〈南明時期中琉關係探實〉，《中國邊疆史地研究》
2006 年第 12 卷第 2 期，頁 81-88。

29. 李瑄：〈南明抗清運動中明遺民的失落〉，《四川師範大學學
報》2008 年第 35 卷第 4 期，頁 83-88。

30. 徐立望：〈重現史實：傅以禮與南明史研究〉，《浙江學刊》
2009 年第 2 期，頁 55-62。

31. 張西平：〈關於卜彌格與南明王朝關係的文獻考辨〉2009 年
第 2 期，頁 93-100。

32. 張麗珠：〈「一代賢奸托布衣」──萬斯同之明史修撰與浙東
史學的聯繫〉，《成大中文學報》2009 年 7 月，頁 45-84。

33. 孫景堯、龍超雲：〈天主教與南明永曆王朝關係蠡測──以安
龍碑爲中心〉，《學術月刊》2010 年 9 月第 42 卷，頁 137-144。

34. 張暉：〈詩歌中的南明祕史〉，《文史百題》2010 年第 6 期，
頁 24-28。

35. 陳永明：〈從「爲故國存信史」到「爲萬世植綱常」──清
初的南明史書寫〉，《新史學》2010 年 3 月第 21 卷第 1 期，
頁 1-49。

　　大抵言之，以上可以細分成六大類。第一，「南明史官」，如編
號 1，針對南明的史官以及當時官修典籍做出了考證。第二，「南明
抗清運動」，如編號 2、3、4、10、18、26、29，分析了南明遺民在
反清復明的抗爭中之政治行動。第三，「南明史書寫」，如編號 5、
9、13、17、30、32、34、35，對複雜的南明史或以通論釋讀，或以
個案分析，或考察其書寫動機的流變等。第四，「南明政權的歷史事
件」，如編號 6、7、8、11、21、23、24、25、27，此部分則與上述
的南明史專著可以並讀合看，從細微的歷史事件來聚合出更完整的
南明史圖像。第五，「南明時期的對外關係」，如編號 12、14、15、
16、20、28，可以理解南明的對外關係與國際商貿之互動網絡。第

六，「南明與天主教」，如編號 19、22、31、33，在傳統的儒道釋三教視野中，開展出南明士人與天主教的複雜關係〔註49〕。綜合上述，此六大項乃南明歷史的文獻回顧，若再加上前引南明史專書，奠基於此研究基礎，筆者冀能更進一步的檢閱南明史料，這對辨析南明遺民的書寫意識、政治行動與歷史身影將有著極大的助益。

二、南明文學的文獻評述

　　直接以「南明文學」爲命題者，學界並不多見。就寓目所及，許淑敏：《南明遺民詩集敍錄》〔註50〕與潘承玉的《南明文學研究》〔註51〕可爲代表。《南明遺民詩集敍錄》共分緒論、「南明遺民詩集敍錄」正文、結論等三大部分，書後並有附錄、參考資料可供索引，正文所考錄之南明遺民詩集計有六十四本，許氏雖對詩歌無深入的詮釋與分析，但在文獻的考索與詩集的介紹，仍對筆者的研究與啓發甚大。潘承玉之書乃在其博士學位的基礎上〔註52〕，所撰寫的一本南明文學之專著。《南明文學研究》共有四章。第一章主要考察文學概念的歷史演變和「南明」概念的多重意涵；第二章考察近四百年來有關南明文學的傳播史；第三章屬近四百年來的南明文學研究史和南明文學研究成果的第一次全面清理和總結；第四章則分析南明遺民詩創作的心理背景和審美基礎。宏觀《南明文學研究》，對南明文學在近四百年來的接受與傳播乃至相關成果的費心展示上，都有獨到的學術識力與開拓之功，足資學界借鏡與參引。然筆者雖深受啓發，但在問題

〔註49〕另可參黃一農：《兩頭蛇：明末清初的第一代天主教徒》（新竹：清大出版社，2005 年），〈南明重臣對天主教的態度〉、〈南明永曆朝廷遣使歐洲考〉，頁 311-346、347-386。

〔註50〕此書乃作者於成功大學歷史語言所的碩士論文（台南：成功大學，1988 年）。

〔註51〕此書乃作者於廣東中山大學的「博士後研究出站報告」（廣州：中山大學，2005 年）。

〔註52〕博士論文後出版，名爲《清初詩壇：卓爾堪與《遺民詩》研究》（北京：中華書局，2004 年）。

意識與論述策略上，則與潘先生截然不同。此可從該書第一章談起，作者在界定「南明」的時空概念時，云：

> 在空間上，本課題所用的「南明」概念不僅包括江南弘光半壁和東南、西南之隆武、永曆變動不居、漸磨漸消之數省江山，還包括魯王監國君臣控制的閩浙海島之浮動疆域；不僅包括堅持永曆旗號之反清基地台灣，還包括崇禎十七年至永曆三十七年總共四十年間反清起義直接涉及的其他所有地域，無論北方各省還是南方滿清統治區中的反清飛地。〔註53〕

就時間來說，作者界定的南明包括了海外奉永曆爲正朔的鄭氏父子，亦即從 1644 到 1683；就空間而言，只要是反清起義的地區不限南北，均納入討論。但如本文前述，海外鄭氏政權已不純然將台灣視爲反清復明的根據地，於此甚有「立國」的打算，且 1662 到 1683 的後二十年，南明基本上已名存實亡，與前二十年（1644-1662）相較，遺民對「南明」前後期的認知之差異應該予以區別；再次，前二十年的復明之舉與後來的三藩起義（1673-1681），遺民的政治行動與歷史動因，也因歷史情境的不同而必須有更細緻的處理，逕以四十年籠統混雜，實有未安之處。再其次，南方與北方本存在著地域上的不同，南明遺民與地緣政治有密切關聯，西北的遺老固有反清密謀之行止，當然可以作爲一個回觀「南方」的他者視角，將其列入討論範圍，但最終仍必須以南明遺民爲主體，才能更加凸顯出「南方」的獨特性，此爲本文亟措意留心之處，故反對將南／北概括爲一，忽略了其中的地域差異。

　　至於與南明遺民文學之相關著作（包括期刊論文、碩博士論文、今人專著），依照出版順序標次如下〔註54〕：

　　1. 余英時：《方以智晚節考》，台北：允晨文化，1986 年。

〔註53〕潘承玉：《南明文學研究》（廣州：中山大學，2005 年），頁 16。
〔註54〕學界有關明清之際的明遺民論述甚多，本論文乃聚焦於南明遺民，故此處的文獻回顧將著重在「南明文學」與「南明遺民」上，對相關的明遺民研究，將視其對本論文的啓發而定，將不逐一一舉列。

2. 廖肇亨：《明末清初遺民逃禪之風研究》，台北：國立台灣大學中國文學研究所碩士論文，1994 年。

3. 林俊宏：〈南明盧若騰詩歌風格研析〉，《臺灣文獻》2003 年 9 月第 54 卷第 3 期，頁 249-273。

4. 王楚文：《明季僧人釋澹歸及其詞研究》，新竹：華梵大學東方人文與思想碩士論文，2003 年。

5. 嚴志雄（Lawrence C. H. Yim）：〈體物、記憶與遺民情境──屈大均一六五九年詠梅詩探究〉，《中國文哲研究集刊》2003 年 9 月第 21 卷，頁 43-88。

6. 嚴志雄（Lawrence C. H. Yim）：〈牢籠世界蓮花裡──錢謙益〈病榻消寒〉詩初探〉，《第四屆通俗文學與雅正文學研討會論文集》（台中：中興大學中文系，2003 年），頁 511-541。

7. 謝明陽：《明遺民的「怨」「群」詩學精神──從覺浪道盛到方以智、錢澄之》，台北：大安出版社，2004 年 2 月。

8. 吳盈靜：〈南明遺民流亡情境考察──以張蒼水其人其文為例〉，《文學新鑰》2004 年 7 月，頁 1-20。

9. 宋孔弘：《張煌言詩「亂離書寫」義蘊之研究》，台北：師大國文系碩論，2005 年。

10. 楊敦堯：《景象、記憶與遺民情境：龔賢《攝山棲霞圖》在清初金陵社會網絡中的意涵》，台北：國立台灣藝術大學造型藝術研究所碩士論文，2006 年。

11. 嚴志雄（Lawrence C. H. Yim）：Traumatic Memory, Literature and Religion in Wu Zhaoqian's Early Exile, *Zhongguo wenzhe yanjiu jikan* 中國文哲研究集刊（Bulletin of the Institute of Chinese Literature and Philosophy），No. 27（Sept. 2005）: 123-65。

12. 嚴志雄（Lawrence C. H. Yim）：〈自我技藝與性情、學問、世運──從傅柯到錢謙益〉，收入王瑷玲主編：《明清文學與思

想中之主體意識與社會》，台北：中央研究院中國文哲研究
所，2005 年，頁 413-449。

13. 嚴志雄（Lawrence C. H. Yim）：*Political Exile and the Chan Buddhist Master:A Lingnan Monk in Manchuria during the Ming-Qing Transtion, Journal of Chinese Religions* 33（2005）：77-124。

14. 嚴志雄（Lawrence C. H. Yim）："Qian Qianyi's Theory of Shishi during the Ming-Qing Transition"（錢謙益之「詩史」說與明清易鼎之際的遺民詩學），*Occasional Papers, Institute of Chinese Literature and Philosophy*, No. 1（2005）: 1-77。中央研究院中國文哲研究所《中國文哲論叢》第一號，頁 1-77。

15. 嚴志雄（Lawrence C. H. Yim）："Loyalism, Exile, Poetry: Revisting the Monk Hanke", in Wilt Idema, Wai-yee Li, and Ellen Widmer, eds., *Trauma and Tr-ranscendence in Early Qing Literature*（MA: Harvard University Asia Center, 2006）, pp. 149-198。〔註55〕

16. 王學玲：〈是地即成土——清初流放東北文士之「絕域」紀游〉，《漢學研究》2006 年 12 月第 24 卷第 2 期，頁 255-288。

17. 潘承玉：〈一個完整的南明文學觀〉，《學術論壇》2006 年第 9 期，頁 132-137。

18. 林香伶：〈時代感懷與國族認同——柳亞子「南明書寫」研究〉，《政大中文學報》2006 年 6 月第 5 期，頁 105-138。

19. 林香伶：〈鄉邦意識與族群復興——陳去病「南明書寫」研究〉，《東華人文學報》2007 年 1 月第 10 期，頁 181-232。

20. 潘承玉：〈南明文學文獻的當代傳播考略〉，《西北師大學報》2007 年 9 月第 44 卷第 5 期，頁 72-77。

〔註55〕此中文稿題為〈忠義、流放、詩歌——函可禪師新探〉，可參《千山詩集・導論》（台北：中研院文哲所，2008 年），頁 1-56。

21. 謝明陽：〈錢澄之的遺民晚景──以《田間尺牘》爲考察中心〉，《臺灣學術新視野──中國文學之部（一）》（臺北：五南圖書出版股份有限公司，2007 年），頁 989-1011。

22. 嚴志雄：〈陶家形影神：錢謙益的自畫像、反傳記行動與自我聲音〉，《臺灣學術新視野──中國文學之部（一）》，臺北：五南圖書出版股份有限公司，2007 年），頁 471-496。

23. 張智昌：《南方英雄的旅程：屈大均（1630-1696）自我形象釋讀》，新竹：清華大學中文所碩士論文，2007 年。

24. 陳嚴坤：《明清之際北方儒學發展研究》，台北：淡江大學中國文學所博士論文，2007 年。

25. 王學玲：〈一個流放地的考察──論清初東北寧古塔的史地建構〉，《文與哲》2007 年 12 月第 11 期，頁 371-407。

26. 廖肇亨：〈金堡之節義觀與歷史評價探析〉，《中國文哲研究通訊》1999 年第 9 卷第 4 期，頁 95-116。

27. 廖肇亨：〈天崩地解與儒佛之爭：明清之際逃禪遺民價值系統的衝突與融合〉，《人文中國學報》2007 年 12 月第 13 期，頁 409-456。

28. 王學玲：〈從鼎革際遇重探清初遺戍東北文士的出處認同〉，《淡江中文學報》2008 年 6 月第 18 期，頁 185-223。

29. 郭瑞林：〈黃鐘大呂，末世強音──淺論南明詩〉，《湖南科技大學學報》2008 年 9 月第 11 卷第 5 期，頁 75-80。

30. 李欣錫：《錢謙益明亡以後詩歌研究》，台北：國立台灣師範大學博士論文，2008 年。

31. 黃毓棟：〈統而不正──對魏禧〈正統論〉的一種新詮釋〉，《漢學研究》2009 年 3 月第 27 卷第 1 期，頁 235-261。

32. 胥若玫：《胡不歸？杜濬詩及其形象探析》，新竹：清華大學中文所碩士論文，2009 年。

33. 劉威志：《明遺民錢澄之返鄉十年詩研究（1651-1662）》，台北：東吳大學中文所碩士論文，2009年。

34. 嚴志雄（Lawrence C. H. Yim）：*The Poet-historian Qian Qianyi* (London and New York: Routledge, 2009)。

35. 大木康：〈順治十四年的南京秦淮——明朝的恢復與記憶〉，《文學新鑰》2009年12月第10期，頁1-26。

36. 謝明陽：《雲間詩派的詩學發展與流衍》，台北：大安出版社，2010年3月。

37. 嚴志雄：〈流放、帝國與他者——方拱乾、方孝標父子詩中的高麗〉，「行旅、離亂、貶謫與明清文學」專輯」，《中國文哲研究通訊》2010年6月第20卷第2期，頁93-120。

38. 張暉：〈詩與史的交涉——錢澄之《所知錄》書寫樣態及其意涵之研究〉，「行旅、離亂、貶謫與明清文學」專輯」，《中國文哲研究通訊》2010年6月第20卷第2期，頁143-168。

大體而言，可以分成六大論述。第一，乃直接以「南明」為題者，如編號3、8、17、18、19、20、29、31、38，或從單一詩人深入詮釋，或從宏觀角度論析南明文學，或分析詩與史的交涉，乃至清末文人對南明歷史的整編與書寫，大致上提供了一個粗具輪廓的南明文學史圖像。第二，以著名遺民為代表者，如編號1、6、7、9、12、14、21、22、26、30、32、33、34，聚焦在方以智、錢謙益、張煌言、金堡、杜濬、錢澄之等人，其中值得注意的是余英時先生對方以智「譯解暗碼」（decoding）的索證，還原歷史人物的情境脈絡，逐層考辨方以智的晚年行跡，誠可作為一「方法論」；再如嚴志雄對錢謙益詩學的一系列研究，從編年細讀的研究進路到再現詩人的自我主體，錢氏詩學與易代之際的歷史記憶乃至明遺民體詩的辨證關係，亦對本文的研究方法，啟發甚大。第三，以逃禪、宗教有關者，如編號2、4、13、15、27，其中廖肇亨深入探討了明清之際大量的遺民

「逃禪」文化，後又以王夫之、金堡、方以智爲個案，剖析了儒道之爭的宗教議題，對遺民文化的史料深具卓識；嚴志雄則鎖定詩僧函可及其於瀋陽的宗教活動並新探了其人之忠義、流放、詩歌的形象。第四，以流放東北的遺民爲關注點，如編號 11、16、25、28、37，王學玲的論文呈現了遺民流放到東北所衍生的絕域紀游、地景建構、身分認同，嚴志雄則論述了吳兆騫流放初期的創傷記憶與文學、宗教之活動，乃至方拱乾、方孝標父子詩中所示現的流放、遷移（migration）、離散（diaspora）等課題〔註56〕。第五，以南北地域爲關懷者，如編號 23、24、36，敘述了南北各具的學術知識、南方經驗的書寫、地域詩學的視角，對於本文所欲建構的「南方」，有引導之功。第六，以歷史、記憶切入者，如編號 5、10、35，嚴志雄從「詠物」詩體的角度探討屈大均於明、清之際的歷史記憶及明遺民主體性詩性的呈現；楊敦堯則從龔賢（1618-1689）的《攝山棲霞圖卷》來觀察明遺民透過對歷史興亡的體悟，將自身置入過去集體經驗的「敘事」，藉著這個敘事所涵蓋的事件而被賦予意義；大木康則排比史料，分析明遺民在順治十四年（1657）聚集秦淮，其背後所蘊含的政治動向與回憶文學之內涵〔註57〕。

〔註56〕可參嚴志雄於「行旅、離亂、貶謫與明清文學專輯」之〈前言〉，《中國文哲研究通訊》2010 年 6 月第 20 卷第 2 期，頁 2。

〔註57〕大木康教授與此相關研究者尚可參看〈宣爐因緣——方拱乾と冒襄——〉，《日本中國學會報》第 55 集，2003 年，頁 166-180。有關記憶與文學，李惠儀（Wai-yee Li）以吳偉業爲個案探索其詩歌中的歷史與記憶，可參"History and Memory in Wu Weiye's Poetry", in Wilt Idema, Wai-yee Li, and Ellen Widmer, eds., *Trauma and Transcendence in Early Qing Literature*（MA: Harvard University Asia Center, 2006), pp.99-148。另廖美玉師則從身世／記憶／地域的多元角度描繪了吳梅村的秦淮回憶，見氏著：〈身與世的頡頏——吳梅村詩中的秦淮舊識〉，《近世文學國際學術研討會論文集・清代文學與學術》（台北：新文豐，2007 年），頁 1-30。

第三節　問題意識與研究方法

一、問題意識

　　由以上的現有研究來看，我們發現學界集中在方以智、錢謙益、張煌言、金堡、杜濬、錢澄之、函可、吳兆騫、方拱乾、方孝標、屈大均等單一個案的深入剖析。值得進一步思考的是，除了流放至東北文人之外，明遺民奔走南方政權則爲一大規模的集體流動現象，如何以共相的角度看待這群具有集體記憶與身體行動的南方遺民，從江南到閩南、嶺南、滇南，南明遺民進入了南方視域之中，產生了人與空間／地方的對話交流與情感投射，隨著空間的變動與流播，他們如何呈現「南方」與其相關的議題，彼此之間的南方論述又有何差異？針對此提問，學界並無特致深意與多所關注。基此，本論文將「以南爲名」，聚焦於「南方」地域與南明政權之間的關係，思考南明遺民詩中所拓展出的──南都、南疆、南國──三個南方議題進行思索。

二、研究方法

　　本文的研究進路大抵有二：一爲傳統詩論的參證，一爲歷史文獻的釋讀。先論前者。

　　「傳統詩論的參證」，指《孟子‧萬章上》所云：「說《詩》者，不以文害辭，不以辭害志，以意逆志，是爲得之。」〔註58〕此處的「以意逆志」，亦即將「意」視爲讀者之意，言讀者在鑒賞或評論文學作品時，須著眼於作品全篇的詩意，以追索詩人的寫作意圖，反對割裂辭句或拘泥於字面意義去解說詩旨〔註59〕。簡言之，「意」乃指閱讀者之閱讀感受，閱讀者雖不免因個人體會之深淺而無法精確

〔註58〕〔清〕焦循著，沈文倬點校：《孟子正義》（北京：中華書局，1987年），頁638。

〔註59〕「以意逆志」的讀法，詳參陳美朱：〈「以意逆志」說在清初杜詩評註本中的實踐〉，《成大中文學報》2006年12月第1期，頁59。

描述詩旨，甚至誤解詩意而違逆了作詩者之本意，但「以意逆志」所強調的更在於閱讀者面對一首詩要做到不斷章取義、割裂文本，尊重作詩者所具備的個人／生命／歷史／文化／情境之多元特質與生命史的完整脈絡，方爲更重要的讀詩之道。舉例言之，生存於前朝較長的南明遺民，陸續面對燕京淪陷、崇禎自縊、清軍入關、騎兵南下、統一南方的變局，其因應之道與詩歌感受自有不同，對於遺民在明末清初的個人生命史之延續、斷裂、轉變，當有更細緻縝密的論述。

　　「南明遺民詩」見證了歷史的現象，它具有詩人的主體意識，以華／夷之別的國族情感，發乎吟詠，寫出易代之際深刻悲愴的「創傷記憶」，個人境遇與國族興亡相互交織成一首首具有隱晦典故、重層符碼、複雜輳輾的詩歌，而一個典故可以往上延伸過去的歷史，將過去與當下連結在一起，超越古今時空之限，一首詩遂可以聚合了幾千年來所累積的學術知識與人文經驗，同時也蘊藏了詩人在當下書寫的個人情境，回憶自己的切身經歷並見證了所處的時代〔註60〕。是以，考索「南明遺民詩」並不容易，它考驗著研究者的大膽假設與小心求證，務求完整逼現詩人書寫時的心靈狀態。經歷天地裂變，國族興亡的南明遺民，藉由詩歌創作來承載他們內心最深層的複雜情感，而當時爲避清廷之耳目與動輒得咎的言辭之罹害，故不能逕露心志；於是，詩歌成了最隱微細緻且可以安頓詩人心靈的棲居之所。也正因此，南明遺民詩之閱讀與研究，必須具備足夠的知識背景與敏銳的感受體會，始能更深入的理解動盪時代中，詩人們惴慄顫懍的情境氛圍，南明遺民秉持「反清復明」之大蠹，如何譯解暗碼（decoding）層層考證其中的隱辭微語？傳統詩論中的「以意逆志」、「知人論世」所給予我們的啓發，正是本文的研究進路。

〔註60〕嚴志雄以錢謙益爲例，認爲錢詩中大量使用的典故造成晦澀費解的書寫型態。詳參 Lawrence C. H. Yim, *The Poet-historian Qian Qianyi*（London and New York: Routledge, 2009）, p.83。

　　至於「歷史文獻的釋讀」，則在學界既有的南明史基礎上，反覆檢閱相關的南明史書，並藉此觀察清初南明史書寫的演變〔註61〕。

　　綜合「傳統詩論的參證」與「歷史文獻的釋讀」，論文將著力於闡發詩人主體與詩歌文本、歷史背景的相互嵌合。簡言之，首重文本要義之闡釋，並將文本置諸詩人的生命史中進行脈絡式的觀察，見出其流動起伏的生命經驗與複雜情感；再次，則將同時代的詩人之相關詩作羅列、比對、分析，以逼顯出不同詩人所各具的主體性；最後，詩人與詩作都必須回歸到當時的歷史情境中，經由歷史還原其客觀真相，以史證詩並以詩補史，詩與史相互驗證，如此才能建立一套「以意逆志」、「知人論世」的詩學方法論。

第四節　名詞義界與研究向度

一、南明遺民詩的義界

　　明清之際出現了大量忠心於前朝不仕新朝的士人，這些歷經改朝換代，政權鼎革的知識份子，為了抗拒清廷的統治，他們或殉節明志，或逃禪，或不入城等，大抵而言，將之視為明遺民是可以成立的〔註62〕；不過本文此處更要聚焦的是：「明遺民」與「南明遺民」

〔註61〕清初的最初六、七十年間，是中國民間南明史著述活動的蓬勃時期。陳永明對此有深入的分析，見氏著：〈從「為故國存信史」到「為萬世植綱常」——清初的南明史書寫〉，《新史學》第21卷第1期，2010年3月，頁1-49。

〔註62〕遺民定義，學界已有豐富討論。可參孔定芳：〈明遺民的身分認同及其符號世界〉，《中國社會科學院研究生院學報》，2005年第3期，頁121-128。潘承玉：〈「更考遺民刪作伴，不須牛儈辱牆東」——清初「遺民錄」編撰與遺民價值觀傳播新考〉，《成大中文學報》第11期，2003年11月，頁111-146。王成勉：〈再論明末士人的抉擇——近二十年的研究與創新〉，《全球化下明史研究之新視野論文集》（三）（臺北：東吳大學歷史學系），2007年，頁231-241。簡單的來說，誠如謝正光先生所云：「遺民者，則處江山易代之際、以忠於先朝而恥仕新朝者也。」氏著：《清初詩文與士人交遊考》（南京：南京大學出版社，2001年，頁6。此外，遺民與逸民有所不同，嚴迪昌認為「遺民」與「逸民」

之不同究竟爲何？筆者以爲區分兩者最大的差異，即在於是否曾參與過南方的抗清政權。如前所述，明遺民於改朝易代後被拋擲在非自主性的時空環境中，從而導致了殉節、逃禪、不入城等選擇，但不一定會奔赴南方，直接投身於南方政權；相較之下，南明遺民則是直接進入「政治」場域之中，確屬某一政權的官員。如清初三大家，黃宗羲（1610-1695）任魯監國之左副都御史〔註63〕、顧炎武（1613-1682）專奉唐王〔註64〕、王夫之（1619-1692）與永曆政權〔註65〕；江左三大家中的錢謙益（1582-1664）雖於乾隆朝列名貳臣傳，但其於弘光政權曾任禮部尚書，後又陰助鄭成功的海上抗清與瞿式耜的西南行動〔註66〕，視之爲「南明遺民」亦無不可；嶺南三

的區別乃在於：「凡遺民必是隱逸範疇，但隱逸之士非盡屬遺民，『漢官儀』、漢家衣冠的是否淪喪，正是甄別此中差異的歷史標誌。」氏著：《清詩史》（杭州：浙江古籍，2001年），頁61。有關「遺民」與「逸民」的差異乃至明清之際士人對遺民的討論與認知，詳參趙園：《明清之際士大夫研究》（北京：北京大學出版社，1999年），第五章〈遺民論〉，頁217-243。李瑄則從「拒仕」與「遺民意識」兩端作爲遺民概念，「拒仕」其行爲本身就是政治立場的體現。「遺民」群體的特殊處之處，就在於其政治立場中所體現的倫理傳統與道德規範，這一精神取向的展現有時能夠獨立成爲「遺民身分」的判斷標準。詳參李瑄：〈「明遺民」的身分與清初士群的複雜心態〉，《明遺民群體心態與文學思想研究》（成都：巴蜀書社，2008年），頁62-63。王璦玲則從劇作家之創作動機及其意識形態認爲，「大致應指凡自覺爲『遺民』，或自覺對於前代應有一種『效忠』之情操者」。詳見王璦玲：〈論清初劇作時空建構中所呈現之意識、認同與跨界想像〉，《空間與文化場域：空間移動之文化詮釋》（台北：國家圖書館，2009年），頁77。另外，嚴志雄先生提出「明遺民體詩」，意圖打破傳統上遺民與貳臣的二元論述，見 Lawrence C.H. Yim, *The Poet-historian Qian Qianyi* (London and New York: Routledge, 2009), pp2-4。

〔註63〕黃宗羲著，沈善洪、吳光主編：《黃宗羲全集・黃梨州先生年譜》（杭州：浙江古籍出版社，2005年），冊12，頁33。

〔註64〕詳參潘重規：〈亭林先生獨奉唐王詩表微〉，《亭林詩考索》（台北：東大，1992年），頁175-224。

〔註65〕可參王夫之：《永曆實錄》，《續修四庫全書・史部・雜史類》（上海：上海古籍出版社，2002年），冊444，頁197-308。

〔註66〕錢謙益的復明運動，可詳參陳寅恪：《柳如是別傳》（北京：三聯書

大家中的屈大均（1630-1696）與永曆政權〔註 67〕；永曆朝金堡（1614-1680）對南明家國的節義觀〔註 68〕；一生蹈海，誓奉魯監國，周旋於閩浙之間的張煌言（1620-1664）〔註 69〕；錢澄之（1612-1693）先後奔走於唐王、桂王二朝〔註 70〕；故此，本文所舉的「南明遺民」即如上述，可以歸納其定義如下：

1. 曾於 1644 到 1662 年間，膺任南明朝政的文／武官員。

2. 雖在南明朝廷無明確的官宦紀錄，但陰助南明復清的忠義節烈之士，或在詩文之中記錄了當時南明之歷史事件者。

3. 曾任職南明朝政，後雖降清，惟其作品中流露出對前朝的忠義與記憶，從而表現出諸如：緬懷、憤慨、悲痛、絕望、羞愧、英雄主義、幻想的象徵，就這層意義來看，文本打破了遺民／貳臣在身分上的二元對立，其作品所具之「明遺民體詩學」或稱「明遺民性詩學」之概念〔註 71〕，亦將之視爲南

店，2001 年），第五章〈復明運動〉，頁 843-1222。

〔註 67〕可參陳永正主編：《屈大均詩詞編年箋校‧屈大均年譜簡編》（廣州：中山大學出版社，2000 年），頁 1346-1348。

〔註 68〕可參廖肇亨：〈金堡之節義觀與歷史評價探析〉，《中國文哲研究通訊》1999 年 12 月第 9 卷第 4 期，頁 95-116。另廖肇亨從與金堡相關的明末清初的歷史紀錄加以檢討，相對於金堡受到的各式評價，以其自身的意見來做對照，從而浮現明末清初知識人的精神樣式。詳參氏著：〈金堡『徧行堂集』による明末清初江南文人の精神樣式の再檢討〉，《日本中國學會報》1998 年第 51 集，頁 152-163。

〔註 69〕詳參張煌言：《張蒼水詩文集‧弁言》，《台灣文獻叢刊》第 142 種（台北：台灣銀行經濟研究室編，1962 年），頁 1。

〔註 70〕錢澄之於唐王時任延平司理，後於桂王時與號稱五虎的金堡、袁彭年、劉湘客、丁時魁、蒙正發同爲楚黨，有關錢氏在唐王、桂王所歷情事之大要，詳參《清初名儒年譜‧先公田間府君年譜（錢澄之）》，頁 662-664、671-678。

〔註 71〕有關「明遺民體詩學」或「明遺民性詩學」的提出，乃嚴志雄先生的看法，其以錢謙益雖曾短暫任清官，但詩文中卻蘊含了明遺民的思緒，於書寫內容中表達出對明朝的忠義與記憶。詳參 Lawrence C. H. Yim, *The Poet-historian Qian Qianyi* (London and New York: Routledge, 2009), p3。

　　明遺民。

　　此三項要件乃本文界定「南明遺民」之依據，亦即以實際參與過南方政權的歷史過程與人生經驗為評估，這一層政治參與的因素將使之有別於一般的明遺民，亦是本文篩選「南明遺民」時最主要的考量；其次，則就詩中明確記載「南明史事」者為輔佐。就此而言，本文的討論主軸，將以錢牧齋（1582-1664）〔註72〕；徐孚遠（1599-1665）〔註73〕；瞿式耜（1590-1650）〔註74〕；朱舜水（1600-1682）〔註75〕；陳子龍（1608-1647）〔註76〕；黃宗羲（1610-1695）〔註77〕；

〔註72〕錢謙益，字受之，一字牧齋，晚號蒙叟，自稱絳雲老人、東澗遺老，江南常熟人。明萬曆三十八年庚戌進士，由翰林院編修歷官禮部右侍郎、翰林院侍讀學士。福王時為禮部尚書。入清，以禮部右侍郎管秘書院事，充修明史副總裁。有《初學集》一百十卷、《有學集》五十卷、《投筆集》二卷、《苦海集》一卷及《外集》、《補遺》等。詳參錢仲聯主編：《清詩紀事》（江蘇：江蘇古籍出版社，1987年），頁1252。

〔註73〕徐孚遠字闇公，晚號復齋，江蘇華亭人。明朝末年，曾與陳子龍等人倡組「幾社」。明亡後，曾襄助夏允彝舉兵抗清，魯監國授左僉都御史，永曆五年（1651），從魯監國至廈門，後由鄭成功迎至金門，甚受倚重。永曆十二年（1658），永曆帝封鄭成功為延平郡王，成功指派徐孚遠至雲南向永曆帝復命，孚遠取道安南（今越南），卻受阻於安南王而折返廈門。永曆十五年（1661），隨鄭成功入臺，但未久留，後再返廈門。永曆十七年（1663），清師攻陷金門、廈門，孚遠擬攜眷歸鄉而不果，遂滯留廣東饒平，兩年後病故於此。鄧之誠：《清詩紀事初編》（上海：上海古籍出版社，1984年），頁94。孫靜庵：《明遺民錄》，周駿富輯，《清代傳記叢刊·明遺民錄》（台北：明文書局，1985年），頁612-614。錢仲聯主編：《清詩紀事·明遺民卷》（江蘇：江蘇古籍出版社，1987年），頁97-99。謝正光編著，王德毅校訂：《明遺民傳記資料索引》（台北：新文豐，1990年），頁196。

〔註74〕瞿式耜（1590-1650），字伯略，一字起田，別號稼軒，江蘇常熟人。瞿式耜早年受業於東林黨魁錢謙益門下，受東林黨思想影響較深。明亡後，在永曆小朝廷中，任吏、兵兩部尚書、文淵閣大學士，留守桂林，聚兵廣西、進兵湘桂、收復失地，順治七年、永曆四年（1650），清軍大舉圍攻桂林，瞿式耜和總督張同敞拒絕誘降，後被清軍殺害於桂林。詳參《明史·瞿式耜列傳》，《瞿式耜集·附錄》（江蘇師範學院歷史系、蘇州地方史研究室整理；上海：上海古籍出版社出版），頁306-310。

〔註75〕餘姚朱之瑜，字楚嶼。浙東敗，浮海為黃虎癡記事。虎癡被刺，之瑜

方以智（1611-1671）〔註 78〕；冒襄（1611-1693）〔註 79〕；錢澄之

之日本乞師。長碕王留客，以書達東京大將軍，許發罪囚三千。之瑜
以不發兵而用罪人，身入東京，面陳方略；會已大定，乃留東京。自
國王以下，咸師奉之。爲建學，設四科，闡良知之教，日本於是始有
學，國人稱之爲朱夫子。諸王以其遠客，納侍女十二餘人，竟不一御。
在日本四十年，終而薨焉。縣人張五臬如長碕島，還，傳其事以來，
女孫浮海往省，白迎致之意，卒不肯復。康熙十三年後，尚在日本。〈明
遺民所知錄傳十七朱之瑜〉，《朱舜水集》（台北：漢京文化，1984 年），
頁 640。錢仲聯主編：《清詩紀事‧明遺民卷》（江蘇：江蘇古籍出版
社，1987 年），頁 108。謝正光編著，王德毅校訂：《明遺民傳記資料
索引》（台北：新文豐，1990 年），頁 47。

〔註76〕陳子龍字臥子，松江華亭人。少好學，博貫經史，文章取法魏晉，
尤擅駢文，累官至兵科給事中。明亡，舉事不成，就義而死。清乾
隆間追謚忠裕。施蟄存，馬祖熙標校：《陳子龍詩集‧附錄一（明史
本傳）》（上海：上海古籍出版社，2006 年），頁 622-623。
少好學，博貫經史，文章取法魏晉，尤擅駢文，累官至兵科給事中。
明亡，舉事不成，就義而死。清乾隆間追謚忠裕。

〔註77〕黃宗羲，字太沖，學者稱梨洲先生。師事劉宗周，受蕺山證人之傳。
南都破，從孫嘉績熊汝霖起兵江上，號世忠營。江上已潰，復結寨
四明山，旋入海從魯王。屢拜左副都御史，副馮京第使日本乞師，
不得要領。乃歸里省母，猶與京第通聲氣。桂王敗既沒，知天下事
無可爲。乃作《明夷待訪錄》以見志，本《孟子》民爲貴之義，欲
改有明三百年不古不今之制，以救時弊。鄧之誠：《清詩紀事初編》
（上海：上海古籍出版社，1984 年），頁 224。可參孫靜庵：《明遺
民錄》，周駿富輯，《清代傳記叢刊‧明遺民錄》（台北：明文書局，
1985 年），頁 162-174。錢仲聯主編：《清詩紀事‧明遺民卷》（江蘇：
江蘇古籍出版社，1987 年），頁 108。謝正光編著，王德毅校訂：《明
遺民傳記資料索引》（台北：新文豐，1990 年），頁 310-311。

〔註78〕方以智，字密之。桐城人。崇禎時，嘗避地南都，與楊廷樞、陳子龍、
夏允彝相友善，成庚辰進士，父孔炤，以楚撫被逮，以智懷血疏跪朝，
門外叩頭，號呼求代父死。帝歎曰：「求忠臣必於孝子之門，並釋之。……
南都馬阮當國，……褫衣散髮賣藥五嶺間，隆武帝召之，未赴。永曆
時以翰林學士知經筵，尋命入閣。以智知不可爲，乃爲僧去。號無可，
最後自號曰浮山愚者。」鄧之誠：《清詩紀事初編》（上海：上海古籍
出版社，1984 年），頁 129-130。孫靜庵：《明遺民錄》，周駿富輯，《清
代傳記叢刊‧明遺民錄》（台北：明文書局，1985 年），頁 101-102。
錢仲聯主編：《清詩紀事‧明遺民卷》（江蘇：江蘇古籍出版社，1987
年），頁 353-355。謝正光編著，王德毅校訂：《明遺民傳記資料索引》
（台北：新文豐，1990 年），頁 11-12。

〔註79〕錢仲聯主編：《清詩紀事‧明遺民卷》（江蘇：江蘇古籍出版社，1987

（1612-1693）〔註80〕；顧炎武（1613-1682）〔註81〕；張煌言（1620-
1664）〔註82〕；屈大均（1630-1696）〔註83〕；陳恭尹（1631-1700）

年），頁 315-316。謝正光編著，王德毅校訂：《明遺民傳記資料索引》
（台北：新文豐，1990 年），頁 152。

〔註80〕錢澄之，字幼光，後改名澄之，字飮光，桐城人。曾任南明隆武朝
延平府推官，永曆朝禮部精膳司主事，翰林院庶吉士，后遷翰林院
編修，主管制誥。南明永曆四年，兩粵失守，永曆帝自梧州逃奔南
寧，錢秉鐙未及隨駕，於是削髮爲僧，法號西頑，後返鄉還俗，改
名澄之，字幼光，晚年號田間老人。鄧之誠：《清詩紀事初編》（上
海：上海古籍出版社，1984 年），頁 122。孫靜庵：《明遺民錄》，周
駿富輯，《清代傳記叢刊‧明遺民錄》（台北：明文書局，1985 年），
頁 225-227。錢仲聯主編：《清詩紀事‧明遺民卷》（江蘇：江蘇古籍
出版社，1987 年），頁 368-373。謝正光編著，王德毅校訂：《明遺民
傳記資料索引》（台北：新文豐，1990 年），頁 381。

〔註81〕明顧炎武本名絳，乙酉改名炎武，字寧人。學者稱爲亭林先生。可參
鄧之誠：《清詩紀事初編》（上海：上海古籍出版社，1984 年），頁 1。
孫靜庵：《明遺民錄》，周駿富輯，《清代傳記叢刊‧明遺民錄》（台北：
明文書局，1985 年），頁 412。錢仲聯主編：《清詩紀事‧明遺民卷》
（江蘇：江蘇古籍出版社，1987 年），頁 432-438。謝正光編著，王德
毅校訂：《明遺民傳記資料索引》（台北：新文豐，1990 年），頁 416-418。

〔註82〕張煌言，字玄箸，號蒼水。崇禎十五年，舉於鄉。常感憤國事，願
請纓。及錢肅樂起師，煌言先至；即遣之天台迎魯王，授行人。王
監國紹興，賜進士，加翰林院編修；入典制誥，出籌軍旅。閩中頒
詔之役，自請爲使，釋二國嫌。丙戌師潰，汎海將之舟山，道逢富
平將軍張名振，扈王入閩；從之行。招討鄭成功不奉命，乃勸張名
振還石浦，與威虜侯黃斌卿爲犄角。明之亡也，死義者連鑣接迒；
若播遷窮海而之死靡他、稱一代碩果者，則有宋文丞相而後，推明
之張司馬煌言云。張煌言：《張蒼水詩文集‧張煌言列傳》（附錄一），
《臺灣歷史文獻叢刊》第 142 種（臺灣銀行經濟研究室編輯：台灣
省文獻委員會出版，1994 年），頁 191-197。

〔註83〕屈大均，字介一，一字翁山，番禺人。諸生初名紹隆，遇亂爲僧。
後加冠巾，遊秦隴，與秦中名士李因篤輩爲友，作華岳百韻，固原
守將見而慕其才，以甥女妻之，自固原攜妻至代州，與顧炎武、朱
彝尊遇於太原，再遊京師，下吳會，自金陵歸粵，嶺南三大家則大
均與陳恭尹、梁佩蘭也。孫靜庵：《明遺民錄》，周駿富輯，《清代傳
記叢刊‧明遺民錄》（台北：明文書局，1985 年），頁 224。錢仲聯
主編：《清詩紀事‧明遺民卷》（江蘇：江蘇古籍出版社，1987 年），
頁 839-852。謝正光編著，王德毅校訂：《明遺民傳記資料索引》（台

〔註84〕；夏完淳（1631-1647）〔註85〕等南明遺民詩人。然須加細辨
的是，雖曾爲南明遺民但也有後來降清變節者，如劉澤清、左夢庚
（？-1654）；亦有降清後反正者，如金聲桓（？-1649）、李成棟（？
-1649）；面對這些因應情勢詭譎而抉擇善變、反覆不定的南明遺民，
本文亦適時援引討論，觀察其前後出處的身分認同之差異與轉換，
如此亦有助於我們思考「南明遺民」在政治／身分認同上的複雜叵
測〔註86〕。

二、南方書寫釋義

那麼，「南方書寫」何以成立？筆者認爲，南明政權與南方地域
是緊密依存的，可以說，歷史上與地域如此緊密扣合的政權，南明實
爲其中代表。本文所謂的「南方」——江南、閩南、嶺南、滇南——
主要即依據於南明政權的所在地〔註87〕。即江南（弘光政權、魯監

北：新文豐，1990 年），頁 134-135。

〔註84〕明陳恭尹字元孝，順德人，父邦彥，明季以閣部殉難，事具明史，
　　　　時恭尹纔十餘歲，比長，遂隱居不仕，自號羅浮布衣，與李元仲、
　　　　魏叔子、季子、彭躬菴諸人善，皆遺民也。王漁洋、趙秋谷二人至
　　　　嶺南，於廣州詩人尤推重恭尹。孫靜庵：《明遺民錄》，周駿富輯，《清
　　　　代傳記叢刊・明遺民錄》（台北：明文書局，1985 年），頁 400。錢
　　　　仲聯主編：《清詩紀事・明遺民卷》（江蘇：江蘇古籍出版社，1987
　　　　年），頁 879-887。謝正光編著，王德毅校訂：《明遺民傳記資料索引》
　　　　（台北：新文豐，1990 年），頁 264-265。

〔註85〕夏完淳，原名復，乳名端哥，號存古，別號小隱，又號靈首，曾輯
　　　　早年詩文爲《玉樊堂集》，人又以玉樊相稱。夏完淳著，白堅箋校：
　　　　《夏完淳集箋校》（上海：上海古籍出版社，1991 年）。

〔註86〕需再次說明的是，本文的「南明遺民」主要是指隸屬南方政權的明
　　　　遺民，而這不是刻意排除了非南方的明遺民之重要性。事實上，如
　　　　秦晉詩人傅山雖地處西北但亦參與隱密復明活動，見嚴迪昌：《清詩
　　　　史》，頁 306。然本文更想凸顯的是這些到了南方真正有投身南明政
　　　　權的遺民們，他們在面對南疆的地理景觀與親臨其地的真實感受，
　　　　較諸其他地區的明遺民在文字書寫、情感表達、生命情態上有何不
　　　　同？又將如何審視此時期特有的歷史、政治、地域、國族、文化觀
　　　　念，方爲筆者更加重視。

〔註87〕詳參論文第二章第二節第三點「何處是南方？」之南方的地理界域

國）、閩南（隆武政權）、嶺南（紹武政權、永曆政權）、滇黔（永曆
政權），流離到南方地域的南明遺民在建立政權後，對（南方）「地
方」會有某種程度上的排斥、宣示與認同之複雜過程，緣此，「該文
化的空間充滿了族群或國族觀念——形成了血與土之間的強大結合」
〔註 88〕，也就是說，「南方」對南明遺民來說是北方中土淪喪後，普
天已無乾淨地的「一塊土」，是復興基地與漢家衣冠之象徵，它可以
是相對於（北方）的異質空間，也可以是型塑地方歷程的環節點，更
是遺民詮釋生命景觀與言說自我身份的場域，遂由此而延伸出來一連
串與「南方書寫」有關之命題。

　　本文設定以「南方」（大抵範圍爲今之江南、閩南、嶺南、滇南）
爲出發點，進而作爲一種認識世界的方式，對研究南明時期來說，此
誠爲一絕佳路徑；當時如徐孚遠受鄭成功之命，欲由安南入滇覲見
永曆，與越南之互動〔註 89〕；閩粵沿海一帶的經商貿易〔註 90〕；弘
光、隆武、魯監國與琉球使者的往還〔註 91〕；南明馮京第的日本乞師
〔註 92〕；隱元禪師東渡日本對日本江戶時代的重大影響〔註 93〕。由是
觀之，「南明」所在的地理版圖不是一個固定不移的空間概念，它以

與範圍。

〔註 88〕 Mike Crang 著，王志弘、余佳玲、方淑惠譯：《文化地理學 Cultural Geography》（台北：巨流圖書公司，2003 年），頁 214。

〔註 89〕 牛軍凱：〈南明與安南關係初探〉，《南洋問題研究》2001 年第 2 期，頁 91-97。

〔註 90〕 屈大均〈廣州竹枝詞之四〉亦反映了當時廣州因通商貿易，設置洋行「十三行」，詩云：「洋船爭出是官商，十字門開向二洋，五絲八絲廣緞好，銀錢堆滿十三行。」引自錢仲聯主編：《清詩記事·明遺民卷》（南京：江蘇古籍出版社，1987 年），頁 875。

〔註 91〕 吳元豐：〈南明時期中琉關係探實〉，《中國邊疆史地研究》2006 年第 12 卷第 2 期，頁 81-88。

〔註 92〕 此事件可參祝求是：〈南明馮京第日本乞師一次考〉，《寧波廣播電視大學報》2004 年 3 月第 2 卷第 1 期，頁 13-17。

〔註 93〕 廖肇亨：〈木菴禪師詩歌中的日本圖像：以富士山與僧侶像讚爲中心〉，《中邊·詩禪·夢戲——明末清初佛教文化論述的呈現與開展》（台北：允晨文化，2008 年），頁 302。

「南方」爲基點，南下延伸到滇南、越南，北上挪移至琉球、日本，描繪出跨國境的空間越界與多元圖像，從而標示出南明政權在當時的東亞文化脈絡與知識結構中，實具有不可忽視的重要地位。

三、三個研究向度

就實際的分析而言，南明遺民詩中的「南方書寫」則集中在「南都」、「南疆」、「南國」三個層面，底下分述之。

（一）南　都

「南都」，指南京。明清「城市社會」的概念之重要內涵就是「公眾場域」的構成，城市的「流動」特色在城市內部所造成的社會生活形式及內容的變化，並在此基礎上有了「互動」，經由「流動」與「互動」重新凝結、構造出獨具特色的城市社會與文化〔註94〕。「南都」爲當時的公眾場域，凝聚了易代之際文人們的集體記憶，以其爲考察點，即是綜合了幾個重要面向。首先，自晚明以降，秦淮河畔就是風雅文化的歷史見證，明遺民在明亡之前也大多有流寓金陵的深刻體驗，加上明太祖開國定都於此，明太祖之墳在南京鍾山，短暫的弘光政權設在南京，正因如此，「南都」的象徵就有了多重影像的交疊與變幻，明亡／清初對南京的書寫，正追憶了其記憶／現世中的南都圖像；奠基於對南都回憶的基礎，我們試圖分析 1657 年（永曆十一年；順治十四年），冒襄於秦淮，王士禎於濟南的社群聚會，以及由此所引伸出的遺民意識與回憶特質。

（二）南　疆

流離到南方的南明遺民，面對南方世界，誠如屈大均《廣東新語》所述：「地之盡於海者，與諸夏而俱窮；其不盡於海者，不與諸

〔註94〕詳參王鴻泰：《流動與互動──由明清間城市生活的特性探測公眾場域的開展》（台北：國立台灣大學歷史學研究所博士論文，1998 年），頁 1-2。

夏而俱窮。南而又南，吾不知其所底矣。」〔註95〕南而又南，是一個未知的地理向度，相較中心，它是邊陲，甚至是化外的地理概念，那麼當行旅者到達陌生的南方時，地理疆域遂成了一個直接迎面而來的空間體驗；「南疆」的地理概念與當時南明政權的所在地域有密切關聯，如江南與弘光、嶺南滇南與永曆、浙江沿海與魯監國、東南閩地與隆武；那麼，南疆的「地理政治」如何銘刻出遺民對南方的地方認同，將是耐人思索的議題。藝術家兼評論家李帕德（Lucy Lippard）對「地方」有如是說解：

> 內蘊於地域的是地方概念——由內部所見的土地／城鎮／城市景觀的一部分，人們熟知的特定區位的共鳴……地方是一個人生命地圖裡的經緯。它是時間與空間的、個人與政治的。充盈著人類歷史與記憶的層次區位，地方有深度，也有寬度。這關涉了連結、圍繞地方的事物、什麼塑造了地方、發生過什麼事、將會發生什麼事。〔註96〕

就此而言，江南水域、東南沿海、嶺南山系、海上孤島、西南荒江等地理空間，與其相對應的南明政權，遂產生了「地理政治」的視域；本章將循此建構南方世界的地理景觀、國境之南的地理詩學、輾轉叢雜的身分認同。

（三）南　國

從城市、疆界的概念延伸，便是南國的建立。我們可以發現，南明在一路敗退的疆界版圖與分裂的離散政權中，仍存在一種「想像南國」之視野，直接將南方視為一個國家觀念〔註97〕，這種「南國」的

〔註95〕屈大均：《廣東新語》（北京：中華出版，1985 年），頁 29-30。

〔註96〕李帕德（Lucy Lippard）之說，轉引自 Tim Cresswell 著，徐苔玲、王志弘譯：《地方：記憶、想像與認同》（台北：群學，2006 年），頁 68。

〔註97〕南明是否能作為一「國家」的歷史判斷與認知，因發言立場與所據角度而有不同，此與南明諸政權，究竟應列入於帝王本紀、或是諸王列傳的情況類似，背後有其情境脈絡、權力爭奪、話語建構的複雜問題。但這均無礙南明遺民詩中以文學藝術的創設技法對「南國」

思維與呈現，怎麼想像出來、建構出來的，其所憑藉之方式爲何？筆者將根據歷史語境中的南國論述，歸納南明遺民詩中的南國辭彙，進而以「想像的共同體」來詮解分梳「南國想像」的建構方式。接著，對遺民詩中家／國政治之「以國爲家」、「以家爲國」之理論與文本之辨析，再進一解。亦即，「南國」仍有「國族」與「民族」的差異，前者著重人民群體自我實現的目標或工具，後者則強調（理想化的）人民群體〔註98〕。此章將從「南國」的角度分析南明流亡政權的主體性之建立，並進而區分「國族的南方帝國」與「民族的南方願景」兩者之間的差異、闡發與對話，其中家／國的離合辯證關係，亦爲本文考索重點。

小　結

　　甲申之變（1644）後，乙酉年（1645）開始，明朝宗室陸續在南方成立了政權──南京的弘光（1644-1645）、浙江的魯監國（1646-1653）、福建的隆武──（1645-1646）、廣東的紹武（1646）以及西南的永曆（1647-1661），這也就是本論文所要探討的南明時期（1644-1662）。

　　「南明」在南方自居帝王、建立諸政權、分封藩王、使用年號的歷史事實。時至今日，已無須掩蓋、貶低、抹煞南明遺民的文學創作與歷史地位，如何以「南明」爲反思的位置與論述主體？從被消音的歷史舞台中，指認其曾眞實存在的聲影容顏與生命情境。就此而言，本文鎖定與南方／南明政權密切相繫的遺民詩人爲討論主軸，如錢牧齋（1582-1664）；徐孚遠（1599-1665）；瞿式耜（1590-

---

之想像與建構。此可詳參論文第五章第一節「南國的歷史語境與多重涵義」。

〔註98〕吳叡人：〈認同的重量：《想像的共同體》導讀〉，班納迪克・安德森（Benedict Anderson）著，吳叡人譯：《想像的共同體：民族主義的起源與散布》（台北：時報文化，1999年），頁 xviii。

1651）；朱舜水（1600-1682）；陳子龍（1608-1647）；黃宗羲（1610-1695）；方以智（1611-1671）；冒襄（1611-1693）；錢澄之（1612-1693）；顧炎武（1613-1682）；張煌言（1620-1664）；屈大均（1630-1696）；陳恭尹（1631-1700）；夏完淳（1631-1647）等南明遺民詩人為主軸，針對南明詩歌之特定主題做深入解讀，綜理三個研究向度：「南都」為南明遺民詩中記憶的城邦，而都市又與國家也就是「南國」至為密切相繫；「南疆」則跨屬於南方境域也是界定「南國」領土的主要條件之一；南明遺民流竄至「南疆」，「南都」則為其流亡之起始與精神原鄉。故此，南都、南疆、南國三者同為空間向度，彼此聯繫照映，雖各為獨立卻又相互織綜在一起。

　　博士論文題為《南都・南疆・南國——南明（1644-1662）遺民詩中的「南方書寫」》，即是透過南方書寫所呈顯的三個主要面向——南都、南疆、南國——來做全面深入的討論。南明遺民詩以南方作為觀測世界的方式，流亡者的詩學論述如何在南而又南的地域空間上，開展出「南方書寫」的詩學意義，值得深入考究。據此，重要章節訂為：「南明遺民詩中的南方視域及其詩學意義」、「南明遺民詩中的南都圖像與回憶文學」、「南明遺民詩中的疆域概念與地理詩學」、「南明遺民詩中的南國想像與家／國論述」，筆者將逐一釐清這些「南方」議題，以期建構出更為完整的南明文學史圖像。

第二章　南明遺民詩中的南方視域
及其詩學意義

　　本章分成五節。在第一節「抗清、流亡者的空間移動與身份歸屬」中，思考戰亂、流亡者的空間移動對其遺民身分的影響，也就是探討遺民的身分／移民的空間，這兩者之間的關係。

　　第二節「留存在殘山賸水中的大明江山」，旨在考述南明疆域在明朝版圖中的位置，南明遺民奔赴南方政權，與北方迎降者相較，更加凸顯出悲壯之志與忠義之忱；此處將先略述「奔赴南方」的情形，接著探討「何處是南方」，茲分成江南、閩南、嶺南、滇南等四大區塊。政權逐步往南遷移，疆域的變化又如何？南方的「殘山賸水」又將如何支撐南明遺民的家國想像？

　　第三節為「進入南方的視域之中」，分成兩點：「南方的野蠻想像」、「南方的異域情調」兩個部分來論述。以「南方的野蠻想像」來說，南方有野蠻的「檮杌」出沒於「蠻夷之地」，這種對於南方的認知，是一種野蠻的想像；如徐孚遠「取道安南」，航海交州實際的地理位置則是一路向南的南方經驗，對徐孚遠來說南方的紀錄與回憶，充滿著茫然、驚懼、恐慌的未知感。以「南方的異域情調」來說，南方炎荒的單一物候，在南明遺民的視域中似乎只有夏天，在南來的遺民看來，南方縱使有秋涼冬霜之物候變遷，但對他們而言，南方的季

節變化與溫度升降，仍不比北方強烈，因此所呈現的南方物候自然是較穩定而不判然分明的；也因此，「熱」成了南方的單一印象，此正與季節變化明顯的北方（江南）大異其趣。南方的異域情調，以「熱」爲其地域特點，這也是南明遺民進入南方的視域之中，身心首先所感受到的劇烈變化。

第四節爲「南方的意識與隱喻」。南明遺民詩在南方視域之中所呈顯出深層意識，正在於自我／他者、先見／實境、中心／邊緣、主體／世界的多重交會與相互融聚，「南方」的確是成爲一「內在的他者」而使其有影響之焦慮，這種認知到「南方」的存在，從而對南方予以利害分析、價值判斷，可謂「南方意識」。「南方意識」之類型有三：反對者如顧炎武；贊成者如錢謙益；游移二者如徐孚遠、張煌言、錢澄之、瞿式耜等人。「南方隱喻」則有兩種，分別是「南方的火德／朱雀」，與「西南方的香草美人」，由這兩項來分析南明遺民詩中的「南方隱喻」，藉以發抒心因恐遭罹害，故避忌隱諱，委婉其辭，深層蘊蓄，不欲外露的綿密情感，「南方隱喻」遂成了南明遺民詩中建立的一套隱辭微語與隱文譎喻，可供索讀。

第五節爲「南方視域／南方書寫／南方詩學之譜系生成」。從東晉郭璞來到南方新世界談起，唐宋詩人中，杜甫漂泊於夔州、兩湖時期的西南天地；韓愈於嶺南的南方見聞；柳宗元於湖南、廣西的騷客情懷；韓偓於閩南的播遷；蘇軾的「不辭長作嶺南人」、「九死南荒吾不恨，茲游奇絕冠平生。」以南明爲後設的討論基點，往前聯繫唐宋詩人的南方經驗，並配合其時流離到「國境之南」的南方地域，以南方作爲觀測世界的一種方式，或能開展出一條由南方出發，迤邐綿延於中國文學／歷史上，南方視域／南方書寫／南方詩學相互交錯鎔鑄的知識體系與多元圖譜。

第一節　抗清、流亡者的空間移動與身分歸屬

清廷進逼中土之後，勢力漸往南移，自 1644-1662 約莫二十年

間，當時南方抗清勢力有弘光政權、隆武政權、魯王監國、永曆政
權，乃至其餘明朝宗室王爺諸侯所建立之地方勢力；以中國的疆界版
圖來看，其勢力範圍大致可涵蓋今日之江南、閩地、閩浙、西南、東
南沿海等；永曆一朝於西南邊境的南奔巡狩與越南、緬甸之間的互
動；鄭成功在閩南沿海，乞師日本，海航東亞的經貿軍政，加上當時
諸多遺民翻山越嶺，梯山橫海，風災鬼難之域，爲達使命往返各地之
過程中，跨越疆界，備嘗艱險與危難。以此觀之，南明遺民的空間播
遷不僅限於境內疆域，更延展至海外（日本）、鄰國（越南、緬甸），
不同於此前詩人的生涯去取與自我放逐，南明往南的遷徙流亡，可
說是一場大規模的集體之「離散經驗」〔註1〕，從江南，一路向「天

<hr />

〔註1〕 「離散文學」（Diaspora），「離散」主要指的是離鄉背景，散居各地
的族群，而可以溯源到亞當、夏娃之被逐出伊甸園，與猶太人之出
埃及記。有關「離散」之探討，進一步的相關研究成果，可以詳參
李有成、張錦忠主編：《離散與家國想像：文學與文化研究集稿》（台
北：允晨文化，2010 年）。陳芳明教授則解釋「離散」原本是用來解
釋猶太人的處境，他們分散在世界各地，說著不同的語言，有各自
的發展，卻可因爲「宗教信仰」而在心靈上聯繫起來。用來解釋第
三世界的族群融入第一世界的現象時，「離散」才有它正當的使用
性，第三世界的人雖然本來擁有自己的文化，但是到了第一世界卻
被迫拋棄自己的文化，然而第一世界的文化又和他們格格不入，這
樣的窘況便是一種「離散」。詳參陳芳明：〈東亞作爲一種方法〉，《台
灣文學的東亞思考——台灣文學藝術與東亞現代性國際學術研討會
論文集》（臺北：文建會，2007 年），頁 11-12。筆者此處此用「離散」
一辭主要是取其辭面上的隨文釋義，並藉由這些西方族裔的離散經
驗，來對照出南明與清廷互爲異族，以及清初年間南明遺民進出南
／北空間上的身體行動與疆界挪移。另據張錦忠研究指出，「離境」
其實也是馬華文學的象徵，離境不是一個靜止、固著的現象；相反
的，離境是在不斷的流動。以「離境」爲馬華文學的象徵，部分反
映了被邊緣化的人民，不得不然的離心選擇。選擇離境之後，其實
還是一樣要面對身分／認同／屬性的疑義與問題。張錦忠：〈緒論：
離境，或重寫馬華文學史：從馬華文學到新興華文文學〉，《南洋論
述：馬華文學與文化屬性》（台北：麥田出版，2003 年），頁 43。至
於中國／臺灣古典詩與離散詩學的結合，則可參閱高嘉謙：《漢詩的
越界與現代性——朝向一個離散詩學（1895-1945）》（台北：國立政
治大學中國文學系博士論文，2008 年）。

之南」，朝向更深遠的南方國度，更在異域殊方之中開展禮學教化〔註2〕。若從此角度而言，南明遺民詩中的疆界範圍、地理論述、身分認同、精神層次已與傳統行旅詩的界義，有了明顯的差異。

一、抗清、流亡者的棲息空間

清軍入關之後，張獻忠與李自成等流民軍、南明軍隊，成為佔據中國的三股勢力，清軍、叛軍、南明軍都知道只要先打倒一方或者拉攏其中一方，離勝利的機率就比較高〔註3〕。雖然張、李部隊殘餘勢力，後與南明軍隊合作共同抗清，但這是一個複雜的年代，人心巨測，為了利益、權勢、存活，正義是非之間已難有清楚的界線，如降將金聲桓、李成棟，後又反清，復歸於南明；曾為起義李自成部署的堵胤錫，於永曆朝則膺兵部尚書，為吳黨人事；加上遺民有各自簇擁的政權，如閩、浙素有嫌隙，永曆朝亦有激烈的吳、楚黨爭，再再顯示出權力、人事、政黨、派系的壁壘分明與傾軋角力。而明遺民們所面對的時代環境就是如此險惡與複雜。從錢謙益南京迎降，史可法的死守揚州、嘉定三屠，嶺南三忠的廣州護城，再到贛州（虔州），其抗軍的戰況亦不遜於揚州〔註4〕，徐鼒《小腆紀年》即記載：「觀贛州死事之烈，可以見楊、萬諸公忠誠之結，撫循之勞矣。此與史閣部之守揚州，瞿留守之守桂林，後先輝映，日月爭光，事雖無成，可無恨矣。」戰亂之中的圍城，摧毀了蒼黎庶民的安居生活，攻防拒迎之間更是考驗著人性的極限。

〔註 2〕如徐孚遠棲遲閩、粵，或云先生在海外著書甚富，或云先生在海外，居賓師之位，教授諸生，異域子弟多從之學問。詳參《徐闇公先生年譜》，《臺灣文獻叢刊》第 123 種（臺灣銀行經濟研究室編輯；台灣省文獻委員會出版，1997 年），頁 65。

〔註 3〕這是〔美〕司徒琳（Lynn A. Struve）之看法，她並說：「南明需要時間，因此可取之道是，不管是叛軍還是滿洲，暫時都不要與之開仗，讓他們自相殘殺，然後對付削弱的一方，以收漁翁之利。」請見氏著：《南明史：1644-1662》（上海：上海書店，2007 年），頁 25。

〔註 4〕錢澄之有〈虔州即事〉記錄此役的慘烈。參錢澄之撰，湯華泉：《藏山閣集》（合肥：黃山書社，2004 年 12 月），頁 115-116。

於是，從行旅、戰亂的時代背景，南明遺民跨越南北／海陸／
國境，其「戰亂流離」的陽九浩劫，若謂之爲見證時代的流亡者，亦
無不可，我們可以說：南明遺民是流亡者，同時也是世變之亟的時
代見證者。如徐孚遠自況生平經歷，可爲南明遺民之流離際遇，作一
註腳：

> 庚子歲，遙聞永曆帝遇害。辛丑，延平王取臺灣。壬寅五
> 月，王薨，元子經嗣位。癸卯十月，鷺門破，經退守銅山，
> 先生遂南帆。臨別，執敝郡沈佺期公手流涕曰：吾居島十
> 四年，只爲大明一片乾淨土耳。今遇傾覆，不得已南帆，
> 得送兒子登岸歸故鄉，守先人宗祧，即返，而與諸公顚沛
> 流離於外海，雖百死無悔也！〔註5〕

往返閩、浙，接著十四年來寓居海島，又奉敕令取道安南，覲見永
曆，在清初的歲月中，其一生幾在顚沛流離中度過，對於理解南明朝
與相關史事，有密切的關聯，姚光云：

> 嗚呼！先生瑣尾流離，刻意光復；昊天不吊，賫志以歿。
> 跡其生平，參預義旅、從亡海外，薦紳耆德之避地者，亦
> 皆奉爲祭酒，與南明之關係蓋不亞於鄭延平王及張尚書
> 焉。先生之大節，至晚年而愈顯，其精神固盡寄於此稿也。
> 先生往矣，精神自在天壤。百世以下，讀者可以想望其風
> 旨，而亦藉以考見南明二十餘年之文獻矣。〔註6〕

其實不獨徐孚遠，南明遺民如陳子龍、顧炎武、朱舜水、張煌言、錢
澄之、瞿式耜、屈大均、陳恭尹，在清初都經歷過流離頓挫，浪跡窮
荒，漂泊邊徼的生命歷程，在詩歌中的發言主體儼然是一流亡者的歷
史話語與傷痕敘事，如張煌言〈聞監國魯王以盜警奔金門所〉：

> 揮淚東南信，初聞群盜狂。扁舟哀望帝，匹馬類康王。流

〔註5〕《徐闇公先生年譜・徐闇公先生傳》《臺灣文獻叢刊》第123種（臺
　　　灣銀行經濟研究室編輯；台灣省文獻委員會出版，1997年），頁62。
〔註6〕姚光：《釣璜堂存稿・序》，徐孚遠撰：《釣璜堂存稿二十卷交行摘稿
　　　一卷徐闇公先生遺文一卷》《清代詩文集彙編》第14冊（上海：上
　　　海古籍出版，2010年），頁297。底下簡稱《釣璜堂存稿》。

彘終何限，依斟倘不妨！只今謀稅駕，天地已滄桑。(《張蒼
水詩文集》，頁 151)

「流彘依斟」本比喻失德君主流亡在外，張煌言此處用來形容魯王監
國素行端正，本無惡習，卻仍「流彘依斟」遭此挫難，天地既已滄海
桑田，那倒不如「依斟」放醉，稅駕棲息，隱居海島。以「流彘」比
喻流亡在南方的魯王，我們同時也想到在西南方不斷逃竄的天子永曆
帝，其流亡的南方之地即有：肇慶、桂林、全州、武岡、柳州、南寧、
潯州、貴陽、昆明、緬甸〔註7〕，以南明正朔為口號，在西南方建立
之流亡政府，使大量南明遺民奔赴行在，朝見天子（此指永曆），如
東南方的鄭成功勢力與西南方的李定國，雙方使者之往來互動，流動
的地理空間，天南的邊境敘事，從北入南，自南返北，南北往還之
間，正如徐孚遠所說：

北人入南等閒事，南人入北亦無異。(〈舟師〉，頁 434)

將南北空間的切換移動，視為稀鬆等閒之事，遂有以下的詮釋景觀：

丹夜三秋何事老，翠華六詔幾時迴？緣從鷺島懷人遠，忽
得魚書對客開。(張煌言，〈步韻和曹雲霖『浯島秋懷』二首〉之
一，頁 153)

相聞百濮西師下，便逐龍鸞返帝都。(徐孚遠，〈送萬靜齋還〉，
頁 519)

古來譏左次，王路幾時平。(徐孚遠，〈寓目〉，頁 477)

乘輿東幸今何指？一旅猶堪扈屬車。(瞿式耜〈北信杳然，中
夜不寐，口號六絕〉，其二，頁 215)

聽得一聲胡騎到，隨鑾護蹕幾人曾？(瞿式耜〈北信杳然，中
夜不寐，口號六絕〉，其四，頁 215)

永曆帝流亡於西南，尚不知何時能迴車；徐孚遠此時送還西南方來的
使者萬靜齋，歸還帝都（即永曆所在）；而自古以來的南溟，象徵著

〔註 7〕徐劉茝：《狩緬紀事》；謝國楨：《南明史略》（長春：吉林出版，2009
年），第八章、第九章〈西南建立的永曆王朝〉，頁 141-189。

左次、左遷、貶謫，南方與罪罰，互為一體；忠臣之遺恨，對於未能隨鑾護蹕，與君同存亡，深感懺悔。更有忠孝節義相結合者，如遺民瞿式耜之孫瞿昌文，為了代替父親（瞿玄錫）尋親之志，「自浙而閩，由閩入粵，不知受幾許風波，經無限險阻，得達桂林與臣一見，終遂其代父尋親之志也。」〔註8〕

由以上的流亡敘事與空間移動，拼湊了當時南明遺民的離散經驗與心景圖像，陌生異域的南方世界，日暮鄉關何處是的愁懷，至死不渝的復明心志，窮途末路的絕望，亡國的遺民背負著時代苦難的十字架匍匐前進，是見證天崩地坼、家國崩解的倖存者，時代的考驗與流亡的傷痛帶給遺民更多的迷惘與徬徨，活下來面對生命的重層關卡與艱鉅任務，需要更大的勇氣、堅持與信念，方能恪盡其責，走完無愧於己的生命之路。以此而言，南明遺民是前朝之所遺，也是一群時代的見證者，更是末劫厄運後的倖存者，其創傷記憶、精神重建、生命意義、價值體系，如何在崩毀之後，逐步重建、自我調適、療癒傷慟，活著，其實並不比殉節者來的輕鬆容易。

二、遺民／移民的身分歸屬

遺民，就其定義來說，乃前朝所遺、心嚮故國、且不仕二朝；移民，則跨屬海外，為近現代的辭彙，然自明清以來，中國有大量閩粵的人移民海外，所謂的華僑即開始遍及全球海外。早期，海外華僑的政治認同與國家或民族認同相當一致，都是指向中國本土〔註9〕。南明遺民在中國境內的流動遷徙，從北方燕京，到長江之南，又竄逃至閩南、嶺南、滇南；乃至閩浙沿海、東南沿海的海上經貿，如台南鹿耳門是鄭成功蹈海立國的發源地，金門、廈門則為當時政治、貿易、

〔註8〕《瞿式耜集》（江蘇師範學院歷史系、蘇州地方史研究室整理；上海：上海古籍出版社出版，1981年11月），頁104。

〔註9〕孫小玉：〈誰的國家？誰的人民？：呼與應之間的辯證與變數〉，龔顯宗、王儀君、楊雅惠主編：《移居、國家與族群》（高雄市：中山大學人社科學研究中心，2010年），頁22。

經濟、軍事往來之媒介，三者同爲東南沿海一帶極爲重要的聚散網絡；若再加上南明乞師日本、永曆奔竄緬甸、徐孚遠求道安南等異國之「離散經驗」來看；從流離境內版圖、往海外發展新天地、甚至跨國外交的國際互動，在在都說明了南明遺民以實際的身體行動參與了不斷變遷的移動空間。那麼，值得注意的是：外在空間的移動遷徙是否會影響到內在心靈的歸屬認同呢？亦即，面對空間變遷中的「移民」，如何將「流亡意識」與「遺民身分」連接在一起？我們可以在顧炎武詩中找到線索。

顧炎武〈流轉〉：

> 流轉吳會間，何地爲吾土？登高望九州，極目皆榛莽。寒潮盪落日。雜遝魚蝦舞。飢烏晚未棲，弦月陰猶吐。晨上北固樓，慨然涕如雨。稍稍去鬢毛，改容作商賈。却念五年來，守此良辛苦。畏途窮水陸，仇讐在門户。故鄉不可宿，飄然去其宇。往往歷關梁，又不避城府。丈夫志四方，一節亦奚取？毋爲小人資，委肉投餓虎。浩然思中原，誓言向江滸。功名會有時，杖策追光武。（頁205-206）

此詩寫於1650年，首句「流轉」有「亡命」之意〔註10〕，「吳會間」指蘇南、浙西之間。「吾土」有樂土、鄉土、國土之義，惟後接「九州」故指「國土」已漸遭陵夷進佔，極目榛莽之蒼涼；而先生守此吳會之「桃花溪」歷時五年，「窮水陸」乃指官府緝捕，先生不能公然遠行，「仇讐在門户」，指的是先生與家賊之間「徒以爭祖產而搆難，以致四載訟庭，互尋仇隙，霸占田產，強賣祖居，甚至焚燒搶劫，旅途追殺，幾禽獸之弗如。」〔註11〕於是去國懷鄉，歷遊北方，爲求方便行走江湖，遂不得不「翦髮」以杜絕小人搆陷之藉口，顧炎武以大

〔註10〕王冀民【釋】：「流轉」，引《後漢書・張儉傳》：「儉得亡命，困迫遁走，……後流轉東萊，止李篤家。」可知「流轉」二字兼有「亡命」之意。王冀民：《顧亭林詩箋釋》（北京：中華書局，1998年），頁206。

〔註11〕王冀民：《顧亭林詩箋釋》，頁207。

丈夫行志坦蕩識其大端，不拘一節釋「翦髮決心」；也就是說，不翦髮，便不方便遊歷，「全髮與翦髮影響先生之行蹤若此」〔註12〕；由此來看，顧炎武為避緝捕，不敢公然遠行，為避家賊，不能鄉居，只能四方流亡，不知「何地為吾土」，當他決心翦髮改變身體容貌之「一節」時，外在行跡看似融入清人其實僅是方便行事，內心未曾改動過「遺民身份」，故末尾言：「杖策追光武」，以光武中興為期許自勵，其中所認取的遺民意識，是不受到翦髮易容所影響的；也可以說，作為一流轉、流亡，失去故土之根的「空間移民」，顧炎武由南入北的流亡意識／鄉關意識／遺民意識，為一體多面之顯現，彼此之間是相互依存與詮釋的。

　　如果說顧炎武是由南方進入北方的南明遺民，那麼，更有大量的南明遺民奔赴南方，護駕天子，尋求諸政權所在地，也就是由北入南的空間移動，如張煌言往返閩浙之間，東南沿海的徐孚遠，閩山桂海的錢澄之，西南桂林的瞿式耜，湘南隱居的王船山，錢謙益的西南想像，這些遺民身分來到南方，首先對空間感知是充滿陌生的〔註13〕，如徐孚遠〈短吟〉：「白頭棲異域，懷抱可能禁。」〔註14〕進入了南方異域〔註15〕，成為空間之中的越界「移民」，但他們仍舊持守「遺民意識」，如張煌言〈王師北伐，草檄有感二首〉（戊戌）：「要說遺民垂涕處，當年司隸有威儀。」〔註16〕對照於昔日之威儀司隸，今日則故國滅亡，以南方遺民身分自居，北征中土，力圖恢復；又張煌言〈述懷二首〉之一（戊戌）：

〔註12〕王冀民：《顧亭林詩箋釋》，頁208。
〔註13〕有關這方面的遺民心境之空間感知，實乃複雜且多元，可參論文第四章的討論。
〔註14〕《釣璜堂存稿》，頁447。
〔註15〕〈輓馮躋仲侍御〉（辛卯）：「異域誰招馮母魂」張煌言：《張蒼水詩文集》，《臺灣文獻叢刊》第142種（臺灣銀行經濟研究室編輯；台灣省文獻委員會出版，1994年），頁80。
〔註16〕張煌言：《張蒼水詩文集》，頁130。

南紀亦滔滔，**島嶼有群雄**。群雄苦不成，歲月坐冰融；五侯並九伯，化爲萬與蓬！**樓船出閩越**，軍聲正及鋒。金符剖異數，玉牒綴強宗；非云優晉錫，所以屬康功。**孤臣懷共主**，髮鬖五雲封。（頁 131）

此詩寫於張煌言將響應鄭成功明年（1659 年，永曆十三年，順治十六年）的水師起義，「南紀」指南方諸侯之國，「島嶼有群雄」指分散於東南海域上的群雄勢力如鄭成功等人；「共主」指永曆桂王。詩人身處南方「閩越」，即將出征北伐，隨從魯王監國泛海閩浙之間，由北到南，再由南到北，在這長達十餘年不斷切換變動的空間越界之中，張煌言心中的「遺民意識／復明意識」，仍是根深蒂固，堅持不移的。

第二節　留存在殘山賸水中的大明江山

一、奔赴南方

　　明朝定都應天府（今南京），成祖於永樂十九年（1421）遷都順天府（今北京），長達二百多年端居北方都城的君臣，如何看待南方？有助於我們理解「南明時期」的南方議題。順著這樣的問題脈絡，我們必須先考察明代的邊防政策。此處特別著重在北方邊境（西北、東北）的軍事政策。

　　當時對於「北方邊境」的首要設施是設立九邊。初設遼東、宣府、大同、榆林四鎮，繼設寧夏、甘肅、薊州三鎮，又設太原、固原兩鎮，是爲九邊。九邊之設，擔任了鞏衛京師之責，使明朝邊塞形成一條東起鴨綠江，西抵嘉峪關的防線。

　　明中葉時，英宗（1427-1464）的土木堡之變，已有北方官員面對皇帝被擒，把「南方」當作撤退的南遷之地，如徐有貞（1407-1472）極力主張朝廷應該南遷。但他的論據遭到兵部侍郎于謙的反駁，土木堡之變後，明朝廷沒有被趕出它的新首都（按：指北京），並且表現

了它要保持它在華北的地位的決心〔註17〕。這是明中葉的北方首都知識份子的認知取向，他們沒有把目光投向「南方」，而是更堅定的以「華北」爲政治中心。到了晚明時期，明朝政府的軍事開支猛增，根據學者研究指出：

> 16世紀90年代在朝鮮對日本的兩次花費很大的出征，在西南邊疆與暹羅、緬甸以及土著居民之間不斷發生的問題，在北方和西北方蒙古人恢復了的壓力，在東北方滿族力量的不祥的增長，這些都增長了防禦費用。還有大筆的款項用在維修和改進大運河網，加固長城的某些部份，重建北京毀於1596年和1597年火災的幾座宮殿。〔註18〕

這段敘述中除了西南方邊境民族的問題外，明朝幾乎所有的軍事邊防計畫，都是針對北方（包括日本、蒙古、女眞、長城）。明朝官員對「南方」的邊防現象不若北方來的重視與嚴密，是清晰可見的。

甲申之變，李自成攻陷北京，崇禎自縊，當時明朝的北方官員不但沒有反抗李自成軍隊，甚至迎降。根據《南疆繹史》：

> 北都淪喪，帝后升遐，巷戰死節者遂無一人；且反面事仇、甘心降賊，爲之指斥先帝、規并海宇。人心已喪，法紀何存！〔註19〕

從明初定都北京，到明中葉堅守北方勢力，崇禎十七年的甲申之變，明朝北京官員卻成了甘心降賊，毫無反抗，幾乎到了人心淪喪、漫無宗法的地步。「明朝養士三百年」，北方官員迅速的投降李自成，乃至於後來又與清廷合作，都凸顯出走向「南方」的抗清志士之悲壯、堅篤、忠義、豪情。與北人相較，滿清入關後，順治二年（1645）南攻江陰，閻應元於城破之日題字有云：「留大明三百里江山」，誓死捍衛城池，護守社稷宗廟，存留故國江山，縱使隨著清

〔註17〕〔美〕牟復禮，〔英〕崔瑞德編：《劍橋中國明代史》上卷（北京：中國社會科學出版社，1992年），頁318-323。

〔註18〕〔美〕牟復禮，〔英〕崔瑞德編：《劍橋中國明代史》上卷（北京：中國社會科學出版社，1992年），頁569。

〔註19〕《南疆繹史》，頁14。

人不斷的南逼進攻，此刻的「中華遍地無冠裳」﹝註20﹞、「普天絕無
乾淨地」，﹝註21﹞他們奔赴南方尋找一塊乾淨土，誠如徐孚遠所說：
「吾居島十四年，只爲大明一片乾淨土耳。」﹝註22﹞就這個角度來
看，記憶中的大明江山，就要殘存在南方的殘山賸水之中了。

二、何處是「南方」？

誠如論者指出：

> 「南方」常是一種浮動的地理概念，有時是包含著大範圍
> 的「南方」泛指著白龍江－秦淮－淮河以南之處，相較北
> 方而言的南方，包含了長江下游富庶的蘇杭，……然而「江
> 南」的概念常與吳越聯繫在一起，在中唐之後尤其如此。
> 可見「江南」在唐代開始有了確定的意涵。而相較於「江
> 南」，也有著另一組「南方」概念在形成，這是放臣逐子常
> 被貶至蠻荒的南方。……中唐以來不受王化的南方，是由
> 江漢綿延至嶺南及海南島，此正是唐、宋文人逐臣謫放之
> 處的南方。﹝註23﹞

此段乃針對唐宋時期的南方，從傳統認知中的江南拓展至嶺南，可證
南方的指涉與範圍，非固定不變。因此，本文所謂的「南方」──江
南、閩南、嶺南、滇南──主要乃根據於南明遺民與流亡政權之地理
分布與版圖界域。

那麼，「南方」在哪裡呢？亦即本文所欲論述之南方，應如何界
定？可先以圖標示當時南明各政權的據地＊：

﹝註20﹞《瞿式耜集》，頁226。
﹝註21﹞黃宗羲〈甄山高士，雲門梵林述其事，繫之以詩，並來索和，爲作
　　　　《甄山》土一首〉。
﹝註22﹞《徐闇公先生年譜》，頁62。
﹝註23﹞張蜀蕙：〈北宋文人飲食書寫的南方經驗〉，《淡江中文學報》第14
　　　　期（台北：淡江大學中文系，2006年6月），頁138。
＊圖檔引自司徒琳（Lynn Struve）：《1644-1662：南明史》地圖1。

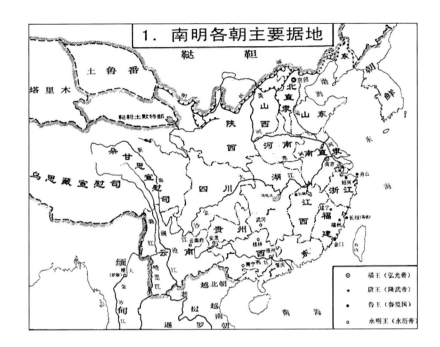

南明五個政權，弘光乃定鼎金陵，魯監國活動於浙江沿海，隆武即位福州，紹武於廣州上任，永曆則流離遷徙於兩廣、桂、黔、滇；大體說來，南明疆域的地理空間主要是長江以南到滇緬邊境為界域，若以中國版圖來看，是相對於「北」而居於南方的。

眾所周知，若以唐朝安史之亂為界，從此之後直至宋代，中國即少有大規模和外族融合與交流，以致在一般人印象中，兩宋時代是呈現相當程度的內向與封閉。但自安史亂後，確實已有一股不小之動力，讓不少人民自北往南，向南方世界來拓殖與開發，此一移民潮流，尤其至唐末五代時，因政治及社會的動盪而達到高峰〔註24〕。對於南／北的討論及兩者之文化差異與優劣，一直是中國文化傳統的辯證思維，到了明清易代，王夫之論「夷狄之與華夏，其地異，其氣異矣」，因地域不同，導致人們有不同的文化習慣，夷夏之分也於焉而

<hr />

〔註24〕顧立誠：《走向南方——唐宋之際自北向南的移民與其影響》（台北：國立台灣大學出版委員會，2004年），頁5。

生〔註25〕。如果南北地域的差異將造成文化認同上的不同，那麼，以「南方」爲立足點，來觀察這些流離到南方的明遺民們如何立基於「國境之南」呈現出他們的書寫行動、身分認同、疆域概念、家國論述，將是一個遺民詩史、地域文化以及明清文學史上，均不能迴避的問題。誠如趙園所說：遺民之地域分布，正是遺民史上明遺民異於前代者〔註26〕；司徒琳（Lynn A. Struve）亦認爲可從地緣政治的角度對這一豐富多彩的時代作一個精確而又全面的觀察〔註27〕。

（一）江　南

江南，在秦漢時期，主要指的是今長江中游以南的地區，即今湖北南部和湖南南部。唐代「江南」的範圍更大，韓愈所說「賦出天下，而江南居十之八九」的江南，指的其實是江淮以南，南嶺以北的整個東南地區。今天的「江南」仍稱之爲「江東」。唐代江南最準確的涵義是專指長江以南地區。兩宋時期，鎮江以東的江蘇南部及浙江全境被劃爲兩浙路，這是江南地區的核心，也是狹義的江南地區的範圍。到了明代以後，「江南」的地域範圍開始趨於固定，最狹義的江南範圍應包括蘇、松、常、鎮、杭、嘉、湖七府之地〔註28〕。

（二）閩　南

閩南，主要指的是福建南部漳州、泉州、廈門一帶，在明清時期閩南沿海的海上商業貿易、海商、海盜、海防與沿海貿易口岸相關課

〔註25〕王夫之從地域的角度討論夷夏之辨，詳參蕭敏如：〈由「尊王」向「攘夷」的轉化──清初遺民士人《春秋》學中的民族意識〉，《臺北大學中文學報》2008 年 9 月第 5 期，頁 6-10。

〔註26〕趙園：《明清之際士大夫研究》（北京：北京大學出版社，1999 年），頁 229。

〔註27〕司徒琳（Lynn A. Struve）：《南明史：1644-1662》，〈英文版序言〉，頁 4。

〔註28〕此處有關江南的地理範圍，請詳參楊念群：《何處是江南？清朝正統觀的確立與士林精神世界的變異》（北京：三聯書店，2010 年），頁 11-12。

題的研究是當時歷史發展中的重要文化現象〔註29〕。南明時期的隆武政權雖立都於閩北福州，然當時鄭芝龍、鄭成功的海上勢力卻與閩南地域有不可分割的關係，鄭成功既擁護福京唐王，故隆武政權與閩南的交涉乃至鄭成功於一六五〇年代的抗清活動〔註30〕，亦應列入考察範圍。

（三）嶺　南

嶺南，即五嶺以南。五嶺，由越城嶺、都龐嶺、萌渚嶺、騎田嶺、大庾嶺五座山組成〔註31〕。地處廣東、廣西、湖南、江西四省區交界處，明清之際嶺南的遺民詩人輩出，又因其地理位置易守難攻，故與密謀復明的政治運動息息相關，是本文考察南明遺民的「南方」地理之一大重點〔註32〕。

（四）滇　南

滇南，本文指滇黔兼指鄰境的緬甸、越南。明清時期，滇黔地區已正式納入版圖，但相較中原觀點仍是化外邊陲；明社既屋，黔滇之地遂有了重要的宗教史、政治史之地位，如陳寅恪所云：

> 永曆之世，黔滇實當日之畿輔，而神州正朔之所在也，故值艱危擾攘之際，以邊徼一隅之地，猶略能萃集禹域文化之精英者，……其地之學人端士，相率遁逃於禪，以全其志節，今日追述當時政治之變遷，以考其人之出處本末，

〔註29〕詳參陳春聲：〈16世紀閩粵交界地域海上活動人群的特質——以吳平的研究爲中心〉，陳益源主編：《閩南文化國際學術研討會》（台南：成大中文系，2009年），頁105-120。

〔註30〕詳參吳密察：〈鄭成功於閩南的抗清活動〉，陳益源主編：《閩南文化國際學術研討會》（台南：成大中文系，2009年），頁11-18。

〔註31〕五嶺之名，及嶺南納入中國版圖於中國歷史上的行政劃分、疆界範圍、文化意識，詳參陳雅欣：《唐詩中的嶺南書寫研究》（台南：國立成功大學中國文學研究所碩士論文，2008年），頁14-76。

〔註32〕明清之際嶺南的文學、文化、宗教傳統，嚴志雄以函可作爲個案，有專文討論。見氏著：〈忠義、流放、詩歌——函可禪師新探〉，收入嚴志雄、楊權點校：《千山詩集》（台北：中研院文哲所，2008年），頁1-56。

雖曰宗教史，未嘗不可作政治史讀也。〔註33〕

綜合上述，從江南（弘光政權、魯監國）、閩南（隆武政權）、嶺南（紹武政權、永曆政權）、到滇黔（永曆政權），它涵蓋了現今的江蘇（江淮）、浙江、安徽、福建、兩廣、滇黔、海島（崇明、舟山、金門、廈門），此即本文主要的「南方」範圍。從江南、閩南、嶺南、滇南、甚至海島，都是南明政權在南方的版圖界域，相對北方中土江山，南方版圖顯得較爲零散、破碎與分裂，錢澄之〈秋興〉共六首，即展示了從江南到絕島的地理景觀：

> 鬱鬱鍾山望孝陵，漢家園寢許誰登？（其一）
>
> 金陵佳麗六朝傳，歲歲春遊豔少年。（其二）
>
> 江南行樂古長洲，畫舫青娥憶昔遊。（其三）
>
> 越東烽照羽書稀，潮落錢唐王氣微。五夜樓船航海疾，千羣胡騎渡江飛。耶溪花繞羅甄帳，禹廟苔荒掛鐵衣。聞說君臣棲絕島，金鰲山寺幾時歸？〔註34〕

從鍾山、孝陵、金陵代表的「江南」（弘光政權），到來往閩浙海域、棲息絕島（魯王監國），描述了不同於北方中土的南方山水與復明之根基；要北伐中原恢復大明江山，寄託於南方的殘山賸水是最後的期望，也是唯一的希望。

錢謙益〈哭稼軒留守相公一百十韻〉：

> 關山留北顧，宗祐寄南遷。已下敘乙酉歲開府廣西遇亂擁立之事。江左朝廷小，交南節鉞偏。風雲天路偪，翼戴本支綿。宗澤回鑾表，劉琨勸進箋。嶺邊求日月，規外別坤乾。翼軫開營壁，湘灘抵澗瀍。隻身支浩劫，赤手捧虞淵。插羽鉤庸蜀，分茅餌益滇。〔註35〕

〔註33〕陳寅恪：〈明季黔滇佛教考序〉，《陳援菴先生全集》（台北：新文豐，1993 年），冊 9，頁 179-180。

〔註34〕錢澄之撰，湯華泉校點：《藏山閣集》（合肥：黃山書社，2004 年 12 月），頁 122。

〔註35〕錢謙益著，〔清〕錢曾箋注，錢仲聯標校：《錢牧齋全集》（上海：上海古籍出版社，2003 年）第四冊，頁 139。

「宗祐寄南遷」，指甲申喪亂，明朝宗室南移，接下來則敘述 1645 年（乙酉）瞿式耜等人於粵西擁戴永曆帝事。「江左朝廷」指的是短暫建立於南京的弘光政權，後迅速傾覆，「交南」指廣東廣西一帶（非今之越南），此處爲天之南，路之偏，王室流離至此，備嘗艱辛，但因朱由榔爲明宗室的族裔「本支」，受到擁戴與翊助，因此能在天地乾坤之外，開展屬於朱明之後（日月）的南方新世界，於是詩中的交南、嶺邊、湘灘、西蜀、滇南，都是「南方」的地理版圖，南方雖「別坤乾」，卻與天上星宿翼軫相呼應，強化了南方的合理性與正統。

　　我們可以發現，南明在一路敗退的疆界版圖與分裂的離散政權中，南方的殘山賸水與邊境窮荒，帶給了南明遺民保有一塊乾淨之土的希望，「留存在殘山賸水中的大明江山」，北方故土已經淪喪，明朝正朔轉移，正統移鼎南方，「南方」作爲整合當下破碎政權的一個向心力，在南方的殘山賸水之中，分裂的離散政權遂有被整合的可能與重新團結的契機。

第三節　進入南方的視域之中

　　南明遺民流離至江南以南之閩南、嶺南、粵桂、黔滇，天之極南視爲「異域空間」；進入南方的視域之中，代表的是北來的遺民帶著原先對南方即有之認知習見與知識概念，在親臨實境之後，想像與現實之間所發生的碰撞激盪與齟齬磨合，所引發出的視界交會與融合，也就是說南來者進入南方的環境之中，原先對南方有著「過去視界」的理解與想像，實際到了南土之後，又產生了新的「現在視界」，過去與現實之間的交融，就是伽達默爾所謂「視界交融」（fusion of horizons）的概念。我們可以說，「南方」是一個已在的文本，遺民是解釋者，解釋者帶著自己的偏見去理解對象（文本），並不斷地使原有的偏見受到檢驗與修正，以達到兩者之間的交融〔註36〕。在進入南

─────────────────

〔註36〕此處有關「視界」或稱「視域」的觀念之運用，參考自王瓊玲：〈明

方的視域之中，南明遺民所面對的真實經驗與過往歷史偏見的相互融合、對話，這是一種自我／他者、先見／實境、中心／邊緣、主體／世界，相互聯繫，映照交織，解釋者與理解對象之間，不斷發展與辯證，從而拓深出的「南方視域」，其眼中所看到的正是「南方的野蠻想像」與「南方的異國情調」。

一、南方的野蠻想像

廣州兩次城破，一次爲 1646 年，一次爲 1650 年。順德的陳邦彥、南海的陳子壯、東莞張家玉等抗清英雄列爲嶺南三忠；嶺南在當時即爲抗清重鎮之一，南方地域特有的野蠻與剽悍充分展現在忠誠愛國的民族氣節上，因此南明遺民（軍隊）結合南方野蠻的潛能與特質，對抗北方清軍的進攻，兩邊的交戰與殺戮，幾乎可說是以武力制裁，「以暴制暴」的征伐過程。值得注意的是，南方除了具有野蠻草根性質，更在迷離水域、蓊鬱翠林中，激發出浪漫旖旎的幻想世界；南明遺民進入了南方的視域之中，觀看角度乃「南方的野蠻想像」，這是一種自我主體與南方世界相互對話的闡釋過程，試述如下。先看張煌言詩中所描述的野蠻之南方：

> 百粵河山已自愁，播遷此日更堪憂！方傳橋杌從南竄，豈意欃槍自北流！險阻莫能關象郡，炎荒何處割鴻溝！一成賴有滇雲在，捲土誰爲借箸籌！（〈聞貴陽失守〉（己亥），頁 140）

首聯中的「百粵」也就是「百越」，此處乃古代散居南方各地越族的總稱。漢時有閩越、甌越、南越、駱越等。其文化特徵爲斷髮、紋身、契臂、巢居、使舟及鑄銅鼓等。此聯言貴州黔地失守，永曆帝欲奔竄滇南，帝王流離四方，播遷南移的悲慘境遇；頷聯接著想像西

末清初歷史劇之歷史意識與視界呈現〉，《晚明清初戲曲之審美構思與其藝術呈現》（台北：中研院文哲所，2005 年），頁 266-267；王瓊玲：〈「實踐的過去」──論清初劇作中之末世書寫與遺民情結〉（台北：中央研究院中國文哲研究所舉辦行旅、戰亂、貶謫與明清文學學術研討會，2009 年 12 月 3、4 日），頁 11。

南邊境有「檮杌」野獸竄出，孰料桂王不畏懼野獸仍欲行往西南，而罔顧這時由鄭成功率領的長江水師之起義，詩人意在微諷暗貶永曆不顧全大局，逕自逃竄的行徑；頸聯中的「象郡」，秦代所置。包括今廣東省舊雷州、廉州、高州諸府，廣西省舊慶遠、太平及梧州府的南境，以至安南等地。「莫能關象郡」蓋言天之南已到邊境之極，踰越此界線就不再是中國境域之內，銜接上述語意脈絡，希冀永曆切莫一路向南撤退，與「中國」漸行漸遠，形成巨大鴻溝；尾聯遂以「滇南」仍為中國境內版圖，以此為最後籌碼，尚有滇南一綫，或有捲土重來之日。

　　想像南方邊境（黔滇）有野蠻的「檮杌」，再往南到了安南，跨越國境之後，則是「蠻夷之地」，張煌言如此想像著「安南」：

> 天南消息近成虛，一卷新詩當尺書。誰看墜鳶偏擊楫，似聞鳴犢竟迴車。蠻夷總在天威外，越雟應非王會初！讀罷瑤篇還涕淚，行吟何獨有三閭！（〈得徐闇公信，以「交行詩刻」見寄二首〉之一（己亥），頁140）

「越雟」，今四川越西縣。徐孚遠赴安南拜詣永曆乃1658年（永曆十二年，順治十五年）正月，「交行詩刻」乃隔年也就是1659年付梓；因此，此詩後注寫於己亥是正確的〔註37〕。此詩以天之南比擬永曆當時之行在（按永曆當時流離黔、滇一帶），並稱交州（越南）為「蠻夷」之地，不在天朝威望的勢力統轄之中，此詩將天南（越南）等同於「南蠻」，也就是不尊恪「禮」的野蠻國度〔註38〕，至為明顯。再如想像中的滇南：

〔註37〕徐孚遠永曆十二年（順治十五年，1658）奔赴永曆帝行在，取道安南事，其時地原委可參本論文第四章所考證。

〔註38〕對於安南（越南）有「禮學」之存在，徐孚遠亦感稀奇，其〈贈安南范禮部〉十載風塵臥翠微，今來假道赴皇畿。未聞脂秫遺賓駕，更有荊榛牽客衣。生似蘇卿終不屈，死如溫序亦思歸。**南方典禮惟君在，橋胙相期願弗違。**」（《交行摘稿》，《釣璜堂存稿二十卷交行摘稿一卷徐闇公先生遺文一卷》，《清代詩文集彙編》第14冊，頁90。「惟」字表露了希罕，甚至帶有「禮學」才是至高無上的價值思維。

誰登仙嶠問皇輿，十載驚傳典象胥。英蕩難歸萬里節，軺
軒徒積百蠻雪。越人翡翠應無恙，漢使葡萄總不如！惆悵
五雲橫僰道，看君卻上指南車。（〈送黎大行南訪行在〉（辛丑），
頁159）

此詩寫於「辛丑」即 1661 年（永曆十五年，順治十八年），時永曆
帝逃竄鄰國緬甸，後吳三桂俘虜至滇南，計明年絞死於雲南；「僰
人」，中國古代少數民族之一。散布於西南地區，主要分布在僰道（今
四川宜賓市地區），秦以前曾建立僰侯國。從詩中的百蠻、越人、僰
道來看，均屬中國境內少數民族，故應指滇南而非緬甸，亦即張煌
言寫此詩時，其所認定之「行在」（永曆）在滇南，遂有尾聯所稱之
「指南車」，蓋言「滇南」乃居於四川之南。

張煌言所想像的南方邊境（黔滇）與鄰國（緬甸、越南），是有
著野蠻的「檮杌」出沒之「蠻夷之地」，這種對於南方的認知，是
一種野蠻的想像；到了徐孚遠欲朝覲永曆，航海取道交州，「安南」
實際的地理位置是一路向南的南方經驗，但對徐孚遠來說，南方的
紀錄與回憶，充滿著茫然、驚懼、恐慌的未知感，其《交行摘稿》
記載：

賓館嗟無端木駟，蠻方賸有子卿羝。每懷返轡身何託，實
恐朝天路欲迷。（〈交州漫題〉之一，《交行摘稿》，頁90）

南來虛負一帆風，王會猶然苦未同。披髮夷人何意氣，擔
簦客子甚忡忡。（〈交州漫題〉之二，《交行摘稿》，頁90）

晴光煜煜雨霏霏，夷服夷言相刺譏。客裏三人如貫索，舟
居兩月似圜扉。（〈晦日同臣以、衡宇〉，《交行摘稿》，頁91）

從王喜甚赴蓬瀛，誰料南行荊棘生？蝸角眞爲蠻氏戰，蠅
營擬作伯勞聲。（〈四月朔〉，《交行摘稿》，頁92）

夏甸幾時巡鳳輦，春光難可變梟音。不堪異類思微服，遙
念同朝憶故簪。（〈四月朔〉，《交行摘稿》，頁92）

志欲吹麾慮未詳，忽然鼓棹入蠻鄉。常懸北闕心如日，一

到南方鬚總霜。(〈四日〉,《交行摘稿》,頁 92)

這其中的南方之獸(羝、梟);野人(蠻、夷);異域(蠻鄉);使得南方成了野蠻的、憂鬱的熱帶國度,從詩人「路欲迷」的茫然未定,到心中「怔忡」驚魂的感受,「不堪異類」是自我與他者所畫出的一道界線,也是潛意識中的自我防衛機制之運轉。

除了南方的野蠻之外,詩人的南方視域也包含對於南方鬼魅的幻想,南方山鬼本出自《楚辭・九歌・山鬼》:

> 若有人兮山之阿,被薜荔兮帶女蘿。既含睇兮又宜笑,子慕予兮善窈窕。乘赤豹兮從文貍,辛夷車兮結桂旗。被石蘭兮帶杜衡,折芳馨兮遺所思。〔註39〕

孔子《家語辨物》:

> 木石之怪夔魍魎。

即言逃匿山居之人唯與魍魎山鬼相對。遺民詩中承續此意象,如張煌言〈送萬美功還越,時其弟靜齋將赴行在〉(壬辰,順治九年):

> 祇應山鬼語,但見送人行。(頁 85)

至於《楚辭・湘夫人》中「帝子降兮北渚,目眇眇兮愁予。……沅有茝兮醴有蘭,思公子兮未敢言。……朝馳余馬兮江皋,夕濟兮西澨。聞佳人兮召予,將騰駕兮偕逝。」帝子化身於在水一方的南國佳人,置身南方湘沅水域,在一片迷離的情境中,若隱若現,與世獨立;徐孚遠〈友人南行而不能偕短歌志懷〉即如此敘述:

> 閉口十年無一語,不愁老至無處所。授餐假館亦有情,迹雖濡矣神不許。脂余車兮命余航,美人猶隔沅與湘。望之遙遙增歎息,負鼎攀龍非我力。(頁 433)

此詩贈寫友人南行,詩人無法相偕之感懷;首四句言語朋友之間的情意深重,十年之內無發一語(此自為夸飾)卻在離別之際短歌抒懷,特為此詩,莫逆之交的深契使得流寓他方,深處異鄉也能感受到人間真情,只是離合宿緣本是人間無法逆料之事,縱使濡染迹深也有離別之日。後四句則言自己也有南航的旅程規畫,想要追索沅湘水域中惝

〔註39〕〔宋〕洪興祖:《楚辭補注》(臺北:土城,頂淵出版,2005 年),頁 79。

悅迷離的美人，卻只能望之興嘆，故結尾以「負鼎攀龍非我力」自歎，並以謁見君王之重責大任來期許友人此次的南方之行，將不得已的分離寄託在更遠大的理想抱負之中，或許這也是一種自我聊慰的說解吧。

二、南方的異域情調

南明遺民來到南方後，首先感受到的是物種的稀少罕見、南方語言的嘈雜徵音〔註40〕；此外，在「物候」方面，由於南方物候的炎熱、遲冷、季節單調無變化，形成一年之中冬天遲到，似乎只有夏天的錯覺，氣溫的異常炎熱所造成的身體感知與適應調節，詩人屢再三致意，這種描摹「物候」之炎熱，可說是「南方的異域情調」〔註41〕。徐孚遠詩中屢述及此，如：

> 炎夏暑氣蒸，煩怨不可滌。蒼蠅擾其畫，白烏擾其夕。高春尚昏昏，披卷如無覓。隴上鋤犁者，辛苦事此役。我行聊慰之，清風來兩腋。神思方豁然，翩翩欣有適。人生當微勞，勞乃攝生術。數載臥山中，四體無所逼。久作方外游，疏懶乃成癖。（〈炎夏〉，頁376）

> 客身苦煩促，乃思清冷淵。數年泛滄洲，盛夏亦風寒。樓船挂高帆，白波冒迴湍。海燕倦其翼，而況蚊蚋干。今來山中居，赤日如火然。白羽搖不息，汗流無時乾。澗裏石泉涸，庭中蕙葉殘。帝車行皓皓，吟罷且長眠。（〈苦熱〉，頁376）

> 南方古瘴地，居者罕能善。春季及夏仲，余足遂連寒。躡屐苦未能，扶藜猶可勉。寢興一卷書，匡牀坐愈嬾。餘年

〔註40〕 此論可參論文第四章第四節國境之南的地理詩學中「南方風土草木狀」一節。

〔註41〕 稍後的清初宦臺詩人如孫元衡，也點出海島南國（臺灣）的特殊物候與炎蒸溽熱，施懿琳先生對此有深入闡發，可參氏著：〈憂鬱的南方──孫元衡《赤嵌集》的臺灣物候書寫及其內在情蘊〉，《成大中文學報》第15期（2006年12月），頁107-136。

猶未知，筋力當有限。縱令廟社還，豈任銀黃綰？庶求林壑深，不厭朝參淺。形虧天乃全，物外安疏散。（〈連蹇〉，頁389）

地炎常著袷，宦薄未成裘。慘淡求三島，風霜飽一丘。贈袍須故友，爇火向元侯。還念南巡駕，幾回黃竹愁。（〈晚寒〉，頁451）

君才如駿逸，應逐冥鴻飛。莫似隨人熱，而嗟知我希。元龍殊不傲，劉牧豈難依。分手炎州去，何山少蕨薇。（〈送靜齋返粵〉之二，頁466）

南方本自號炎州，燺燺何時大火流。差有北窗堪送夏，歎無南畝可登秋。乞師處處繭成足，避地年年雪滿頭。壯志未酬心力倦，不如投老學浮丘。（〈苦暑有懷〉，頁517）

好事傳來總是虛，時悲時喜定何如？鄉關不度雲間鶴，故舊空懷袖裏書。漸向炎州風土惡，老隨蠻府鬢毛疏。幾年五畝溪邊宅，歸去披裘首自鋤。（〈悵然有作〉，頁518）

自從流落趁樓船，南海炎炎又一天。萬里風飆難可避，十年肌骨那能堅。正期後死思玄度，欲取餘生付偓佺。在昔此邦稱瘴癘，幾人頭白賦歸田。（〈病熱〉，頁532）

炎州羈客若為情，伏雨初收暑氣平。坐見岫雲千里合，夢隨槎泛十洲生。芰荷風動堪投老，湘澧塵清可濯纓。日影沈沈移榻影，相傳諸帥翦長鯨。（〈炎夏〉，頁537）

從以上九首詩來看，在徐孚遠的認知中，南方、南海、閩地即是「炎州」，詩題直道「炎夏」、「苦熱」、「苦暑」、「病熱」，對於炎州溽暑感到愁苦並結鬱發病，加上不時有蒼蠅、蚊蚋縈繞不散，致使心煩急促，此地的燺燺熾熱之物候，如猛烈火勢席捲而來，並以「風土惡」、「瘴癘地」來形容此處環境之惡劣與風土不合導致的鬢毛稀疏〔註42〕，若再加上暑氣蒸發，氣團鬱悶所造成的「況復霉霖氣欲埋」，

〔註42〕徐孚遠後至更南方的安南，也強調頭髮的變異，如〈四日〉：「一到

炎夏、溽暑、悶熱、起霉等異國物候，置身炎熱荒陌之地，赤日如火燃，羽扇輕拂仍擋不住汗如雨下，徐孚遠遂避暑山中作方外游，張煌言則是「入林偏愛晚涼生」〔註43〕，在濃蔭密林之中，感受夏夜晚風的涼爽；在「爇火」襲來的南方物候之中，天寒的氣候變化也相對的延後了，因此徐孚遠以「晚寒」提醒故友，並致贈能禦暖之衣裘。這種特殊的南國物候，對於北方來的詩人可說難以調適，所謂：「居者罕能善」，要在其中安頓身心，就必須先克服與適應南國的「熱」。

此外，再如屈大均〈南海祠作〉：

衡岳精靈滿粵中，朱明洞府總相通。天教火帝司南海，萬古扶胥祀祝融。（頁1217）

以南海祭祀火帝、祝融神祈之信仰，強調其「火德」，相較徐孚遠所謂的「晚寒」，若僅是季節變化往後延遲，屈大均則是描述南方已然失落了「寒冷」溫度之感受：

嶺海炎蒸甚，秋分氣始涼。無勞棄絺綌，此地少風霜。（〈嶺海〉，頁1164）

此處用來說明嶺海夏季溽暑熾熱，要到秋分時節天氣才會逐漸轉涼，但詩人提醒無須擱置「絺綌」〔註44〕，絺綌指夏天所穿的葛衣，即使天氣入秋，但嶺南的物候獨缺嚴冷凜冽的「風霜」之景〔註45〕，棄置「絺綌」不穿而欲改穿厚重的冬衣，只是徒勞之舉。錢澄之歷險南方，也體認到南國四季如夏的單一物候，使人辨識不出冬天，

南方鬢總霜。」《交行摘稿》，頁454。

〔註43〕張煌言：〈夏日過鼓浪嶼，飲程璵嘉將軍署中〉（壬辰）：「入林偏愛晚涼生，灌木疏疏墜月明。鶴夢到山原獨醒，蟬聲繞樹有餘清。不堪歸興逢人急，真覺炎趨較世輕。相對素心聊一醉，盤飱何用五侯鯖！」《張蒼水詩文集》，頁94。

〔註44〕《詩經‧周南‧葛覃》：「爲絺爲綌，服之無斁。」張亨：《詩經今注》（臺北：里仁書局，1981年），頁3。

〔註45〕梁佩蘭：〈端州道中望峽口積雪〉：「南方雪色由來少，江上今看積翠屏。」《四庫禁燬書叢刊‧嶺南三大家詩選》（北京：北京出版社，2000年），集部第39冊，頁213。

其云：

> 瘴熱迷冬夏，眞成竄逐鄉。（〈避兵曾寓汝薦孝廉村中即事〉其四，
> 頁314）

從徐孚遠對「炎夏」、「苦熱」、「苦暑」、「病熱」的反覆強調，到屈大均的「炎蒸」、「少風霜」，錢澄之因爲瘴熱而「迷冬夏」的體溫感受中，南方炎荒的單一物候，在南明遺民的視域中似乎只有夏天〔註46〕，在南來的遺民看來，南方縱使有秋涼冬霜之物候變遷，但對他們來說，南方的季節變化與溫度升降，仍不比北方強烈，因此所呈現的南方物候自然是較穩定而不判然分明的；也因此，「熱」成了南方的單一印象，此正與季節變化明顯的北方（江南）大異其趣。

南方的異域情調，以「熱」爲其地域特點，這也是南明遺民進入南方的視域之中，身心首先所感受到的劇烈變化；異常之「熱」的溫度變化與失調，更被用來比喻「德」之崩解與敗壞，例如錢澄之就透過南方炎熱物候之變異，暗指清軍入侵中土所造成的天象異變，其〈閩江冰雹歌〉：

> 閩江正月氣鬱蒸，日午天南赤血凝。照見江水蛟龍頳，春然有聲如裂繒。少焉赤散雲潑墨，北風刮雪天晝黑。閩江舟人無顏色，鬚眉對面不相識。秦川公子善天文，急占有雹纏江濆。斂襟危坐畏天怒，須臾雹下何紛紛。初如刀劍相擊爭，忽似山摧萬壑鳴。小如玉盌大如輪，恐是天上金銀宮闕一時傾。沿江舴艋半打破，官舫漏徹何繇坐。呼童開艙掃雪堆，風亦漸止雹亦過。白鬚瞽師老江邊，自言此異人未傳。此是陰氣盛，毋乃兵禍連。北地沍寒固宜有，南方炎熱今胡然？天時地氣俱變易，老人安見太平

〔註46〕或說對夏天的溫度感受最爲強烈以致掩蓋了對其他季節之感受，這種物候感，頗近似於南洋的夏天。根據和辻哲郎的研究，夏天對南洋來說，只是一種不含秋冬春的單純之夏，換言之，只有一種的單調氣候。這種單調的、一成不變的氣候，不同於那種不斷推移的、僅爲季節之一的夏天。和辻哲郎著，陳力衛譯：《風土》（北京：商務印書館，2006年），頁22。

年。〔註47〕

錢澄之此詩作於 1646 年正月於閩南。首先描述了閩地於正月「氣鬱蒸」的氣象，江水之中有淺紅色的蛟龍出沒，發出的聲響如撕裂繪帛，但旋即佈滿紅光的穹天逐漸變成墨黑之色，天候刮風下雪如暗夜來臨，這種奇景異象就連經年於閩地舟行的當地人也驚詫未識；接著則藉由擅長天文的秦川公子卜算即將有冰雹降下，只見眾人正襟危坐，懼怕上天怨憤，冰雹降臨之聲響如刀劍摩擦之嘹喨、山壑摧折之崩毀，冰雹之形狀貌似珠玉，詩人揣想是天上的金銀宮闕瀉斛而來，待冰雹已過，江邊年長的罟師自言冰雹此異象，乃其生平所未聽聞，並直指此現象為「陰氣盛，毋乃兵禍連。」亦即北方之「陰」也就是清軍之逼臨入侵，影響了南方火德的質變，北地固為冱寒，但假使連炎熱的南方都下起了陰冷的冰雹，那麼就表示一向具有穩定秩序的天時與地氣發生了變異，產生了異象。錢澄之使用了隱微辭語藉由南方物候的異常，來表述清軍南來之陵夷與戕害。

第四節　「南方」的意識與隱喻

以上我們分析了南明遺民進入南方的視域之中所看到的兩重景觀：「南方的野蠻想像」、「南方的異域情調」；如果說前者是以耳目所及的實境感受，後者則是以身心覺知的物候感發；從自我觀看他者，中心移動至邊緣，先見與真實的交錯融合，主體與世界的出入匯融，都透顯出南來詩人已意識到「南方」的存在，這個「南方」不再僅是地理上的空間方位或輿圖座標，而是在內心中深刻感受到它是不同於自我主體的客體，惟當這客體逐漸掩飾自我，便有如徐孚遠大聲疾呼：「不堪異類」的捍衛主體，不讓「自我客體化」（objectification of the self）〔註48〕；而我們也可以認知到，南明遺

〔註47〕《藏山閣集》，頁 109。
〔註48〕可參王璦玲：〈亂離與歸屬——清初文人劇作家之意識變遷與跨界想像〉，《文與哲》第 14 期（2009 年 6 月），頁 176。

民詩在南方視域之中所呈顯出深層意識，正在於自我／他者、先見／實境、中心／邊緣、主體／世界的多重交會與拉鋸，「南方」的確是成爲一「內在的他者」而使其有影響之焦慮，這種認知到「南方」的存在，從而對南方予以利害分析、價值判斷，可謂爲「南方意識」。

　　舉例而言，在南明遺民詩中，屈大均祖籍嶺南，從早年到晚年對南方始終有「地方認同」，也可以說他對「南方意識」是頗爲明確的，甚至在康熙年間吳三桂南方起義時，運用了與南方相關的典故、傳說、史實，欲建造一「南方世界」〔註49〕。不過，就本文所觀察的南明遺民，除了有贊成南方，亦有反對南方，游移在贊成／反對兩者之間；這三種類型與思考模態，可以作爲「南方意識」之討論。

一、南方意識

（一）反對南方

　　鄭成功於 1657 年、1659 年的兩次江上起義，進逼鎮江、京口、瓜州等長江沿岸，欲攻克南京，時人心思漢，爲大規模的復明運動，定鼎南京（江南）可說是南方遺民們的深切期望；不過，顧炎武算是其中明確提出反對南方，不贊成鄭成功攻克南京而以淮北、秦晉、荊襄爲根據地的例子〔註50〕。是以顧炎武雖然於〈京口〉寫：

〔註49〕有關屈大均的地方認同、南方勢力的想像、地域認同的重造，可參張智昌：《南方英雄的旅程：屈大均（1630-1696）自我形象釋讀》（新竹：國立清華大學中國文學系碩士論文，2008 年）中的第二章、第四章，頁 27-76、179-260。

〔註50〕顧炎武的南北意見及其對山東澆薄之習與讚賞關中地勢之佳，見嚴迪昌：《清詩史》（台北：五南，1998 年），頁 293。與此看法相同者，還有歸莊，他在〈送瞿公子入廣西〉中所云：「胡兵罷耗異昔日，抗旌北指地可收，進恢燕薊作長城，退畫江淮爲鴻溝，天運已轉亡胡歲，坐需元帥提戈矛！身陷異域不見天，終日南向凝雙眸，趨庭爲告鄉國難，以時進軍莫逗留！」《清詩紀事·明遺民卷》，頁 480-481。瞿公子爲瞿式耜次子瞿玄錯，於順治七年間關入粵，跋涉千里以見父親，歸莊以自己身在清軍佔領統轄之異域，終日心嚮南方君王，並稱讚其庭訓有方，代爲傳遞軍事消息到西南桂林，從北進恢復「燕薊」之地，作長城屏障，退守江淮爲天塹鴻溝，可以知道歸莊乃以

> 異時京口國東門，地接留都左輔尊。囊括蘇松儲陸海，襟
> 提閩浙壯屏藩。漕穿水道秦隋跡，壘壓江干晉宋屯。一上
> 金山覽形勝，南方亦是小中原。〔註51〕

此詩寫南京（留都）左側的沿岸城市「京口」之軍事戰略地位，蘇松
為江南富庶之地，閩浙乃往返東海、南海的航海之路，京口則處於陸
地輸出、海岸輸入的輻輳地位，既有經貿上的優勢網絡，又是閩浙之
間的天然藩障，在晉宋時期也是宋武帝劉裕屯軍要地。如此看來，是
對南方有積極正面的態度，但其實「此係就題論事，先生非主張偏安
者。」〔註52〕此觀察誠然正確，顧炎武歷遊西北，雖亦心嚮西南永曆
帝，但對於「南方意識」卻明確持反對意見，正如〈贈萬舉人壽祺徐
州人〉所述：

> 白龍化為魚，一入豫且網。愕眙不敢殺，縱之遂長往。萬
> 子當代才，深情特高爽。時危見縶維，忠義性無枉。翻然
> 一辭去，割髮變容像。卜築清江西，賦詩有遐想。楚州南
> 北中，日夜馳輪鞅。何人詗北方，處士才無兩。回首見彭
> 城，古是霸王壤。更有雲氣無？山川但塊莽。一來登金陵，
> 九州大如掌。還車息淮東，浩歌閒書幌。尚念吳市卒，空
> 中弔魍魎。南方不可託，吾亦久飄蕩。崎嶇千里間，曠然
> 得心賞。會待淮水平，清秋發吳榜。〔註53〕

萬壽祺，字年少，徐州人。乙酉年參太湖抗清軍事，兵潰，被執得
脫，歸淮上。戊子仲冬，遷家清江浦西，築隰西草堂率家人居之。此
詩寫於 1651 年（順治八年）先生於南京時，從詩中「會待淮水平」，
推測至八月赴淮始定交。前十句寫萬壽祺乙酉起事，被執不屈，將加
害，有陰救之者，囚繫兩月餘，得脫，還江北。卜居建屋浦江西後，

進攻北方為主要軍事政策。瞿式耜次子、長孫均曾入粵西，為當時
孝親結合忠義事件，顧炎武另有〈瞿公子玄鏬將往桂林，不得達而
歸，贈之以詩〉可併參，《顧亭林詩箋釋》，頁 189。
〔註51〕《顧亭林詩箋釋》，頁 164。
〔註52〕《顧亭林詩箋釋》，頁 165。
〔註53〕《顧亭林詩箋釋》，頁 218。對於此詩之闡釋，若非特別註記，率皆
以箋釋為主。

築隰西草堂，全詩關鍵處在於第十二句的「賦詩有遐想」；其所遐想遠思者云何？曰：「北遊」。詩中接下來所述「何人詞北方，處士才無兩。」使用了唐朝爲驛亭保以詞北方的權皋爲事典，亦即暗喻萬壽祺爲權皋，楚州南北往來之地，正可偵察北方虛實也〔註54〕。登上南京的顧炎武，意識到淮北、以及更遠的北方都在掌心之中，故云：「大如掌」，言其小也，足證先生豪情之志，不偏安南方，故接續著講，吳市（蘇州）乙酉、丙戌之際起義罹難的盟友化爲山中的魑魅魍魎，成了「山鬼」與萬壽祺相對；南方起義兵敗，不可寄託南方，必須如權皋偵察北方，北遊發展，雖飄蕩千里，橫山梯海，亦能欣然自得於心，終無所愧。蓋先生之旨要，乃在於隱喻北遊，南方不可止些的微言大義。

（二）贊同南方

　　錢謙益詩中的南方意識與南方論述，以《投筆集》十三疊爲代表。就這十三疊一零四首來看〔註55〕，陳寅恪先生認爲：

> 此集牧齋諸詩中頗多軍國之關鍵，爲其所身預者，與少陵之詩僅爲得諸遠道傳聞及追憶故國平居者有異。故就此點而論，投筆一集實爲明清之詩史，較杜陵尤勝一籌，乃三百年來之絕大著作也。〔註56〕

錢謙益支持鄭成功起義，密謀復明，陰助遺民，陳寅恪對此有深入見解；大抵說來，其詩中的「南方意識」與「復明意識」是綰繫在一起的，如〈後秋興之七庚子中秋〉疊第一首：

> 八桂盤根珠樹林，蜃煙蠻雨助蕭森。天高星紀連環衛，日入神光起燭陰。交脛百夷齊舉踵，貫胸萬國總傾心。辛勤爭似三桑女，嘔盡機絲應擣礝。〔註57〕

〔註54〕《顧亭林詩箋釋》，頁 220。
〔註55〕此處統計不包括〈自題長句〉二首、〈重題長句〉二首。
〔註56〕《柳如是別傳》（北京：三聯書店，2001 年），頁 1193。
〔註57〕〔清〕錢謙益著，〔清〕錢曾箋注，錢仲聯標校：《錢牧齋全集》第七冊（上海：上海古籍出版社，2003 年），頁 32。

此詩寫於 1660 年（永曆十四年），時永曆帝奔竄滇南、緬甸之境；首聯八桂指桂林，「蜑」為南蠻，錢謙益用此二者代稱「西南」（滇緬）〔註58〕；頷聯「星紀」為「牽牛」，乃日月五星之所終始，「燭陰」出自《山海經》，為「鍾山之神，視為晝，瞑為夜，吹為冬，呼為夏。不飲，不食，不息，息為風。身長千里。」此聯言桂王奔駕至西南，使邊境蠻夷之地，星輝閃耀，燭陰之靈甦醒；頸聯「交脛百夷」、「貫胸萬國」，乃《山海經》中的南方小國：「貫胸國，其為人胸有竅。交脛國，其為人交脛。」《漢書司馬相如傳》：「南夷之君，西僰之長，常效貢職，不敢怠惰。延頸舉踵，喁喁然皆嚮風慕義，欲為臣妾。」因此，頸聯乃言西南方的邊境民族（特別是蠻夷），仍尊奉明室，朝貢永曆，對於桂王仍傾心伺之，慕之風義〔註59〕。錢謙益此詩中透露出對西南方的一綫希望，永曆帝奔逃至此，復明就仍有希望，「南方意識」與「復明意識」正為一體兩面。再如同疊中的第五首：

> 扶桑高柱大荒山，交會朱明在此間。神向南條迴地絡，帝於北戶啓天關。雨疏象跡周嚴警，日射蛟涎展御顏。五服諸侯休後至，司徒先領入朝班。（頁 36）

首聯中的「扶桑」、「大荒」乃日月所入，日升月落，自東起、徂西降，且「朱」為明朝象徵，故此句解為：朱明王朝雖喪失中原故土（扶桑東北），但其宗室血裔仍延續在西南邊境，交會輪替，不曾斷絕；頷聯「南條」為地絡之東南〔註60〕，此處取南方之義，「北戶」

〔註58〕《錢牧齋全集》第七冊，【箋注】註解 2，頁 32。

〔註59〕但這僅是錢謙益個人的樂觀期待與想像。根據史書記載，永曆十三年，桂王從滇京出發，又流亡至騰越、南甸，終抵緬甸。到了緬甸之後，依照緬甸八月十五的習俗羣蠻贄見，咸脅沐天波渡河並索禮物，至則脅令白衣，椎髻跣足，領諸海郡僰夷酋而拜。天波不得已從之，歸而泣曰：「井亘不用吾言，致有今日，國體何在？辱及吾祖。所以屈者，恐驚憂皇上耳。詳參錢海岳：《南明史》（北京：中華書局，2006 年），頁 2765。也就是說，南蠻邊境少數民族對待桂王並非「總傾心」。

〔註60〕《新唐書・天文志》：「東井居兩河之陰，自山河上流，當地絡之西

爲「日在北，故開北戶以向日。」此指永曆地在南方，或有許其北伐之義，待考察；頸聯化用柳宗元詩：「山腹雨晴添象跡，潭心日暖長蛟涎。」指「廣西象州，雨後山中遍成象跡，而實非有象也。」〔註61〕寫帝王到了南方蠻夷之地，展示威儀風範，雄風氣魄；故尾聯以「五服諸侯」代稱南方蠻夷妾於桂王，以「司徒」職官引領藩屬，朝貢稱臣。毋寧是在天之南的邊境，寄託著「南方立國」的期待，牧齋老人的孤詣苦心，誰忍一語道破？

第六首頸聯、尾聯：

> 山家寨柵憑麋鹿，海戶封提畫鷺鷗。莫指職方論徼塞，炎
> 州今日是神州。（頁37）

「職方」乃職官名，周禮夏官有職方氏，掌天下之地圖，主四方之職貢；「徼塞」，「徼」爲南方，「塞」爲北方，分別指南、北；此句言中國境內之天南地北舊時爲邊塞蠻夷之地，但今日的南方「炎州」一隅，卻是承繫漢鼎，恢復神州之一塊地，寫作此詩的中國已幾乎淪爲滿清異族統轄，臏有西南邊陲之地仍未被侵佔，永曆奔逃至此，明朝宗室／天子行在／漢鼎正朔，全都依附於此西南邊徼（滇南），詩中的「南方意識」正是一種「復明意識」的託付與隱藏，不可於焉無察。

與此相同者尙有〈後秋興之九〉疊庚子十月望日，第六首：

> 發兵每歎白人頭，況復艱危歷九秋。比景即看成內地，瀾
> 滄能免爲他愁。衣冠未許羣羌僰，國土終難寄海鷗。歎息
> 祖宗規劃遠，西南容易棄交州。（頁49）

首聯先以《後漢書・岑彭傳》：「每一發兵，頭鬚爲白。」帶隊發兵使人白頭，而此刻永曆又流離西南，不知具體實境；頷聯「比景縣，日中頭上，影當身下，與景爲比。」《林邑記》曰：「渡比景至朱吳。」

　　北。與鬼居兩河之陽，自漢鍾東盡華陽，與鶉火相接，當地絡之東
　　南。」《錢牧齋全集》第七冊，頁36。
〔註61〕〈嶺南江行〉，《柳宗元集》（台北：漢京文化，1982年），頁1168。

《旨意‧地道記》曰：「朱吳縣，屬日南郡。」〔註62〕「日南郡」在今越南中部，乃漢武帝滅南越國後所建立的「交州」，此聯想像桂王於熱帶炎方之西南，日照直射，身影與形軀等長，頓時之間將西南看成中土，錯認為自己身在神州內地；頸聯「羌僰」乃西南少數民族，蓋微指永曆帝莫捨離漢家衣冠，將重心全然放在蠻夷之地上，忘了北伐進取，苟且偏安於西南，這對如海鷗飛鳥般拘無定所的遺黎來說，是大失所望的；尾聯追述明朝先祖之邊防政策與謀略規劃，〔明〕宣宗時本欲進攻交州，英國公輔亦贊成，云：「將士勞苦數年而得之，今當益發兵誅此賊耳。」但楊榮、楊士奇，出表示之，則持反對意見，榮曰：「永樂中費數十萬人命，至今勞者未息。發兵之說不可。不若因其請而與之。」士奇亦曰：「求立陳氏後，乃太宗之初心。求而不得，故郡縣其地。昔漢棄珠崖，前史為榮，何謂示弱？」錢謙益認為：

> 徒藉口於珠崖之說，致捐已成之業，竟令祖宗規畫，棄於謀國者之片言。卒至豆田何在，飛走都窮，寧不遺恨於後日乎？〔註63〕

祖宗深遠的規畫，在謀國者的斷章片言中失去了「交州」，也就是惋惜於今日之交州（蓋取西南之意，特別是永曆流亡的滇緬一帶），若能聽從祖先遠計，盡納版圖之中，屯兵秣馬、生聚教訓，根基於此「漢家」之地，南方仍舊大有可為，而不至於淪落到「飛走都窮」的無路可退之地步，其「南方意識」不但拓展到深遠的鄰國邊境（越南），也屢雜了「南方復明」的隱辭微語。

（三）游移兩者之間

　　除了有明確反對、贊成南方意識外，大多數的南明遺民之南方意識，其呈現與心態則是在認同與抵斥之中，不斷猶疑、徘徊、矛盾，難以二分或化約而論。如徐孚遠、錢澄之、瞿式耜、張煌言等人均是

〔註62〕參《錢牧齋全集》第七冊，此詩之注釋，頁49。
〔註63〕參《錢牧齋全集》第七冊，註釋5，頁50。

如此〔註 64〕。對他們來說，「南方」是暫居地，是清軍尚未統轄佔領之淨土，也是反攻大陸的最後一綫之地，如張煌言：〈步答萬靜齋留別韻，兼以勸駕〉（壬辰）：

> 帝子偏安猶半壁，王孫盡報只千金。好向屬車勤獻策，楚材莫作楚騷吟。（《張蒼水詩文集》，頁 87）

即不以偏安為終局，時時以北伐復興為己任；久居南方長達十餘年的徐孚遠，詩中即顯露出複雜的「南方意識」，先觀〈謝漁〉一詩：

> 南溟非吾土，生計真邈然。吾友王夫子，釣魚常給鮮。勸我買兩舠，以漁當以佃。足可供菜鮭，養志且忘年。舟舟至夏初，載網候深淵。南薰久不作，漁子日憂煎。寸魚不入網，暮暮趁潮還。弄潮那得飽，清光載滿船。當夏行秋令，所嗟時命怨。羈旅宜寄食，微命任所天。何為營其生，汲汲損安眠。賣船謝漁子，拄杖看島煙。（《釣璜堂存稿》，頁 389）

買船舠捕魚，並在陌生異域中養志忘年，聊且度日，這是在海島營生的工具也是唯一的方式，但對徐孚遠來說，南溟終「非吾土」，原生之根乃在江南，正如〈無徒〉所述：

> 我生於世無根株，身在閩南家在吳。（《釣璜堂存稿》，頁 439）

鄉愁與漂泊恆常是他詩中的主旋律，因此其「南方意識」乃是用來更加確定北方（江南）的主體位置；不過這與顧炎武一開始即反對南方的立場並不相同，徐孚遠縱不免有盡發牢騷、淪落異域、頹廢喪志之感，但他也同樣有「關土何分閩與越」〔註 65〕，不分閩（福建，指隆武唐王）越（浙江，指魯王監國）；亦有「南極遙遙久樹纛，土宇雖偏形勝好。」〔註 66〕稱揚南方屋宇形制之殊勝；事實上，徐孚遠居海島（廈門、金門）長達十幾年，有實際且漫長的南方經驗，詩中

〔註64〕瞿式耜、張煌言分別代表南明政權中的西南方（永曆桂王）、東南方（魯王監國），其複雜的疆域認同，可參論文第四章。此處將以徐孚遠、錢澄之作重點論述。

〔註65〕〈送馬玉樓北伐〉，《釣璜堂存稿》，頁 433。

〔註66〕〈東門行〉，《釣璜堂存稿》，頁 440。

又大量出現與南方相關的詞彙，詩中的「南方意識」其實是難以二分、遽云贊成或反對，而是必須回到複雜的時事情境脈絡之中，方能判讀的。

此種「南方意識」的矛盾與游移，錢澄之亦為典型例子。其〈桂林山水歌〉：

> 山靈出現合有時，剪刈開闢從茲始。（《藏山閣集》，頁304）

〈畫山歌同林樹本作畫山，陽朔桂江上，屹立千仞，丹崖翠壁，望之如畫〉：

> 人間有畫自茲始，丹青寫意爭相擬。乃知人不如天奇，此
> 山應為畫者師。又知古人學畫求粉本，搜尋遠涉窮蠻夷。
> （《藏山閣集》，頁308）

西南邊徼的蠻荒之地，卻有迴塵絕俗的山水勝境，桂林、陽朔、畫山乃鬼斧神工之造境，直可視為畫者之師，對於南方山水的讚嘆與欣賞，可見一斑；因此，對於南方生活有了看似妥協的心境，如〈避兵曾寓汝薦孝廉村中即事〉其四所述：

> 此身總飄泊，漸習住蠻方。（《藏山閣集》，頁314）

流浪漂泊使得身心俱疲，此地雖為「蠻方」卻已經漸漸習慣安居於此，看似與外在環境和平共處，融入當地之中，只是同題之六態度旋即丕變：

> 同人咸集聚，異域漫興悲。（《藏山閣集》，頁315）

「異域」二字帶出了終為過客而非歸人的興悲；到了同年（庚寅）除夕，接續這樣的思維，說：

> 共度殊方歲，還尋故國樽。（《藏山閣集》，頁316）

仍以南方為異域，要找尋記憶中的故國。

二、（西）南方的隱文譎喻／香草美人

屈原辭賦多用「比興」，王逸《楚辭章句・離騷序》：

> 《離騷》之文，依《詩》取興，引類譬喻。故善鳥香草，
> 以配忠貞，惡禽臭物，以比讒邪；靈修美人，以媲於君，

　　宓妃佚女，以譬賢臣；虯龍鸞鳳，以托君子，飄風雲霓，
　　以爲小人。

此處的「引類譬喻」，即是在事物可以引發的意義的聯想活動當中有意加以限定，以便形成固定的比喻關係〔註67〕。《離騷》中的香草美人或喻託個人品格、賢臣、君主等不同解讀，此乃對應於主體情境在不同社會背景、政治實體、群我關係的複雜脈絡下的解詩進路與比興批評。不過，大體而言，「香草／美人」作爲一託喻象徵，符表與所託之意的符義之間，是有著一種明白的被限定之作用關係的，可稱爲「公共象徵」（public symbol）或「慣用性象徵」（conventinal symbol）〔註68〕。

　　循此，若依照這樣的比興寄託之修辭模式，「南方」在南明遺民詩中的詮釋語境如何展開與論述？遺民們如何透過典故、修辭上的引譬連類，將「南方」包裹在層層的隱喻之中呢？此處我們針對與南方有關的象徵修辭，可以發現，對於南明遺民來說，南方有兩種隱喻，分別是南方的火德，與西南方的香草美人，由這兩項來分析南明遺民詩中的「南方隱喻」，藉以發抒心中那避忌隱諱，恐遭罹害，委婉其辭，卻深層蘊蓄，不欲外露的綿密情感，「南方隱喻」遂成了南明遺民詩中建立的一套隱辭微語與隱文譎喻，可供索讀。

（一）南方火德、朱雀與南明的象喻

　　屈大均在《廣東新語》卷六「南海之帝」條，曾闡述南方與火德的聯繫，可作爲我們討論的起點：

　　水、火、木、金、土，是爲五帝。……南海之帝實祝融。
　　祝融，火帝也。帝於南嶽，又帝於南海者，石氏星經云，
　　南方赤帝，其精朱鳥，爲七宿，司夏，司火，司南嶽，司

〔註67〕可參廖棟樑：〈寓情草木——〈離騷〉香草喻的詮釋及其所衍生的比興批評〉，《古代楚辭學論集》（台北：里仁書局，2010 年），頁271-310。

〔註68〕參廖棟樑：〈寓情草木——〈離騷〉香草喻的詮釋及其所衍生的比興批評〉，《古代楚辭學論集》，頁291。

南海，司南方是也。〔註69〕

此段正可引類譬喻爲託寓系統，從南方－南海－帝王（祝融）－火德
－朱雀－夏天，由南方而衍發出的一連串譬喻與指涉，那麼，爲什麼
選擇的空間方位是南方呢？原因蓋有數端。其一，南明政權的所在
地，除了弘光政權曾短暫於江南之外，其餘均分散於閩粵桂滇黔，這
在中土境域之內，屬於南方。其二，南方屬於火德，明朝亦屬於五行
中之火德，明太祖行軍時與舉火爲號，劉辰釋云：「太祖以火德王，
色尚赤，將士戰襖、戰裙、壯帽、旗幟皆用紅色。」〔註70〕南明爲明
朝宗室之後，使用「火德」用以象徵朱明之延續。其三，南方在天象
星宿中的圖騰爲「朱雀」，朱爲紅、爲火、爲赤，正與人間的「朱明」
彼此呼應。職是之故，南明遺民詩中的「南方」正在於此地之空間方
位，具有火德－朱雀－赤色之隱喻，南明處境／南方地域彼此相互詮
釋與定義。

如屈大均〈岳廟〉二首：

蕭蕭朱陵廟，懷柔憶我星。乾坤歸火德，日月起南方。秩
禮遵虞典，齋心啓夏王。千秋巡狩迹，想像闢洪荒。

先皇鍾鼓在，肅穆百神朝。鳳管流清殿，霓旌卷碧霄。坤
輿雖北陷，天柱尚南標。維岳司休命，無疆錫帝堯。〔註71〕

此詩寫成於1674年（康熙十三年）秋，南明已滅亡，【箋】認爲：「『坤
輿雖北陷』二句，寓意明祚雖絕，尚望南方義師能收恢復之功。」
張智昌則認爲此時的屈大均以南方爲反清的新中心、新正統的思
想，其釋讀此二詩頗發人深省：

「乾坤歸火德，日月起南方。」二句，極具分裂色彩，卻
透露出屈氏此刻內心的眞實狀態。此聯使用「互文」修辭，

〔註69〕《廣東新語》（北京：中華書局，1985年4月第1版），頁207。

〔註70〕陳學霖：〈明朝「國號」的緣起及「火德」問題〉，《中國文化研究所
學報》（2010年1月），頁71-103。

〔註71〕《屈大均詩詞編年箋校》（廣州：中山大學出版社，2000年12月），
頁412-413。

「乾坤」、「日月」互文足義，既指天下江山，亦指「明」
室續脈；而「火德」爲祝融所司，屬性配「南方」，色爲
「朱」、「赤」，因此自有暗示「朱明」王朝之意；又以「五
德終始說」解之，除了「明」，又可兼指「漢」、甚至「周」。
因此，全韻展現屈氏欲以「南方」爲漢族、明室命脈延續
的重生地及反攻基地的企圖，道出心中「北方覆滅，南方
代起」，欲以南方爲反清新中心、新正統的思想。〔註72〕

張氏認爲此時期的屈大均乃以「新的眼睛觀看待變動的世局——北方
朱明已矣，南方義軍可待。」〔註73〕這雖然是用來指稱對吳三桂南方
起義的期望與寄託。不過，他展示了南方／火德／朱雀／漢周的多重
隱喻與聯繫；事實上，不用到康熙年間才有此一隱語系統的表述，南
明遺民如徐孚遠早在 1647 年，永曆帝即位於肇慶，置身閩南／舟山
的他，便揣想西南方的天子行在，其〈有傳〉云：

> 共憐帝子駐荒山，聖主旁求正復殷。……舊盟白馬知誰
> 在，此日朱旗好自閒。繭足未能陪乘去，遙遙空望五雲
> 間。〔註74〕

從詩題可以推知，徐孚遠乃聽聞永曆帝駐蹕於西南之事，他感嘆自己
未能乘車駕護至西方，徒能空望，按順治四年（永曆元年），監國誓
師長垣，徐孚遠在閩地軍伍欲北伐，故此處「朱旗」可解爲魯王監
國，亦可指西南永曆，蓋代稱南方勢力，故詩中之「朱旗」是象徵南
方朱明勢力。

張煌言〈哀閩〉（甲午，順治十一年，1654 年）亦有如此表述：

> 聞說西郵還帶甲，愁看南紀尚橫戈。朱門久已辭翁仲，黃
> 屋胡然擅尉佗！空際蜂衙誰北里，隙中蟻陣總南柯。試將
> 班管論王命，漢鼎於今火德多。〔註75〕

〔註72〕張智昌：《南方英雄的旅程：屈大均（1630-1696）自我形象釋讀》（新
　　　　竹：國立清華大學中國文學系碩士論文，2008 年），頁 234。
〔註73〕張智昌：《南方英雄的旅程：屈大均（1630-1696）自我形象釋讀》，
　　　　頁 237。
〔註74〕《釣璜堂存稿》，頁 530。
〔註75〕《張蒼水詩文集》，頁 109。

首聯中的「西郵」指西南，「南紀」則為閩南，兩地干戈戰火仍不止歇，天地未安；但諸政權星散、分治獨立、儼然如自立為王的「尉陀」（趙佗），苟且偏安；尾聯旰衡軍政時事，以「班管」，指班竹製成的筆管，御筆寫王道之史，天命之歸，所歸納出來的現象為「漢鼎於今火德多」，也就是漢／明鼎彝已從原先的周室北地，移轉到了表徵火德的南方，此又對應首聯中的西郵、南紀兩處南方空間。再如錢謙益《投筆集》中〈後秋興之三〉疊八月初十日，小舟夜渡，惜別而作，第三首：

> 北斗垣墻闇赤暉，誰占朱鳥一星微？破除服珥裝羅漢，自注：「姚神武有先裝五百羅之議，內子盡橐以資之，始成一軍。」減損薑鹽餉伙飛。娘子繡旗營壘倒，自注：「張定西謂阮姑娘：『吾當派汝捉刀伺柳夫人。』阮喜而受命。舟山之役，中流矢而殞，惜哉。」將軍鐵矟鼓音遲。自注：「乙未八月，神武血戰，死崇明城下。」鬚眉男子皆臣子，秦越何人視瘠肥？自注：「夷陵文相國來書云云。」〔註76〕

《小腆紀年》：「順治癸巳三月，明定西侯張名振以諸成功之師入長江，破京口，截長江。駐崇明平原將軍姚志倬、誠意伯劉孔昭以眾來依。甲午正月，名振恢復以朱成功之師入長江，祭孝陵。敗於崇明，仁武伯平原將軍姚志倬戰死。」錢仲聯認為：「姚志倬封仁武伯，『神』當作『仁』。」〔註77〕

當時姚志倬、劉孔昭歸赴張名振，軍勢壯大，柳如是曾「盡橐以資之」，襄助軍隊，故張定西遣阮姑娘服伺柳夫人，合情合理，固其宜矣。1659 年八月鄭氏水師失勢，退居海上，錢謙益此時回想起 1653 年（癸巳，順治十年）柳如是與阮姑娘「巾幗不讓鬚眉」的氣概，1655 年（乙未，順治十二年）張名振死於崇明城的往事，藉以聊慰、期勉自己〔註78〕，從詩中揣摩其心境，此時仍對復明抱有希

〔註76〕參《錢牧齋全集》第七冊，頁 11。
〔註77〕參《錢牧齋全集》第七冊，頁 11。
〔註78〕嚴志雄分析此詩，推測錢謙益與桂林的明遺民，甚至與桂林之主角

望，故云：「誰占朱鳥一星微」，朱鳥，即南方朱雀，《淮南・天文訓》：

> 東方，木也，其獸蒼龍。南方，火也，其獸朱鳥。西方，金也，其獸白虎。北方，水也，其獸玄武。

朱雀星宿仍閃爍，光芒猶在，象徵永曆正朔仍存，也就是表述南方仍有可爲，曷云其「微」〔註79〕？此概念亦出現在〈後秋興之十〉疊中第二首：

> 閣道新移鶉尾斜，朔南寰宇仰重華。星弧日矢天王陣，鳳蓋龍舟帝子槎。遼海月明傳漢箭，楡關秋老斷胡笳。而今建女無顏色，奪盡燕支插柰花。〔註80〕

鶉尾，乃南方朱鳥宮之翼、軫兩宿〔註81〕。「閣道新移」與「鶉尾斜」皆喻永曆再起之象。李欣錫分析此詩，認爲：

> 順治初年見諸詩中者，牧齋多用「罷休」、「限」、「隔」諸語，與今日之「新移」、「斜」……等隱然有「初動」意涵之語相對照，正寓中國域內將有巨大變動：象〔明〕永曆天子將自南隅復歸其位；「閣道新移」，是天下之權柄將復歸南明，天子之閣道亦將重啓。〔註82〕

李定國有直接聯繫。詩中柳如是之角色，更甚於錢。詳參 Lawrence C. H. Yim, *The Poet-historian Qian Qianyi*（London and New York: Routledge, 2009），p.127-130。

〔註79〕嚴志雄認爲第二句的「朱雀」，喚起了在南中國的流亡明政權以及多數的忠義軍力。詳參 Lawrence C. H. Yim, *The Poet-historian Qian Qianyi*（London and New York: Routledge, 2009），p.131。

〔註80〕參《錢牧齋全集》第七冊，頁 54。

〔註81〕星名。古當楚的分野，與黃道十二宮的室女宮相當。《史記・卷二十七・天官書》：「翼爲羽翮，主遠客」句下張守節《正義》：「翼二十二星，軫四星，長沙一星，轄二星，合軫七星皆爲鶉尾，於辰在巳，楚之分野。」（四庫備要本，台北：中華，1970 年），頁 8。《漢書・天文志》：「柳爲鳥喙，蓋柳爲朱鳥七宿之第三宿，正在南方，鶉火之次。」《晉書・卷十一・天文志》上：「自張十七度至軫十一度爲鶉尾，於辰在巳，楚之分野，屬荊州。」（四庫備要本，台北：中華，1970 年），頁 18。《爾雅・釋天》：「咮謂之柳；柳，鶉火也。」咮爲朱鳥之口。鶉，鳥名。火屬南方。」頁 11。《爾雅郭注》（四庫備要本，台北：中華，1970 年）。

〔註82〕李欣錫：《錢謙益明亡以後詩歌研究》（臺北：國立臺灣師範大學國

　　總上所述，南明由於身處「南方」，南方本身象徵著赤熱、五德中之火德（此亦與歷史上的漢朝之火德相應）、星宿朱雀；藉由這些象徵帶入詩歌的閱讀語境之中，不但界定了「南明」的空間方位，形塑出南方地域的特殊性，同時也由五行（火德）、星象（朱雀）隱喻著「復明意識」〔註83〕的隱辭微語與表義系統。

（二）美人／桂王

　　另一項對於「南方隱喻」，即是表述君王天子之行在，此特指流竄至西南方的永曆帝而言。遺民詩中朝思暮想西南方的「美人」，其實就是指桂王，透過這樣的引譬連類，我們能讀出：（西）南方／美人／桂王之君／臣論述與思維模態〔註84〕。

　　以西方代稱美人／桂王者，如錢謙益〈後秋興之五〉疊中秋十九日，暫回村莊而作中，第三首首聯：

　　　　五嶺三湘皓景暉，西方誰謂好音微？〔註85〕

「五嶺」，指大庾、始安、臨賀、桂陽、揭陽；「三湘」，指湘潭、湘鄉、湘源，是為三湘。前為嶺南、後為湘南大抵是指南明於西南方的殘餘勢力，錢謙益認為此時長江之役雖敗，但西南方之「皓景暉光」仍舊映照，且永曆尚存，宗室可託，「好音」有二解：首先照字句上解釋為西（南）邊徼因有桂王行在，誰能云西方好音漸微，佳音渺茫？第二種解釋為，將「好音」定為教化從德之義〔註86〕，指

　　文研究所博士論文，2008年），頁290-291。李先生對牧齋以天象入詩，習以「南」指明、以「北」代清，詩中亦常出現南斗、南極、南國、南方、南公、南飛之類用語，而柳宿因具「柳」字，故有時亦用以代指河東君。《錢謙益明亡以後詩歌研究》，頁168-169。

〔註83〕特需說明的是，此處的「復明意識」不是以歷史記載中的實際參與抗清行動來做論定，而是指文本之中所藏露的意識形態、文學修辭。

〔註84〕不過由於桂王流離西南各地，從嶺南、桂西、黔州、雲南到緬甸，範圍幾涉及中國西南邊境，因此遺民詩中也用西方來指稱大西南，故本文亦採用之。

〔註85〕《錢牧齋全集》第七冊，頁26。

〔註86〕《詩‧魯頌‧泮水》：「食我桑椹，懷我好音。」張亨：《詩經今注》

桂王到了西南南蠻邊夷順服教化，慕義求禮。此二句結合了嶺南、湘南、西方（此處指滇黔），概括來看，已是南明的主要版圖疆界；西方，在此所涵攝者非僅地理上的空間方位，還需加上流亡天南的桂王永曆帝。

徐孚遠在詩中更爲大量地想像南方君王，如〈南望〉：「虛佇金臺彥，何時玉燭調。殷憂開聖主，會見奏雲韶。」〔註87〕聯繫起西（南）方／美人／桂王，如〈懷吳鑑在中丞〉：

> 憶昔扁舟淚欲潸，蒼茫問渡水雲閒。同眠姜被嗟行路，卻棄終襦便入關。單夫聞琴聊一試，神州持斧竟崇班。可憐羈客頻惆悵，彼美西方不可攀。〔註88〕

此詩按照《釣璜堂存稿》前後詩題之紀年來看，可繫年於 1647 年秋天〔註89〕。吳鑑在與錢澄之、徐孚遠交情甚篤，三人曾共同參與 1645年（順治二年）秋天震澤之役，時隔兩年，物感起興，憶昔知交，錢澄之、徐孚遠、孫克咸、吳鑑在，曾與徐孚遠奮戰浴血、同眠共被〔註90〕，當日並投靠寓住處沈聖符宅，諸人同爲生死戰友，如今卻各

（臺北：里仁書局，1981 年），頁 515。

〔註87〕《釣璜堂存稿》，頁 475。

〔註88〕《釣璜堂存稿》，頁 533。

〔註89〕此詩收錄於《釣璜堂存稿》卷十三，前有〈哭陳臥子〉（《釣璜堂存稿》，頁 530），案陳子龍卒於順治四年五月；並有〈秋夜〉（《釣璜堂存稿》，頁 530）點出季節，以此來看，此詩寫於順治四年秋。

〔註90〕錢澄之、徐孚遠、孫克咸、吳鑑在之交往，錢澄之〈孫武公傳〉記載如下：「其年秋，予過雲間，遇君於黃禎臻中丞舟次，陳、徐二君俱在。……未數日，松江破，三吳兵散，予泛宅汾湖，將與仲馭由震澤入新安，武公與復菴適至，遂聯舟同行。」又〈哭仲馭文〉：「此至震澤，風月甚佳，橋畔聞吹簫之聲，市上無談兵之事。弟與闇公、克咸懷刺登岸，兄同吳子鑑在解帶維舟，羽箭突如，戈船蝟集。」又〈先妻方氏行略〉：「仲馭將入新安，取道震澤。其夜月甚明，橋上人吹簫度曲如故。次早，予偕諸子挐舟往問新安訊，未及里許，聞河上砲聲急。回遇吳鑑在赤腳流血，揮予速轉曰：死矣。問誰死？曰：仲馭死矣。予舟已焚，妻子已赴水矣。予猶前行，望見燒船煙燄不可近，乃返，同諸子投宿八都沈聖符宅。」詳參錢澄之：《田間文集》，《清代詩文集彙編》第 40 冊（上海：上海古籍出版，2010 年），頁 212、250、294。

奔西東，顛沛流離，徐孚遠最後則感嘆自己此時「避地舟山」，與遠在彼方的「西方美人」之帝子，遙不可攀，舟山（浙江）為東北，桂林、全州、武岡（廣西）為西南，若以空間方位來看，這的確是分屬兩個不同象限的世界，無怪乎其惆悵多感，美則美矣，實不可求〔註91〕。再如〈歲暮村賽作〉：

> 海潮激浪風排樹，日色徘徊歲將暮。老夫枯坐慘不歡，掩扉寂寂自裁賦。他年準擬龍興雲，今日還思豹隱霧。菜鮭不繼朋知疏，移牀把卷課童孺。牆外吹笙羯鼓喧，村人作賽香滿路。薯漿餈餅迎天妃，神之來兮若可呼。歲事已畢朝玉皇，雲車紙馬旅相赴。我今稽首一問之，十年之誠聊為吐。**南國旌旄何日揮，西方美人幾時遇。**年老筋衰奔命難，風帆往返徒自誤。蘇卿回朝如可期，屈子投湘亦有數。何為長在滄嶼間，青蠅羣飛乳虎怒。久覘其顏那可度，自古死生同一趣。〔註92〕

寫於 1661 年（永曆十五年，順治十八年）年末，時清順治帝崩殂，對於遺民來說這無疑是令人振奮的消息，恢復故明是有希望的（雖隔年永曆帝即為吳三桂絞死於雲南、鄭成功病逝臺灣）但從此詩所述仍期待著南國軍伍可以陣弓北伐，欲見西方美人，奔走效命，「南國旌旄何日揮，西方美人幾時遇。」南國乃指南明軍隊，然其時南明勢力已潰不成軍，遑論為「國」；「西方美人」指流竄到緬甸被俘至滇南的永曆，徐孚遠曾奉鄭成功之令，取道安南，後因受阻，浮槎泛海，未見天顏，幾時得遇「西方美人」，仍是不放棄的希望。

〔註91〕懷想永曆帝卻遙不可追，屢見詩中，如〈懷潘宗玉〉之二：「戎馬渡江干，蒼黃欲報韓。塵沙千里暗，蘭蕙一門殘。避世常逃谷，勞生屢伐檀。無能攀桂嶺，遙指白雲端。」（頁 458）〈晨起〉：「幾處爭權真鼠穴，誰家握節號龍驤。最憐**南國風塵滿，帝子流離不可望。**」（頁 517）又如盧若騰在〈庚子除夕〉：「近得滇南信，王師新奮鏖；逐北出黔、楚，剋期蕩腥臊。」《島噫詩》（臺灣：大通書局，臺灣文獻史料叢刊第八輯），頁 8。同樣也是在東南沿海想像西南桂王永曆行蹤。

〔註92〕《釣璜堂存稿》，頁 440。

由以上的分析，從錢謙益事及桂王的西南論述，抱有「西方好音」的一綫希望，到徐孚遠不斷翹首盼望，希冀見到「美人」一面，這當中的（西）南方所隱喻著的便是（西）南方／美人／桂王的平行共構之君／臣論述，而值得特爲觀察的是，若說《離騷》中的屈原自比「女性」不遇於君主（雄風），南明遺民詩中則化身爲主動的「男性」，追慕懷想那遠不可及的（西）南方女性／佳人，如徐孚遠〈西望〉中所述：「男兒不得行胸臆，嶺上愁雲照顏色。聞道西方有美人，腋下何時生兩翼。」〔註93〕胸臆充塞熱切的男子氣概，欲奮不顧身，生出兩翼飛到美人身旁的滿腔心志，對屈騷中的男（君）／女（臣）從屬關係，作了一次男（臣）／女（君）的政治倫理與性別演義之顛覆。

第五節　南方視域／南方書寫／南方詩學之譜系生成

南方，自古以來即是北方政權失落、文人失意時所浪遊與漂泊的地理空間，從東晉郭璞走向南方所開啓的故鄉／新鄉／仙鄉，證成了自我生命的存有，並且開啓了無限遼闊的宇宙自然〔註94〕。唐代詩人更走向西北絕漠與東南窮海，在「自我／他者」交會所開啓的政治、文化、宗教、家國觀念乃至天下想像，豐富多采〔註95〕。唐宋詩人因黨爭、貶謫、刑罰等原因來到南方，如韓愈即是一例，惟詩中出現的南方印象，大多是負面的情緒與紀錄，〈同冠峽〉爲赴嶺北陽山（今廣州府陽山縣）時作也：

> 南方二月半，春物亦已少。維舟山水間，晨坐聽百鳥。宿雲尚含姿，朝日忽升曉。羈旅感和鳴，囚拘念輕矯。潺湲

〔註93〕《釣璜堂存稿》，頁419。
〔註94〕詳參廖美玉師：〈郭璞故鄉／新鄉／仙鄉的心靈映象與艷逸詩風的形成〉，《回車：中古詩人的生命印記》（台北：里仁書局，2007年），頁103-153。
〔註95〕此點可參廖美玉師：〈唐代詩人的邊境書寫與天下想像〉，頁1-22。

淚久迸，詰曲思增遠。行矣且無然，蓋棺事乃了。〔註96〕
程學恂《韓詩臆說》曰：「公南遷詩似無甚意義者。中極悲悄須是反覆沈吟，乃見所感深也。」〔註97〕又〈縣齋讀書〉：

> 出宰山水縣，讀書松桂林。蕭條捐末事，邂逅得初心。哀
> 狖醒俗耳，清泉潔塵襟。詩成有共賦，酒熟無孤斟。青竹
> 時默釣，白雲日幽尋。南方本多毒，北客恒懼侵。譴讁甘
> 自守，滯留愧難任。投章類縞帶，佇答逾兼金。〔註98〕

此詩爲貞元二十年在陽山作也，公嘗曰：「陽山，天下之窮處。」甚至直言：「南分本多毒」，是令北客感到懼怕的，譴讁之罪罰固當承受，但長久滯留於此地，愧難勝任。

柳宗元的南方（柳州）則是充滿懷鄉異客的楚騷情懷，如：

> 南來不作楚臣悲，重入脩門自有期。〔註99〕（〈汨羅遇風〉）

> 城上高樓接大荒，海天愁思正茫茫。驚風亂颭芙蓉水，密
> 雨斜侵薜荔牆。嶺樹重遮千里目，江流曲似九回腸。共來
> 百越文身地，猶自音書滯一鄉。（〈登柳州城樓寄漳汀封連四
> 州〉，頁1165）

> 郡城南下接通津，異服殊音不可親。青箬裹鹽歸峒客，綠
> 荷包飯趁虛人。鵝毛禦臘縫山罽，愁向公庭問重譯。（〈柳州
> 峒氓〉，頁1169）

> 謫棄殊隱淪，登陟非遠郊。所懷緩伊鬱，詎欲肩夷巢。……
> 惜非吾鄉土，得以蔭菁茆。（〈遊朝陽巖遂登西亭二十韻〉，頁1189）

> 信美非所安，羈心屢迍巡。（〈登蒲洲石磯望橫江口潭島深迴斜對
> 香零山〉，頁1191）

從楚臣鄉思、百越文身、異服殊音、昔非吾鄉來看，流寓南方的體會，儼然就是被家國放逐於到南荒邊境的愁苦絕望。再如韓偓晚年曾

〔註96〕《韓昌黎集‧韓昌黎詩繫年集釋》卷二，頁88-89。
〔註97〕《韓昌黎集‧韓昌黎詩繫年集釋》卷二，頁89。
〔註98〕《韓昌黎集‧韓昌黎詩繫年集釋》卷二，頁90。
〔註99〕《柳宗元集》（台北：漢京文化，1982年），頁1149。下引諸詩同此本。

寓居閩地，下閩江抵福州、西行流寓沙縣、曾一度至邵武、經尤溪入永春、流寓晉江惠安、定居安南董浦〔註100〕。徐孚遠即有詩寫韓偓入閩，其〈韓學士偓入閩後無記者，王愧兩司馬云，近有鄞山得其斷碑，知終沒於此矣。捋虎為朱梁所忌，見本集〉：

> 先生早去國，不見受終時。未遂冥鴻志，常懷捋虎危。史
> 書湮舊跡，野老靳殘碑。賴有香匳句，高吟續楚辭。〔註101〕

「冥鴻」化自韓偓詩句〔註102〕，香匳集傳為韓偓著作，可見徐孚遠對韓偓之理解與認識。同到南方閩地的韓偓詩，成了徐孚遠創作視域中的前理解，更重要的是，韓偓心嚮李唐王朝反對朱梁篡位，這與心懷惓惓故國的南明遺民，異代共鳴。唐宋詩人多有南方經驗，杜甫漂泊於夔州、兩湖時期的西南天地；韓愈於嶺南的南方見聞；柳宗元於湖南、廣西的騷客情懷；韓偓於閩南的播遷；蘇軾的「不辭長作嶺南人」〔註103〕、「九死南荒吾不恨，茲游奇絕冠平生。」〔註104〕

南明遺民則對於南方態度更趨複雜而多元，例如魏禮：〈為門人楊京游惠州至廣州序〉：

> 然而今之嶺南非昔之所謂嶺南矣。愈之貶潮州也，凜然有
> 愁迫死亡之憂，而今之士大夫，營為而樂得其地者矣。軾
> 之貶，猶在惠州，今惠州亦為善土矣。〔註105〕

韓愈恐死於嶺南的畏懼，蘇軾貶謫於南荒的惠州，在魏禧看來卻可以

〔註100〕詳參陳香編著：《晚唐詩人韓偓》（台北：國家出版社，1993 年），頁 170-225；陳繼龍：《韓偓事迹考略》（上海：上海古籍出版社，2004 年），頁 158-198。

〔註101〕《釣璜堂存稿》，頁 478。

〔註102〕〈味道〉：「如含瓦礫竟何功，瘢點相兼似得中。心繫是非徒悵望，事須光景旋虛空。升沈不定都如夢，毀譽無恆卻要聾。弋者甚多應扼腕，任他閒處指冥鴻。」韓偓：《韓翰林集》（台北：台灣學生書局，1967 年），頁 34。

〔註103〕〔清〕王文誥，馮應榴輯注：《蘇軾詩集》（臺北：學海出版社，1985 年），〈食荔支二首〉之二，頁 2194。

〔註104〕〈六月二十日夜渡海〉，頁 2367。

〔註105〕《魏季子文集》，《清代詩文集彙編》第 114 冊（上海：上海古籍出版，2010 年），頁 284。

是自得其樂的善土。凡此，唐宋詩人的南方經驗都爲南明遺民詩中，建置了一個先見視野，打開了一個觀看角度，提供了一個理解基礎，開創了一個創作視域。

　　此處我們以杜甫爲例，作深入的思考。杜甫於西南邊域的流離情境、南國語辭的特定指涉、忠君愛國的熱忱之志，與南明遺民正有相契共鳴的情感體驗。以「流離情境」來說，杜甫流離隴蜀〔註106〕、寓居夔州、漂泊兩湖等身世際遇，南明遺民詩中，如錢澄之〈間道奔江右發橫坑即事〉即有相似感興：

> 間道草木深，晨起戒征轍。兵戈雖森眼，我志則勇決。田叟四五人，倚杖溪口別。幽幽離樹林，冥冥啼殘鳩。修竹送清陰，流泉去鳴咽。時雨前山來，瀑布還噴雪。行潦浩蹤橫，徒侶悲　　。竟日無人踪，即恐前路絕。掉頭霧總迷，解衣寒欲徹。僕夫苦不前，我車馳且輟。世亂莽畏途，艱難可不絜。此輩土著安，從行義所切。松杉夾道直，石筍平地揭。鳥雀滿廢村，屋倒門猶射。人去碓空喧，煙稀食屢缺。呻暗見寡妻，瘡痍正流血。翻思困賊中，寸息眞忝竊。關外峯遙青，輿人指我閱。喜極還自疑，公然脫虎穴。落日見荒城，燈火乍明滅。每疑山鬼迷，更苦居人訐。我生值亂離，憂虞焉得說。〔註107〕

這首詩寫於1648年（永曆二年，順治五年），從前首詩題〈返橫坑〉中：「江右已返正，義聲動乾坤。蠟詔自湖南，吾當往扣閽。努力謝父老，高義誓勿諼。」（頁211）「橫坑」乃位址福建，以及後題〈過將樂縣〉，「將樂」亦在閩地。故可推知錢澄之在聽聞「江右已返正」，荊襄、江右軍師即將聯成一氣，故詩人有「往扣閽」、「奔江右」之行。觀錢澄之流徙播遷的際遇，至少經歷過浙江、仙霞關（浙、贛、閩交接）；1645年（順治二年）歲末到閩北福州隆武所在；1646

〔註106〕孟棨《本事詩》：「杜逢祿山之亂，流離隴蜀，畢陳於詩，推見至隱，殆無遺事，故當時號爲『詩史』。」詳參丁福保編：《歷代詩話續編》，頁15。

〔註107〕錢澄之：《藏山閣集》，頁212。

年（順治三年）元旦由閩北入贛，十月回閩地；1647 年（順治四年）
整年仍游盪於閩地；1648 年（順治五年）元旦、三月仍在福建，間
道江西準備前往廣東端州（肇慶）；1649 年（順治六年）己丑，抵達
肇慶、後到廣州；1650 年（順治七年），隋永曆帝移蹕梧州；1651 年
（順治八年）元旦在梧州，到（廣西）蒼梧、潯州，再抵（廣東）肇
慶、廣州，行經虔州（江西），後回到安徽。〈行路難〉即記錄 1650
年（順治七年）十月在梧州，到 1651 年（順治八年）十二月回安徽
事。錢氏與南明政權互動頻繁，來往東南閩浙與西南兩粵，觀見行朝
（隆武、永曆），梯山橫海，歷險艱難。所以詩中提到自己際遇乃：「我
生值亂離」，以「亂離」作爲南奔的註腳，再如：

> 我生在亂離，安得久懷居？努力勛與名，勿負中興初。
> 〔註108〕木落西風客到遲，荒村繞過亂離時。幾家蓬徑初除
> 草，是處柴門新補籬。楊柳條抽燒後樹，芙蓉花發折殘枝。
> 琅琅石户經聲遠，破案焚香誦楚辭。〔註109〕

〈過嶺有感寄輦下諸故人〉則在流離的身世際遇之中，召喚出西南方
的杜甫：

> 雪窖三年此叩閽，關前即橫浦關，在大庚嶺上，一名梅關。惆悵
> 昔南奔。吞氈已白蘇卿鬢，剪紙難招杜甫魂。燈火夜投新
> 酒店，星辰朝望大明門。寄聲嶺雁端溪上，爲報輦公我尚
> 存。〔註110〕

此詩寫於 1648 年（永曆二年，順治五年）；首聯指自己從 1646-1648
間，從閩地、間道江西，爲得就是尋求君王行在，故上下求索，反覆
叩閽，此刻即將入嶺抵達天子行在（肇慶），想起南奔路途的行旅生
涯，徒增惆悵感懷與狼狽失落；頷聯以北海的蘇武之堅貞志節、西南
的杜甫之家國情懷爲自我期許，照見詩人的滿腔忠義；頸聯點題，按
「輦下」代指京城，此乃描述自己爲異地投宿的流離之客，對舉出大

〔註108〕〈別新城諸友〉其一節錄，《藏山閣集》，頁 231。
〔註109〕〈廣昌訪劉廣生孝廉〉，《藏山閣集》，頁 232。
〔註110〕《藏山閣集》，頁 236。

明京城的北方故舊；尾聯寫身世流離，寄託音信於嶺雁，或有一日能傳遞到北方故舊手中，以「此生依輦蹕，歌詠六龍傍」〔註111〕之志，尋赴天子行在為職責，無愧於己。

以「南國語辭」來說，杜甫詩〈奉寄別馬巴州〉：

勳業終歸馬伏波，功曹非復漢蕭何。扁舟繫纜沙邊久，南國浮雲水上多。獨把漁竿終遠去，難隨鳥翼一相過。知君未愛春湖色，興在驪駒白玉珂。〔註112〕

此詩寫於廣德二年，時杜甫不赴功曹之補，將東遊荊楚，而寄別巴州也。此章乃在闡述公（主）與巴州（賓）兩人之出處抉擇迥異，杜甫嚮往無羈絆的閒散人生，扁舟沙渚，漁竿釣翁，而馬巴州之興趣在朝觀見君，成就勳業，彼此追求的志向與目標不同，故杜甫以無法頡頏比翼雙飛之鳥來形容兩人難「相過」的際遇，其中值得注意的是第四句的「南國」應指荊楚〔註113〕，晚年杜詩中的「南國」實與荊楚一帶為同義詞；如〈自閬州領妻子却赴蜀山行三首〉：

汩汩避羣盜，悠悠經十年。不成向南國，復作遊西川。物役水虛照，魂傷山寂然。我生無倚著，盡室畏途邊。〔註114〕

此廣德二年春自閬州回成都時作。公自天寶十五年避亂，至廣德二年，已經十載，欲往楚而仍遊蜀〔註115〕，詩中的南國相對於西川（蜀地），指的是荊楚。又如〈喜雨〉：

南國旱無雨，今朝江出雲。入空纔漠漠，灑迥已紛紛。巢燕高飛盡，林花潤色分。晚來聲不絕，應得夜深聞。〔註116〕

此處的「南國」亦指荊楚。晚年杜詩中對「南國」語辭的使用，特指「荊楚」，可以得證。來到南方的南明遺民，一方面承繼了杜詩中的

〔註111〕〈喜達行在二十韻永曆二年冬十月到肇慶府〉，《藏山閣集》，頁239。
〔註112〕〔清〕仇兆鰲：《杜詩詳註》（臺北：里仁書局，1980年，頁1098。
〔註113〕仇兆鰲已注意到杜詩中的南國指的是「荊楚」。《杜詩詳註》，頁1099。
〔註114〕《杜詩詳註》，頁1101。
〔註115〕《杜詩詳註》，頁1101。
〔註116〕《杜詩詳註》，頁1218。

「南國」語辭,一方面卻擴展了地理範圍,不侷限於荊楚、兩湖一帶,從東南沿海到西南腹地,都隸屬於「南國」的疆界,甚至蘊含了江南、閩南、西南(領土);行朝所在(政權);中興根基(象徵);漢家衣冠(文化)等多種涵義〔註117〕。

以「忠君愛國」來說,杜甫詩〈巴山〉:

> 巴山遇中使,云自陝城來。盜賊還奔突,乘輿恐未回。天寒邵伯樹,地闊望仙臺。狼狽風塵裏,羣臣安在哉。〔註118〕

此詩寫於廣德元年十一月公在閬州作。當時天子在陝,吐番入寇,徵兵不應,官吏奔散,文臣不能扈從,武將不能禦敵,故有天寒地闊之感,上四憂在君上,下四責及人臣〔註119〕。在西南的杜甫仍擔憂西北的天子行在,於感慨朝事中寄託忠君愛國的人臣職志。在西南方的杜甫仍思考著君臣倫理與家國政治,其精神與心志對來到南方的南明遺民而言,是一種創作視域的啟發,如徐孚遠〈讀杜詩〉〔註120〕:

> 往事流傳不可詳,空吟詩句對斜陽。浣花猶有高人坐,蜀帥何曾到草堂?(其一)
>
> 攜得雙魚酒一壺,臨流獨醉有誰呼?自無江閣邀嚴武,知道東山興便孤。(其二)

明確指出讀杜詩的閱讀歷程,並著重在杜詩晚年流離西南(浣花、蜀帥、草堂)遇逢的人事(嚴武),也就是說將遺民的自我情志,投射到杜甫/西南之中,其〈懷楊老師〉:

> 吾師何在蜀江深,惆悵西來氾好音。棧道雲深途杳杳,安龍地僻信沈沈。杜陵屢有哀時賦,諸葛終懷扶漢心。莫謂中原難驟定,只愁共主尚依斛。〔註121〕

〔註117〕 詳細討論可參閱論文第五章對於南明遺民詩中「南國」的分析。
〔註118〕 《杜詩詳注》,頁1050。
〔註119〕 此處解釋,參考了《杜詩詳注》,頁1050。
〔註120〕 徐孚遠:《釣璜堂存稿二十卷交行摘稿一卷徐闇公先生遺文一卷》,《清代詩文集彙編》第14冊(上海:上海古籍出版,2010年),頁598。
〔註121〕 徐孚遠:《釣璜堂存稿二十卷交行摘稿一卷徐闇公先生遺文一卷》,

首聯以西南蜀江點出寄贈對象的所在地；頷聯安龍乃指貴州，蓋稱永曆竄逃之地；頸聯藉由杜甫感嘆時局、掛心家國，孔明助蜀、力扛漢鼎的忠義情操，表述自我情操與核心價值；尾聯寫當時南方政權分治，軍閥各擁一方的霸權豪奪，致使分散的南方勢力無法產生「共主」，遑論定鼎中原的宏圖大業。另如〈杜詩〉：

> 寄食一老翁，攬鏡笑龍鍾。衡石口流血，豈不悲道窮。生平賦詩句，意欲見心胸。刺惡嚴冬雪，懷香滿谷風。筆墨有何事，所貴至性通。吾觀杜陵叟，千古歎其忠。當時秉旄節，幾人得始終。何似浣溪上，高歌激清衷。〔註122〕

徐孚遠以「吾」的立場，直接說出閱讀杜詩後的感受是「歎其忠」，此處杜詩儼然成了南明遺民忠義之志的典範人物。杜甫晚年詩中特別有關於西南的論述，與南明遺民在情境上正彼此對應與互振共鳴。可以說，杜甫的（西）南方經驗對南明遺民來說毋寧是一種已經存在的「南方視域」，杜甫來到西南邊域的流離情境、南國語辭的特定指涉、忠君愛國的熱忱之志，都替南明遺民打開了創作上的「南方視域」，藉由與這個「視域」對話、交流、理解、擴充、闡發、融合，再轉化為創作性的「文本」過程中，南明遺民詩中的「南方書寫」遂於焉產生。於是，以南明為後設的討論基點，往前聯繫唐宋詩人的南方經驗，並配合其時流離到「國境之南」〔註123〕的南方地域，以南方作為觀測世界的一種方式，或能開展出一條由南方出發，迤邐綿延於中國文學／歷史上，南方視域／南方書寫／南方詩學相互交錯鎔鑄的知識體系與多元圖譜。

頁 547。

〔註122〕《釣璜堂存稿》，頁 396。

〔註123〕病驥老人序孫靜庵《明遺民錄》時曾提到明遺民逃至臺灣、南洋的跨國境現象，云：「弘光、永曆間，明之宗室遺臣，渡鹿耳依延平者，凡八百餘人；南洋群島中，明之遺民，涉海棲蘇門答臘，凡二千餘人。」孫靜庵《明遺民錄》，周駿富輯：《清代傳記叢刊》（台北：明文書局，1985 年），68 冊，頁 11。

小　結

　　南明疆域在明朝版圖中的位置，從江南、閩南、嶺南、滇南，一路撤退至天之南，甚至往窮海南溟之鯨波鼉島找尋可以繫九鼎於一絲之地。南明遺民在中國境內南方的遷徙、流亡與空間移動之經驗，對於其「遺民意識」是否有所影響？茲以顧炎武、張煌言為例，發現他們作為一流轉、流亡，失去故土之根的「空間移民」，由南入北的流亡意識／鄉關意識／遺民意識，為一體多面之顯現，彼此之間是相互依存與詮釋的，甚至在十餘年不斷切換變動的南／北空間越界之中，其心中的「遺民意識／復明意識」，仍是根深蒂固，堅持不移。

　　相對於北方中土江山，南明政權在南方的版圖界域，顯得較為破碎與分裂。若對比明朝三百年苦心經營北方的邊略與規劃，「南方」在明代京城士人眼中仍是南荒與邊徼，清軍不斷進逼、侵占南方領土，走向南方的遺民以血開路，歷難封疆，用實際行動演繹「忠義」二字，「留存在殘山賸水中的大明江山」，是他們在一路敗退的疆界版圖與分裂的離散政權中，最後的希望與寄託。北方故土已經淪喪，明朝正朔轉移，正統移鼎南方，南方的殘山賸水與邊境窮荒，帶給了南明遺民保有一塊乾淨之土的曙光，藉由南方的殘山賸水，分裂的離散政權遂有被整合的可能與重新團結的契機。

　　於是，南明遺民面對浩瀚遙遠、不可測知的南方世界，逐漸走入「南方視域」之中，開啟了「南方的野蠻想像」，並感受到「南方的異域情調」，在自我／他者、先見／實境、中心／邊緣、主體／世界之中，進行多重交會與相互融聚，從而對南方予以利害分析、價值判斷，形成本文中的「南方意識」。

　　接著，論述「南方隱喻」，觀察南明遺民詩中以「南方的火德／朱雀」，與「西南方的香草美人」，如何由這兩項「南方隱喻」，發抒心中的隱密情感與復明心曲，此書寫策略遂成了南明遺民詩中的一套隱辭微語與隱文譎喻，可供索讀。

　　最後，從東晉郭璞來到南方新世界談起，到唐宋詩人的南方經驗。特別是流離西南的杜甫，為南明遺民詩中，建置了一個先見視野，打開了一個觀看角度，提供了一個理解基礎，拓展出「南方視域」，更在詮釋杜詩的理解過程中，投射了遺民情志與特屬南明的「南方書寫」。於是，以南明為後設的討論基點，日後或能開展出一條由南方出發，迤邐綿延於中國文學／歷史上，南方視域／南方書寫／南方詩學相互交錯鎔鑄的知識體系與多元圖譜。

第三章　南明遺民詩中的南都圖像
　　　　　與回憶文學

　　「南都」在本文指涉「南京城」，南京除其本名外，還有許多別稱與代稱。諸如金陵、秣陵、石頭城；鍾山、白門、秦淮河；以及雨花臺、燕子磯、烏衣巷之類，或古或今，或繁或簡，或整體或局部，都可以指稱南京。再加上明朝遺老據實大膽稱呼的「舊京」、「故京」、「留都」，與借歷史典故隱喻的「六朝」、「南朝」等等，關於南京本身便形成了一系列的地名語詞〔註1〕。

　　嚴格說來，南都弘光政權的確是建立於甲申、乙酉，在時間斷限上是無法代替整個南明。但筆者此處對於「南都圖像」的說明，並不是在用南京取代南明，而是南都（南京）作為南明文學／歷史的一個重要區塊，我試圖把它呈顯出來。其次，南都在南明遺民詩中，也不是僅限於甲申、乙酉年間的創作，事實上，南明遺民在整個南明時期（1644-1662）都有「南都圖像」的描繪。書寫「南都」不是僅限於

〔註 1〕秦淮作為「帝王州與佳麗地」的詩學意義，可參廖美玉師：〈身與世的頡頏──吳梅村詩中的秦淮舊識〉，《近世文學國際學術研討會論文集・清代文學與學術》（台北：新文豐，2007 年），頁 6-9。此處並參王璦玲：〈桃花扇底送南朝──論孔尚任劇作中之記憶編織與末世想像〉，《近世文學國際學術研討會論文集》之三（台北：新文豐，2007 年），頁 320。

甲申、乙酉年間，而是橫跨整個南明時期。可以說，南明遺民流竄至
「南疆」，「南都」則是其流亡之起點與精神之原鄉。甚至，南都（南
京）也是南明遺民陰助復明的集中地，鄭成功於長江的兩次水師起義
（1657、1659），冒襄的秦淮聚會都與南京有關；「南都」（弘光政
權），自然無法涵蓋整個南明時期，但「南都」確是橫跨整個南明時
期，南明遺民詩中至為重要的時空場景。

　　準此，遺民詩中對「南都」的城市景構、空間圖像與地理景觀之
描繪，在書寫、記憶、遺忘、療癒的過程中，展示了南明遺民詩中的
「南都圖像」〔註2〕之多重景觀，南京作為南明遺民心中明朝故國的
重要象徵，明末清初的南京秦淮更是文人雅士聚集遊宴之場所；南
都，可以說從明末的旖旎繁華到清初的鞠為茂草，其空間景觀隨著鼎
革以來，時遺物換的變遷，見證著一個時代的繁華興衰，也記錄了心
嚮故國的遺民之悲與回憶之慟；在書寫南都的過程中，「南都圖像」
具有兩種性質，值得深究。一為追憶中的「明末南都」；一為現世中
的「清初南都」。

　　故此，本章第一節為追憶中的「明末南都」。所欲論述者乃明末
南京秦淮之風貌，當其時南國歌舞昇平，「衣冠文物盛於江南，文采
風流甲於海內」〔註3〕，茲細分成秦淮／風月、貢院／舊院、畫舫／
酒館、名士／名妓，作為明遺民追憶明末南都之內容。

　　第二節為現世中的「清初南都」。所代表者乃清初南都的如實景
象，茲分成「長江天塹」、「帝都／亡都」、「詮釋哀江南」，這三點反
映出入清之後的南明遺民對南都的戰略、時局、政權之深刻思考，以
及寓目所及的荊棘銅駝之景象。合觀上述二節，明清之際的明遺

〔註2〕這裡的「圖像」一詞，主要是以詩歌來作為詮釋文本，而非認知中
　　　　的書畫作家之圖畫。筆者取「圖像」來解析詩中的南都，正是緣
　　　　於「南都」（南京）城自古以來，本身所蘊含之空間意涵與歷史記
　　　　憶，對「南都」的書寫與記憶，寄託著遺民心曲、故國之思、身世
　　　　之感。
〔註3〕《板橋雜記‧序》，頁3。

民，身歷二朝，鼎革之後的個人際遇加上世變的劇烈變化所形成之「創傷記憶」，致使其書寫中的「南都」呈現出一驟然斷裂的裂痕，亦即明末／清初、美好的過去／殘破的現在、已逝去的記憶／未所知的當下，追憶中的「明末南都」與現世中的「清初南都」，兩者所呈現之殊異景象，織綜在文本之中，形塑了明末清初的南都圖像。

　　第三節與第四節則接續上面對南都的「記憶」論述，以永曆十一年（順治十四年，1657）的冒襄、王士禛及其和秋柳詩者，在同一年分別舉辦之聚會爲討論主軸，以詩作觀察其中的記憶模式、書寫樣態，考察南都作爲一空間實體，如何再現個人與集體、過去與現在？面對今昔之間的斷裂，引發出主體的創傷記憶與世變的家國傷慟，個人的身世記憶鑲嵌於社群的集體記憶，相互交融與疊聚，如何處理往昔的創傷？如何再現個人與集體、過去與現在？南明遺民如何撫平創傷、保存回憶與現實妥協，透過這幾個切入點〔註4〕，由此深入思考大木康教授所稱的「回憶文學」〔註5〕。

　　故此，第三節爲「1657 年的秦淮──以冒襄及《同人集》卷六

〔註4〕此處論點筆者受益於單德興：《創傷・回憶・和解：析論林瓔的越戰將士紀念碑》，《越界與創新：亞美文學與文化研究》（臺北：允晨文化，2008 年），頁 134-168。

〔註5〕大木康：〈順治十四年的南京秦淮──明朝的恢復與記憶〉，《文學新鑰》2009 年 12 月第 10 期，頁 1-26。此文以冒襄的順治十四年、龔鼎孶的順治十四年、錢謙益的順治十四年爲分析架構，對本文啓發甚大，不過部分細微考證略有疏誤，請參本章第三節的比對論述。另可參大木康著，辛如意譯：《風月秦淮──中國遊里空間》（台北：聯經出版，2007 年）專書中有關明清秦淮一帶的介紹與分析。另廖美玉師以吳梅村與卞玉京的秦淮之戀與易代滄桑，鎔鑄性別、地域、階級、政治等諸多層面，探討吳梅村詩中的身世／記憶／銘記／失憶之書寫策略與時代關懷，有精湛的考釋與綿密的詮解，詳參〈身與世的頡頏──吳梅村詩中的秦淮舊識〉，《近世文學國際學術研討會論文集・清代文學與學術》（台北：新文豐，2007 年），頁 1-66。另，吳梅村詩中的個人回憶與明朝歷史盛衰起伏的關係，可參 Wai-yee Li, *History and memory in Wu weiye's Potry*. Ed. Wilt L. Idema, Wai-yee Li, and Ellen Widmer. Cambridge, Mass.: Harvard University Asia Center, 2006。

爲中心的討論」。首先考證冒襄（1611-1693）與前朝遺民之子孫、社友之「世盟高會」的時地因緣、出席名單、大會性質，而認爲這是具有「遺民意識」之社集活動。接著，分析冒襄在個人所著的《巢民詩集》與編纂的《同人集‧秦淮倡和》中，展現的兩套記憶模式。冒襄的身世記憶反覆回溯「二十年前」的晚明風流與政治榮光，在私領域的個人記憶中，不可自拔；《同人集‧秦淮倡和》則是遺民後代、世講，抒發「集體記憶」之公開場域，在面對天崩地坼的創傷記憶，撫慰傷痛後，他們即將迎向未來的生命意義與詮釋存在的價值。《巢民詩集》與《同人集‧秦淮倡和》，遂發展出兩套書寫記憶的系統模式。

最後，第四節爲「1657 年的濟南──南明遺民徐夜、顧炎武、冒襄對王士禛〈秋柳詩四首〉的回應」。南明永曆十一年（1657）也就是順治十四年（丁酉），此年鄭成功正準備於長江水師起義，當其時，王士禛在濟南賦詠〈秋柳詩四首〉，造成大江南北和者不絕，〈秋柳詩四首〉中的回憶特質與朦朧美感，與前述之冒襄、遺民後講，有著明顯的差異。因此，筆者將以王士禛爲導引，觀察南明遺民如何看待或記載「南明歷史」：第一，同在永曆十一年（丁酉）的兩場大型聚會（一在秦淮，一在濟南），對於「回憶」的各自表述與形構，有何差異？第二，〈秋柳詩四首〉出，造成大江南北的集體吟詠，南明遺民（徐夜、冒襄、顧炎武）如何看待這組和詩？與原作「抒情回憶」之間的對話與殊離，又有何變遷軌跡？此有助於我們進一步理解當時「南明遺民」心曲。研究指出，王士禛個人的賦秋柳活動，與南明遺民的賦秋柳詩，最大的差異就是在於：徐夜、顧炎武、冒襄有明確的「遺民意識」，對照於王士禛原詩意的含糊其辭與模糊難辨，南明遺民以詠物「秋柳」，將記憶書寫的主導權拉回來當下的南明歷史，在詠物賦柳中，投射了自我的遺民情志與家國興感，亦即此三人均自覺有遺民身分：無論是徐夜讚揚南明重臣左懋第；顧炎武專指永曆帝事；冒襄寫鄭成功水師健兒；不但均確有所指，不含糊

其辭，且也都與「南明」有關，無諱其遺民身分與自我認同。對於永曆十一年，王士禛於濟南的〈秋柳詩四首〉所展現之前朝「回憶」，南明遺民徐夜、顧炎武、冒襄等人以其和作，回應了南明歷史的見證與建構。

第一節　欲界之仙都，升平之樂國：追憶中的「明末南都」

顧炎武爲顧夢遊（1599-1660）詩集撰序，提到明末崇禎時，江南歌舞昇平，一片歡好之榮景，云：

> 當崇禎之世，天下多故，陪京獨完，得以餘閒，賦詩飲酒，
> 極意江山，留連草木，騁筆墨之長，寫風騷之致。〔註6〕

陪京即爲南京，也就是本文此處的秦淮，當明末北方之亂時，文人獨能在此留連江山草木，縱情恣樂，筆墨酣暢，風騷餘韻，晚明士大夫的風雅美學，可略見一斑；檢視南明遺民詩對記憶中的「明末南都」之描述，從冶遊歡樂的旖旎浪漫，到人去樓空的蕭條蒺藜，盛衰興滅之旨交錯其中，如南明遺民夏完淳寫〈青樓篇與漱廣同賦〉：

> 長安大道平如組，青娥紅粉嬌歌舞。南北紅樓幾院開，行
> 人爭誦平康譜。明鏡春風典鸊鷉，金籠夜月嬌鸚鵡。天涯
> 遊子憺忘歸，畫船處處生蕭鼓。有時玉闕朝諸侯，有時金
> 門微羣流。踏青駿馬驕春陌，滿地楊花拂御溝。醒來錦袖
> 飄歌院，醉後紅牙唱酒樓。少婦親陪青玉案，貴人盡脫紫
> 貂裘。燕趙美人顏如玉，兩行珠翠嬌紅燭。翠管銀箏太液
> 詞，鈿蟬金雁邯鄲曲。綺帳初回倚碧鉤，瑤琴欲撫吹金粟。
> 宛轉橫敲碧玉釵，娉婷卻買明珠斛。神宗垂拱放官銜，南
> 臺北里七香車。鳳凰對策呼名妓，獬豸彈冠擁狹斜。王孫
> 夜夜珠簾坐，公子家家玉樹花。樓頭檀板憐青綺，巷裏銀
> 燈拂絳紗。三吳年少多遊冶，筵前戲抱當壚者。金錢夜解

〔註6〕《四庫禁燬書叢刊》第 51 冊《顧與治詩》，顧炎武：〈顧與治詩序〉，頁 300。

石榴裙，丹鬣朝翦桃花馬。風動雙環翡翠枏，霜封一片鴛
鴦瓦。對月還疑蘇小來，撫琴偏似文君寡。二十年事已飛，
不開畫閣鎖芳菲。那堪兩院無人到，獨對三春有燕飛。風
簷不動新歌扇，露井橫飄舊舞衣。花草朱門空後閣，琵琶
青冢恨明妃。獨有青樓舊相識，蛾眉零落頭新白。夢斷何
年行雨蹤，情深一調留雲跡。院本傷心正德詞，樂府銷魂
校坊籍。為唱當時烏夜啼，青衫淚滿江南客。〔註7〕

詩寫於隆武元年乙酉（1645）秋至隆武二年丙戌秋之間作。錢熙，字
漱廣，完淳內兄。首句「長安」指南京，詠歎青樓盛衰，並非樂道煙
花，流連金粉，實寄寓滄桑之感、興亡之恨。詩中的「神宗」指得就
是明朝由盛轉衰的關鍵時期萬曆帝，在其任期間雖有短暫中興，但帝
王垂拱不治朝政，北方朝政奢侈糜爛，南都青樓，紙醉金迷，歌舞昇
平，但鼎革易代之後，曾有的美好記憶皆消逝在「二十年來事已非」
的感嘆，正可以說，明末清初的「南都」呈現了世變轉折後的時代容
顏與歷史滄桑。詩人追憶中的「晚明南都」為歌舞、紅樓、畫船、歌
院、酒樓、名妓、畫閣、兩院、青樓、正德（明武宗年號）院本、校
坊；所記錄的「清初南都」為「二十年來事已非」、「那堪兩院無人
到」、「花草朱門空後閣」、「獨有青樓舊相識」、「蛾眉零落頭新白」；
論者認為：「藉艷冶宴遊之事，發黍離麥秀之思，為明、清之際江南
文人之風氣，非獨完淳然也。」〔註8〕循此，我們可以進一步觀察南
明遺民如何藉由「南都圖像」來書寫這明末／清初斷裂的逸樂，底下
分從秦淮／風月、貢院／舊院、畫舫／酒館、名士／名妓，以此四點
來討論。

一、秦淮／風月

　　晚明秦淮河畔，燈光夜波，夜如白晝，沿岸船舫雕樓，水衢織

〔註7〕〔明〕夏完淳著，白堅箋校：《夏完淳集箋校》（上海：上海古籍出
　　　　版社，1991年），頁160。
〔註8〕《夏完淳集箋校》（上海：上海古籍出版社，1991年），頁163。

密如網，歌舞綺麗，一片昇平，余懷（1617-1696）《板橋雜記》即追憶了明季「金陵古稱佳麗之地，衣冠文物盛於江南，文采風流甲於海內」的風月繁華，那秦淮河畔的舊院、女伎與文人的冶遊樂事，旖旎聲色，生香活色，河畔佳人與流寓文人共譜出纏綿深情的樂章，伴隨著筵席宴會，樂籍教坊的曼妙歌舞，彈奏只應天上，難得人間之曲，河畔的芊綿垂柳，凝碧水烟，雕欄畫檻，綺窗絲障，映襯著秦淮風月，栩栩展演，晚明秦淮的繁華，如畫軸攤展在前。惟時移境遷，余懷不免發出了滄海桑田之感：「一代之興衰，千秋之感慨。」〔註9〕相較余懷的「秦淮風月」，邢昉（1590-1653）的〈秦淮感舊〉則以詩歌更細緻的寫出了明亡前後秦淮一帶的變化：

> 何人對此最深情，風前獨下鍾山淚。遊子皆言風景殊，居人倍感河山異。余生曾作太平民，及見神宗全盛治。城內連雲百萬家，臨流爭僦笙歌次。一夜扁舟價十千，但恨招呼不能致。佳人向晚傾城來，只貴天然薄珠翠。不知蘚澤自誰邊，樓上舟中互流視。采龍鬭罷喧未已，蜿蜒燈光夜波沸。……當時只道長如斯，四十年中幾遷易。波頭猶是六朝烟，畫閣珠簾久顋頷。蹢首全隨戈甲人，馬嘶亂入王侯第。即今月好幾船開，惟有空明照酣醉。繁華既往莫重陳，幕燕搖搖定猶未。但願遊人去復來，再見太平全盛世。〔註10〕

清人入關定鼎中原，河山朝夕改色，邢昉憑弔明太祖朱元璋的皇陵「鍾山」，心慟國殤，一掬清淚；此時詩人回憶起明神宗萬曆（1563-1620）時秦淮河畔的旖旎繁華之情景，當時船舫連縣，物價奢華，舟舫水榭、岸邊閣樓連密交接，在秦淮河畔，水上與陸居是密不可分的，因此言「樓上舟中互流視」，而「采龍鬭罷喧未已，蜿蜒燈光夜波沸」，形容灯船之盛，甲於天下，此正與余懷所述：「神弦仙

〔註 9〕《板橋雜記・序》，頁3。
〔註10〕《石臼後集》，《四庫禁燬書叢刊》（北京：北京出版社，2000年）第51冊，頁326。

管玻璃杯，火龍蜿蜒波崔嵬。雲連金闕天門迥，星舞銀城雪窖開。皆實錄也。」〔註11〕描繪秦淮灯船場景如天闕仙境，並強調此盛況絕非文學性的修辭，而是「實錄」；惟當戈甲兵燹、戰亂入侵，江南秦淮遂成了人去樓空，「珠簾顤頜」的蕭瑟場景，繁華興滅，徒剩「波頭猶是六朝烟」，照見了詩人當下的落寞心緒。

　　從余懷《板橋雜記》所記載的「秦淮風月」，再到邢昉所描摹的「秦淮感舊」，都說明了明遺民在面對舊朝／新朝的易代轉換之際，心中那深沉抑鬱無以宣洩的家國哀慟〔註12〕；邢昉在詩中面對易代滄桑的時代容顏，使用了「六朝烟」一詞，意指此刻當下的處境正如歷史上的六朝，縱然均有繁華冶艷的昇平歲月，但終究無法避免歷史興亡的淘洗而幻化「如烟」，晚明的秦淮「繁華既往」，成了詩人追憶中的歷史，期待有朝一日能「再見太平全盛世」，與此同感者尚如侯方域（1618-1654），其〈詠懷詩〉二十一首，其四：

　　　似言慶曆間，涕淚洒清昊。戰伐三十年，常思太平好。

　〔註13〕

由「自注丙戌作」來看，此詩寫於順治三年（1646），詩人回憶起盛世中的隆慶、萬曆〔註14〕，涕淚滿懷，三十年前為萬曆四十四年（丙辰，1616），從這年開始歷經三十年的戰爭討伐，動亂變遷，「常思太平好」實則難掩對於過去繁華的追憶，與當下的無限感嘆、深沉落寞。

〔註11〕《板橋雜記》，頁10。

〔註12〕李孝悌曾以余懷《板橋雜記》、孔尚任《桃花扇》為舞台，重建了明末南京城市生活的部份場景，並藉此說明南京城從晚明到清初所呈現的「斷裂的逸樂」之差異。詳見氏著：〈桃花扇底送南朝：斷裂的逸樂〉，《昨日到城市：近世中國的逸樂與宗教》（台北：聯經，2008年），頁25-71。

〔註13〕侯方域：《四憶堂詩集》，《四庫禁燬書叢刊》第51冊，頁646。

〔註14〕不過侯方域出生於萬曆四十六年（1618），他是未親歷過隆慶、萬曆年間的繁華。

二、貢院／舊院

南京貢院爲南都鄉試之所〔註 15〕，舊院則人稱曲中，其地妓家
鱗次，比屋而居〔註 16〕；根據余懷《板橋雜記》所載：

> 舊院與貢院遙對，僅隔一河，原爲才子佳人而設。逢秋風
> 桂子之年，四方應試者畢集。結駟連騎，選色徵歌。轉車
> 子之喉，按陽阿之舞；院本之笙歌合奏，回舟之一水皆
> 香。或邀旬日之歡，或定百年之約。蒲桃架下，歡擲金
> 錢；芍藥欄邊，閒拋玉馬。此平康之盛事，乃文戲之外
> 篇。〔註17〕

「舊院」爲妓女所居之地，「貢院」爲應舉科考的鄉試之地，兩者之
距僅隔一河，從四方各地來到南京應考的考生，在「文戲之外篇」
於河畔的另一端與女伎邀歡縱情、訂誓盟約，或者享受十日之歡
愉、或者互許百年之承諾，舊院裡頭的士人與女伎紙醉金迷，玉馬
定情，交織成如同唐代長安風流藪澤的「平康坊」。錢牧齋於 1657 年
（順治十四年）所寫的〈金陵雜題絕句二十五首繼乙未春留題之作〉
之二：

> 一夜紅箋許定情，十年南部早知名。舊時小院湘簾下，猶
> 記鸚哥喚客聲。舊院馮二，字曇采。〔註18〕

錢謙益此詩乃雜記舊游，此詩同樣載錄於《板橋雜記》，所追憶的確

〔註15〕 「貢院」，在南京夫子廟東鄰，秦淮河北岸，原爲宋建康府學之考場。
明初定都南京，在此處大規模興建貢院，集江南鄉試與全國會試於
茲。明、清兩代，南京貢院鄉試規模爲全國之冠，貢院規模亦爲各
省之最。因此，順天鄉試稱「北闈」，南京鄉試稱「南闈」。《板橋雜
記》註，頁 14。

〔註16〕 曲中，妓聚居之地。《北里志・海論三曲中事》云：「平康里入北門，
東回之曲，即諸姬所居之聚也。曲中有錚錚者，多在南曲、衰曲；
其循墻一曲，卑屑妓所居，頗爲二曲輕視之。」舊院，指明初就建
立的富樂院。劉辰《國初事迹》：「太祖立富樂院於乾道橋，復移武
定橋等處。」「又爲各處將官妓飲生事，盡起赴京入院。」《板橋雜
記》註，頁 8。

〔註17〕 《板橋雜記》，頁 14。

〔註18〕 《錢牧齋全集》第四冊，頁 415。

切年代，從同題之十二來看：

> 舊曲新詩壓教坊，縷衣垂白感湖湘。閒開閨集教孫女，身
> 是前朝鄭妥娘。小名妥，詩載《列朝閨集》中，今年七十二矣。
> 〔註19〕

依照今年七十二矣，則鄭妥娘當生於明萬曆十四年（1586），身是「前朝」自然為明朝（且是晚明），故寫舊院馮二，指明末非清初，此詩首句乃用《開元天寶遺事》中，每年新進士以紅箋名紙遊謁長安平康坊（妓院）之典，表述明末名士與女伎，在舊院的定情承諾，詩人想起鸚鵡喚客的情景，惟江山易鼎，改朝換代，舊院歡好、冶遊繁華與風流賓客，均隨「晚明」這個時代，成了記憶中的過去。

三、畫舫／酒館

晚明方以智（1611-1671）寓南京時，寫有〈秦淮漫興〉十首，其一：

> 兩岸高樓人可憐，憐人工數十千錢。自誇生長秦淮裏，得
> 意闌干賣酒船。秦淮專以遊船為事。〔註20〕

此正可對照邢昉所描述之「采龍鬧罷喧未已，蜿蜒燈光夜波沸」，寫秦淮人家以遊船為業，畫舫賣酒，工錢雖不高卻頗能以此自得，兩岸高樓櫛次鱗比，舟行秦淮，畫舫灯船之盛，即是余懷所述：「神弦仙管玻璃杯，火龍蜿蜒波崔嵬。雲連金闕天門迥，星舞銀城雪窖開。皆實錄也。」這裡提到的遊船，也就是雕飾華麗的畫舫，其意象如梅爾清引述 Susan Mann 之說：

> 「畫舫」一詞就起到了作為江南地區風月場所同義詞的作
> 用。

梅爾清並論道：

> 歡舟、樂舞、柳枝以及吟唱的女子加強了這個風月場所與
> 其他南方城市之間的聯繫，同時也增強了這些符號必然帶

〔註19〕《錢牧齋全集》第四冊，頁418。
〔註20〕《四庫禁燬書叢刊》第 50 冊，《方子流寓草》，頁 733。

有的惆悵形象。〔註21〕

余懷曾說：「秦淮灯船之盛，天下所無。兩岸河房，雕欄畫檻，綺窗絲障，十里珠帘。」〔註22〕歡舟、畫舫、遊船、灯船、河房、樂舞、吟唱的女子，的確可以作為秦淮著名地景，而些符號所帶來之惆悵形象，茲以錢謙益的〈金壇逢水榭故妓感歎而作凡四絕句〉為例作說明：

> 黃閣青樓盡可哀，啼粧墮髻尚徘徊。莫欺鳥爪麻姑老，曾見滄桑前度來。剩水殘山花信稀，瑣窗鸚鵡舊籠非。儂家十二珠簾外，可有尋常燕子飛？身輕渾欲出鵝籠，巾袖低徊光景中。還似他家舊樓館，吹簫解珮下屏風。春病春心自攬持，道家裝束也相宜。知君恰比仙人子，腸斷宮花欲嫁時。〔註23〕

金壇，在今江蘇常州，詩中以道逢水榭故妓想起故明舊事、過往記憶，名妓與名士的風流韻事，那是留連江南風月的美好圖像與歡愉經驗，惟時移物換，滄海桑田，國土已成殘山剩水，花信衰殘，爛漫春景已難再尋，舊時王謝堂前燕，興衰起滅的人事變遷，鼎革之際所造成的巨大斷裂，隨著前朝的滅亡，失意落魄的貴族與身世飄零的女伎，失去了尊貴的權位與寵愛的光環，在新朝更加辛苦地找尋生命的意義與存在的價值，以瑣窗鸚鵡比喻亂世女伎，改朝換代後，從舊籠換到另一個禁錮的牢籠，詩人甚至幻想女伎低徊輕移，流連光景之中的身姿，從屏風下床的吹簫、解珮諸女之冶豔縱樂〔註24〕，儼然再現了明末舊樓館的記憶圖象，惟「還似」二字，無奈地點出了現實與過

〔註21〕〔美〕梅爾清著、朱修春譯：《清初揚州文化》（上海：復旦大學出版社，2004 年），第二章〈紅橋：人物與意義〉，頁 63。

〔註22〕《板橋雜記》，頁 10。

〔註23〕《錢牧齋全集》第四冊，頁 13-14。

〔註24〕《楊太真外傳》：「玄宗以隋文帝所造屏風賜貴妃，屏上刻前代美人之形，才三寸許。妃歸國忠家，安于高樓上。國忠日午偃息，纔就枕，而屏風諸女悉皆下床前，各通所號，有曰：解珮人也，吹簫人也。」《錢牧齋全集》第四冊，頁 14。

往的斷裂與落差，詩中明末的故妓在入清之後，洗淨鉛華，成了「道家裝束」之身分，「出世」乃隱遁山林、古剎、廟宇，相較明末時的妓女身分之爭妍競麗、周旋賓客、社群網絡的應對往還，此亦是另一種巨大的對比與反差。從此詩中的水榭、黃閣、青樓、珠簾、樓館、屏風，與上述之歡舟、畫舫、遊船、灯船、河房、樂舞、吟唱的女子，並比而觀，這些符號所帶來之惆悵形象，實蘊含著今昔對比後，無語問蒼天的落寞滄桑與悲涼哀悽。

四、名士／名妓

　　明末南京作爲陪都而成爲南方政治中心，此地出現了宦官阮大鋮與復社人士的樹敵抗衡。明末崇禎十一年秋（1638），更以陳貞慧、吳應箕等人爲首興起批判阮大鋮的抗爭活動。復社人士遨遊秦淮，與妓女同歡作樂的情狀，也是明末秦淮地方的一項矚目盛事〔註25〕。著名的明末四公子，如陳貞慧、冒襄、方以智、侯方域；文壇風流才子，如錢謙益、吳梅村、陳子龍；當時名妓，如馬湘蘭、董小宛、李香君、柳如是、卞玉京、顧媚、寇白門、陳圓圓；名士與名妓相聚秦淮，才子佳人共同譜奏出風華旖旎的浪漫樂章。世變之後，詩人追憶這些曾經於明末綻放耀眼光芒的秦淮豔麗，如錢謙益〈金陵雜題絕句二十五首繼乙未春留題之作〉寫馮二、寇白門、鄭妥娘〔註26〕；吳梅村有〈聽女道士卞玉京彈琴歌〉寫卞玉京，有〈圓圓曲〉寫陳圓圓〔註27〕；冒襄寫有《影梅庵憶語》悼念董小宛；余懷《板橋雜記》中更是以文字記錄了明末諸妓，無論是不得而見的朱斗兒、徐翩翩、馬湘蘭，還有「或品藻其色藝，或僅記其姓名，亦足以征江左之風流」的尹春、李十娘、葛嫩、李大娘、顧媚、董白、卞賽、卞敏、范珏、頓文、沙才、馬嬌、顧喜、朱小大、王小大、張

〔註25〕大木康：《風月秦淮——中國遊里空間》，頁234。
〔註26〕分見《錢牧齋全集》第四冊，其二、其十、其十二，頁415、417、418。
〔註27〕分別參《吳梅村全集》（上海：上海古籍出版社，1999年），頁63-65、78-79。

元、劉元、崔科、董年、李香，乃至珠市的名妓如王月、王節、寇湄〔註28〕，與諸文士的互動，做了詳實而生動的紀錄；到了清初康熙年間，孔尚任（1648-1718）作《桃花扇》〔註29〕，「借離合之情，寫興亡之感」，以明季士人侯方域與秦淮名妓李香君的愛情故事爲主軸，來敘述秦淮風月與南明興亡〔註30〕，追憶明末南都所上演的名士／名妓之間的風流韻事，侯方域於順治八年（1651）應試，中副貢生，順治九年（1652）寫〈過江秋詠八首〉詩中，其一提到的「北固濤聲湧帝京」，北固山乃居長江沿岸，「從來故國總關情」，故國指明朝；其二有：「秋原落日炤姑蘇，爲問西施更有無。」〔註31〕詩人雖未確指「西施」之指涉對象，但結合姑蘇落日來看，若推論爲故鄉在蘇州的李香君，應無疑義；侯方域對前朝的故國之思與追憶秦淮名妓李香君，可見一斑。

第二節　現世中的「清初南都」

　　若相對於第一節所述之追憶中的「明末南都」，此處則著重在鼎革之後，面對現實情境之中的「清初南都」。也就是說，同爲「南都」，但卻因朝代的轉換與異族的入侵，致使遺民詩中的「南都」在明末與清初呈現出迥異之形象，如錢謙益〈題三老圖〉詩：

　　　　秦淮烟月經遊處，華表歸來白鶴知。

【箋注】：「夫甲申之金陵，異於壬午之金陵」〔註32〕，壬午爲崇禎十五年（1642），甲申爲崇禎十七年（1644），甲申之變後的金陵正相異於晚明的金陵。面對現世中的「清初南都」之劇烈變化與潰敗消頹，顯然有更深沉的無奈感嘆。陳子龍作於1646年的〈歲晏倣子

〔註28〕上引諸妓，見《板橋雜記》，頁20-51。

〔註29〕其本事可參，〔清〕孔尚任著，王季思等校注：《桃花扇》（台北：里仁，1996年）。

〔註30〕可參汪榮祖：〈文筆與史筆——論秦淮風月與南明興亡的書寫與記憶〉，《漢學研究》第29卷第1期（民國100年3月），頁189-224。

〔註31〕侯方域：《四憶堂詩集》，《四庫禁燬書叢刊》第51冊，頁674。

〔註32〕《錢牧齋全集》，頁36。

美同谷七歌〉〔註33〕，即痛寫清初南都的淪喪：

> 西京遺老江南客，大澤行吟頭欲白。北風烈烈傾地維，歲晏天寒摧羽翮。陽春白日不相照，剖心墮地無人惜。嗚呼一歌兮聲徹雲，仰視蒼穹如不聞！

> 短衣阜帽依荒草，賣餅吹簫雜傭保。罔兩相隨不識人，豺狼塞道心如擣。舉世茫茫將懸？男兒捐生苦不早。嗚呼二歌兮血淚紅，煌煌大明生白虹。

> 欖槍下掃黃金臺，率土攀號龍馭哀。黃旗紫蓋色黯淡，□陽之禍何痛哉！赤墀侍臣慚戴履，偷生苟活同輿儓。嗚呼三歌兮反乎覆，女魃跳梁鬼夜哭。

> 嗟我飄零悲孤根，早失怙恃稱愍孫。棄官未盡一日養，扶攜奄忽傷旅魂。柏塗檀原暗冰雪，淚枯宿莽心煩冤。嗚呼四歌兮動行路，朔風吹人白日暮。

> 黑雲隤頹南箕滅，鍾陵碧染銅山血。殉國何妨死都市，烏鳶螻蟻何分別？夏門秉鑕是何人？安敢伸眉論名節。嗚呼五歌兮愁夜猿，九巫何處招君魂！

> 瓊琚縞帶貽所歡，予爲蕙兮子作蘭。黃輿欲裂九鼎沒，彭咸浩浩湘水寒。我獨何爲化蕭艾，拊膺頓足摧心肝。嗚呼六歌兮歌哽咽，蛟龍流離海竭！

> 生平慷慨追賢豪，垂頭屏氣棲蓬蒿。固知殺身良不易，報韓復楚心徒勞。百年奄忽竟同盡，可憐七尺如鴻毛。嗚呼七歌兮歌不息，青天爲我無顏色！

此組詩仿效杜甫詩〈乾元中寓居同谷縣作歌七首〉，杜詩七首之旨分別爲，其一：「此章從自敘說起。垂老之年，寒山寄迹，無食無衣，幾於身不自保，所以感而發嘆也。」其二：「上章自嘆凍餒，此并痛及妻拏也。」其三：「此章嘆兄弟各天也。」其四：「此章嘆兄妹異地

<hr/>

〔註33〕此組詩中其四乃「傷高太安人之沒也」，按丙戌三月，太安人卒于徐灘，十一月歸葬富臨。故此，可知詩寫於順治三年歲末。原詩引自《陳子龍詩集》（上海：上海古籍出版社，2006 年），頁 308-311。

也。」其五：「此章詠同谷多景也。」其六：「此章詠同谷龍湫也。」
其七：「此章仍以自嘆作結，蓋窮老流離之感深矣。」〔註34〕檢視陳
子龍詩，可以發現雖名爲倣杜甫「七歌」，但其形式、與內容均與原
作迥異，以形式來說，陳子龍的「嗚呼一歌兮」到「嗚呼七歌兮」踵
步杜詩七歌形式，但並無次杜詩原韻，韻腳的自由選取反映出陳子龍
有意識的要表達自己的情思與感懷；因此，在這七首中的內容，主要
分成兩大群組。第一爲家國，第二爲親友。前三首爲家國，後四首爲
親友。試分述之。

其一，「惜南都之不用忠言也」〔註35〕。寫陳子龍身爲明朝給諫，
自聞南都不守，即避地泖濱，故以遺老自居，自喻爲行吟澤畔的屈
子；嚴勁的北風代指清軍對南都弘光朝的強烈襲擊，致使「地維」
傾斜動搖，羽翮散落；而凜冽寒冷之歲末中，可以看到希望的陽春
白日竟「不相照」，枉顧詩人剖心自陳的赤忱丹心與耿介情志，一意
爲國的熱血忠誠卻換來「墮地」的難堪，無怪乎陳子龍仰視蒼穹，
發出舉世棄絕之沉痛聲響。

其二，「傷避地之無所適從也」〔註36〕。寫陳子龍在弘光傾覆之
後，閩、浙又相繼失守，故國淪爲荒煙漫草，詩人賣餅吹簫，形跡潦
倒，沿街已是豺狼充塞，孟子所謂的「仁義充塞，則率獸食人，人將
相食」的毀滅性場景，舉世蒼茫無可憑依，因此自愧於「捐生之不
早」，早應捐軀報國，不苟活於世，方對得起天地良心。

其三，「傷兩京之淪喪也」〔註37〕。則分別寫北京、南都之滅
亡，都城乃王國之象徵，兩京之淪喪，先是北京傾覆崇禎自縊，後有
南都迎降短命弘光，黃旗紫氣乃皇帝出世之象徵，卻以「色黯淡」來
表述，代表著馭龍天子之殞落。

〔註34〕詳參仇兆鰲：《杜詩詳註》（臺北：里仁書局，1980 年），頁 693-699。
〔註35〕《陳子龍詩集》之【考證】，頁 309。
〔註36〕《陳子龍詩集》之【考證】，頁 309。
〔註37〕《陳子龍詩集》之【考證】，頁 309。

其四，「傷高太安人之沒也」〔註38〕。從上述的家國變動與感懷，將重點轉而爲對親友的傷悼與致意。此首傷高太安人之沒也。陳子龍早年失怙、失恃，賴太安人之撫育。孰料尚未棄官，頤養孝親，奄忽已逝，此使得飄蕩旅次的遊魂，更顯落寞憾恨；做不成復明有功的忠臣，連子欲養而親不待的孝子都無法勝任，背負著人倫綱常之責的陳子龍，其心情與壓力之沉重，卻苦無解決之方，摧裂心肺之慟，實非常人所能想像。

其五，「哀黃石齋也」〔註39〕。其出兵江西，進至婺源，遇大清兵，戰敗見執。至江寧，幽別室中，聞當刑，書絕命詞衣帶間。過東華門，坐不起，曰：『此與高皇帝陵寢近，可死矣。』監刑者從之。」故此，第二句中的「鍾陵」，指孝陵所在，銅山，乃石齋讀書處，陳子龍以此來告慰黃道周「何妨死都市」，言忠臣雖非親臨孝陵帝王陵寢而殉國捐軀，但赤血丹心仍可超越空間距離，揮灑在故國陵寢，堅毅忠貞的節義心志，不容置疑。

其六，「哀夏考功也」〔註40〕。《明史本傳》：「南都失，允彝自投深淵以死。」此即詩中第四句的「彭咸浩浩湘水寒」，此年是順治三年末，陳子龍故友相繼殉國離世，故有「我獨何爲化蕭艾」〔註41〕，以不肖之臭草獨活於世、流離失所，其坎懍蹇困的際遇，徒能嗚咽泣愬，悲撼天地。

其七，「痛知交之相繼殉國，而自述其志也」〔註42〕。化用「椎秦博浪沙」〔註43〕的張良，與「亡秦必楚」之典，形塑出陳子龍生平

〔註38〕《陳子龍詩集》之【考證】，頁310。
〔註39〕《陳子龍詩集》之【考證】，頁310。
〔註40〕《陳子龍詩集》之【考證】，頁310。
〔註41〕《離騷》：「何昔日之芳草兮，今直爲此蕭艾也。」
〔註42〕《陳子龍詩集》之【考證】，頁311。
〔註43〕李白〈經下邳圯橋懷張子房〉：「子房未虎嘯，破產不爲家。滄海得壯士，椎秦博浪沙。報韓雖不成，天地皆振動。潛匿游下邳，豈曰非智勇？我來圯橋上，懷古欽英風。惟見碧流水，曾無黃石公。嘆息此人去，蕭條徐泗空。」〔清〕王琦注：《李太白全集》（台北：九

慷慨豪節的氣概，惟時運不濟，殺身成仁究屬難事，縱使懷抱有張良報韓之氣度與亡秦必楚人之信念，也仍舊是「心徒勞」。

　　以這樣的角度，筆者認為現下的「清初南都」所不同於追憶中的「明末南都」，可以分成三點：「長江天塹」、「帝都／亡都」、「詮釋哀江南」，以環繞著「南都」（南京）的一系列語詞進行探究，觀察詩中的「清初南都圖像」之呈現與其意義。

一、長江天塹：南北界域與江上攻防

　　長江自古以來即以其天然險要的地勢成為國朝定都時的考量，特別是在南方建立王朝的東晉、南朝，長江遂成為了一道天然的防線，易守難攻，六朝士人對長江的防禦之功，東晉孫綽在〈諫移都洛陽疏〉有所說明，孫綽雖諫上移都洛陽，但卻充分肯定了長江的防守之功，云：

> 天祚未革，中宗龍飛，非惟信順協于天人而已，實賴萬里長江畫而守之耳。不然，胡馬久已踐建康之地，江東為豺狼之場矣。〔註44〕

晉中宗即是晉元帝司馬睿，乃東晉開朝的第一位君主。對南渡偏安的東晉來說，若非綿延萬里的「長江」之防禦守護，北方胡馬早已南下凌轢江東，使之傾覆，此處明白揭示了「長江」的重要性；在文人的思維中，長江同時也是華／夷區辨之界域，如鮑照〈還都口號〉：

> 分壤蕃帝華，正蠲皇宮禮。……旌鼓貫玄塗，羽鷁被長江。
> 〔註45〕

「蕃」為北夷，「帝華」為南方禮儀之邦，藉由長江使之「分壤」，涇渭分明，而末句「羽鷁」所指稱的旌旄船隻，正說明了江上的軍隊聲

思出版，1979 年），頁 1035。
〔註44〕〔清〕嚴可均校輯：《全上古三代秦漢三國六朝文》（中文出版社，未注出版年月），頁 1807。
〔註45〕丁福保編纂：《全漢三國晉南北朝詩》（台北：藝文，1975 年），頁 877。

勢浩大，海上正是兵家用武之地，承襲此一思維者，再如蕭綱〈泛舟橫大江三首〉之一的首聯，云：

> 滄波白日暉，遊子出王畿。〔註46〕

明言「王畿」可知乃從建康橫江渡舟，然其後兩首卻絲毫與南朝時空無關，而以「擁漢節」、「單于平」、「滿西京」等漢代的儀節、邊患、首都為典故〔註47〕，在煙花杏雨的江南想像了漢代征伐匈奴的凱旋情景，可視為南朝邊塞詩之典型〔註48〕；更值得注意的是，此組詩可與蕭綱〈飲馬長城窟行〉合看，〈飲馬長城窟行〉曰：

> 泛舟橫大江，討彼犯荊虜。〔註49〕

蕭綱曾任荊州刺史，面對江北夷虜之侵犯荊州，直言征討，毫不退懼，「泛舟橫大江」在此處就不僅是想像自己如同漢代將領北伐匈奴，立功勳績，同時也在強調「大江」橫隔了南北邊域與國土界線，設若北人侵犯，踰越了邊界，就必須在江上捍衛主權，固守南國的勢力疆界。由此，從鮑照到蕭綱，「長江」作為南北之限與江上攻防之地，可見一斑。

　　到了南明時期，長江不但是南人的防護線，更是反清復明的地理空間，南明遺民在書寫南北界域、江上海戰的同時，即均以「長江」作為南北界域與海上攻防。

　　首先，茲以南明遺民的幾首詩為例，說明長江在此際所具有的「南北界域」之功能：

> 復敘國變初，山東尰賊吏。長淮限南北，支撐賴文帥。〔註50〕

〔註46〕〔明〕張溥輯：《漢魏六朝百三名家集》（台北：文津，1979 年），頁 3445。

〔註47〕〔明〕張溥輯：《漢魏六朝百三名家集》，頁 3445-3446。

〔註48〕有關南朝邊塞詩的時空想像與空間思維，王文進先生從「地域空間」的角度新探了南朝邊塞詩，對我們的思考是極具啟發的，見其：《南朝邊塞詩新論》（台北：里仁，2000 年）；《南朝山水與長城想像》（台北：里仁，2008 年）二書。

〔註49〕〔明〕張溥輯：《漢魏六朝百三名家集》，頁 3445。

〔註50〕顧炎武〈贈路舍人澤溥〉，《續修四庫全書・亭林詩集》（上海：上海古籍，2002 年）第 1402 冊，頁 20。

> 故人遙隔似蓬萊，曾寄琅函江上來。研北烟雲憑目斷，江
> 南風景待誰開？〔註51〕

> 采石磯邊飛艫下，斜陽淡淡水粼粼。山形怒處蟠龍虎，風
> 力強時過鬼神。天塹舊知南北限，夕烽新動楚吳塵。一生
> 心事中流楫，媿與朝廷作外臣。〔註52〕

顧炎武（1613-1682）認為「長淮限南北」，將長江、淮河視為南北之
分的地理空間；冒襄（1611-1693）由於江水之隔，遂己處江南，故
人處江北，遙隔了南北知交的情懷，「研北」的烟雲與「江南」的風
景兩相對照，身在南方極目北方烟雲，而江南少了知己的陪伴遂無風
景，長江割裂了南北，也阻絕了寄懷感思；至於黃淳耀（？-1646）
則藉由長江中游南岸的一個港口「采石磯」感興，更清楚的揭示了長
江天塹是造成「南北限」的緣由〔註53〕。

　　此外，顧炎武詩則進一步談到「南都」烽火：

> 十載江村二子偕，相逢每詠步兵懷。猶看老驥心偏壯，豈
> 惜飛龍羽乍乖。海上戈船連滬瀆，石頭烽火照秦淮。先朝
> 舊事君休問，鼓角淒其滿御街。〔註54〕

此詩從記憶中的「十載」說起往事，指先生自甲申年終侍母遷居常熟
語濂涇，至去年移居南京神烈山下，屈指十載〔註55〕。與歸、陳二子
之互動往還，從世變鼎革到密謀抗清，乃至老驥伏櫪「心偏壯」之豪
情；頸聯轉寫海上的戰艦遍佈了港口與江流，石頭城的烽火照亮了秦
淮河畔，兩句昭示了當時的海上軍事及詩人復國未酬之志，而「秦

〔註51〕冒襄〈答和和曹子玉民部寄懷四首之一〉，《續修四庫全書·巢民詩
　　　　集》（上海：上海古籍，2002 年）第 1399 冊，頁 532。
〔註52〕黃淳耀〈采石磯〉，《文津閣四庫全書·陶菴全集》（北京：商務印書
　　　　館，2005 年），第 433 冊，頁 430。
〔註53〕徐延壽亦有相同觀念，其〈南歸渡揚子〉頷聯云：「空言天塹分南
　　　　北，不使中原罷戰爭。」錢仲聯主編：《清詩記事·明遺民卷》（南
　　　　京：江蘇古籍出版社，1987 年），頁 1045。
〔註54〕顧炎武：〈常熟歸生晟陳生芳績書來以詩答之〉，《顧亭林詩箋釋》，
　　　　頁 318。
〔註55〕《顧亭林詩箋釋》，頁 317。

淮」意指南京，是弘光政權的所在地，「御街」，專指京師街道，亦稱天街，以天子巡行也，此句指南京〔註56〕。詩中先以「十年」前的記憶回想到南都弘光朝，接著轉寫「現今」（1655 年）金陵秦淮的海上烽火，詩人對「南都」的描寫，從「記憶」、「話舊」到「敘時事」，心境則從「未忘情恢復」到「淒其之意」〔註57〕，此中神情之落寞與理想之墜落，讀之掩卷悲嘆。

再如錢謙益（1582-1664）〈後秋興八首之二〉的第五首，亦寫南都（金陵）居「長江天塹」之地理形勢：

> 兩戒關河萬里山，京江天塹屹中間。金陵要奠南朝鼎，鐵
> 甕須爭北顧關。〔註58〕

「兩戒」是北戒與南戒。「北戒」限戎狄，為胡門；「南戒」限蠻夷，為越門。首句點出了中國版圖的南北之極，越出了此兩戒就是戎狄、蠻夷之處；第二句則以長江地塹作為境內版圖的中介點，京口則是建康門戶，為長江下游南岸的主要交通樞紐〔註59〕；頸聯出句，「金陵」即是南京，錢謙益在此用來比喻鄭成功的水師進軍長江，軍武陣隊之聲勢浩大可以如南朝定鼎江南，對句的「鐵甕」是潤州城也就是長江沿岸的鎮江，「北顧」指鎮江的北固山，固若金湯的鎮江與形勢險峻的北固山都是長江沿岸重要的地理防線，鄭成功欲攻南京，途必經此，故沿岸的鎮江、京口、北固山當為兵家必爭之地，唯有獲取才能定鼎江南，再現「南朝」之偏安時局。

從顧炎武、錢謙益的詩作來看，長江起義的復明運動，洵屬一

〔註56〕《顧亭林詩箋釋》：「首聯話舊；頷聯抒懷，蓋以自勵；頸聯敘時事極有聲勢，知先生仍未忘情恢復；然尾聯一及弘光朝事，則淒期之意，溢於言表。」（頁318）

〔註57〕引號內文字，乃參《顧亭林詩箋釋》中對各聯的解釋，頁318。

〔註58〕〔清〕錢謙益著，〔清〕錢曾箋注，錢仲聯標校：《錢牧齋全集》（上海：上海古籍出版社，2003 年），頁 6。

〔註59〕有關京口的軍事地位，可參簡孝儒：《東晉南北朝淮水軍事戰略地位之研究》（台南：國立成功大學歷史研究所碩士論文，2009 年），頁145-147。

代詩史，南明遺民中對「南都圖像」的刻畫，首先便著重在「南都」與長江天塹的彼此關係上，偏安江南的南明（弘光朝），長江可以說是南北界域的天然屏障與江上攻防的起義重地，肩負著攻防的軍事政策〔註 60〕，須穩固半壁江山，方能謀取北方故土。如此而言，繪製「南都圖像」，長江天塹自是不可忽略的一環。

二、帝都／亡都

　　永嘉之亂後，晉室流寓江左，建立了偏安的東晉，爲了宣稱南渡王朝的王道正統與天命正朔，文人屢以南／北在空間、文化、種族上的差異進行比較，如郭璞的〈南郊賦〉所述：

> 于是時惟青陽，日在方旭。我后方將受命于靈壇，乃改步而鳴玉。……于是司烜戒燧，火烈具炳。宗皇祖而郊祀，增孝思之惟永。郊寰之內，區域之外，雕題弁服，被髮左帶。〔註61〕

〈南郊賦〉寫於東晉流寓江左的次年，賦中言及「受命于靈壇」、「宗皇祖而郊祀」以求神祇的庇護、對祖靈的追思，祝禱王朝的用意，不言而喻；更令人注意的是：「郊寰之內，區域之外，雕題弁服，被髮左帶。」使用了錯綜的方式，對比出兩組差異：「郊寰之內」的東晉王朝與「區域之外」的邊緣地帶；「弁服」的典章制度與「雕題」、「被髮左帶」的蠻夷風俗；顯然的，東晉王朝即代表著典章制度、禮儀教化的「郊寰之內」，至於「區域之外」便是民風剽悍、未經開發的「胡虜」之邦。這樣的思維所反映的二元結構，如下所示：

　　南方──華──正統──王朝郊寰──弁服
　　北方──夷──邊陲──區域之外──雕題

循著如此思維脈絡，到了南朝自然合理宣稱王朝的京都乃天之所

〔註60〕陳確〈哀江南〉：「長江無計攔胡馬，空國何勞問楚茅！」明切指陳了弘光小朝廷不能善用長江防禦的天險致使北虜得以輕取。詳見《清詩記事・明遺民卷》，頁 172-173。

〔註61〕〔清〕嚴可均校輯：《全上古三代秦漢三國六朝文》（中文出版社，未注出版年月），頁 2149。

繫，爲王道所存，維護南方文物更必須賴此王者之都，如梁朝張
纘、徐陵所述：

> 金陵之兆，允符厥祥，及歸命之銜璧，爰獻璽于武王，啓
> 中興之英主，宣十世而重光，觀其內招人望，外攘千紀，
> 草創江南，締構基址，豈徒能布其德，主晉有祀，雲漢作
> 詩，斯干見美而已哉，乃得正朔相承。(〈南征賦〉) 〔註62〕

> 揚都之王氣長久，虎踞龍蟠。金陵之地體貞固，天居爽
> 塏。(徐陵〈太極殿銘〉) 〔註63〕

金陵是東晉在草創江南時的根基地，更是正朔相承之處，南朝承襲東
晉並建都於此，自然也是帝王之都；而徐陵則頌揚揚都具有虎踞龍蟠
之王者氣象，金陵位居於一勢高而乾爽的堅固地帶。大體說來，兩人
對南朝建都於金陵的決策是充分肯定的。

　　到了南明，明遺民對於定都議題討論分歧且複雜。如明亡之後
贊成定都南京者，以黃宗羲（1610-1695）《明夷待訪錄・建都》之
論述爲代表〔註64〕；以西北關中爲帝王之地者，如屈大均
（1630-1696）；顧炎武亦反對鄭成功攻克南京而以淮北、秦晉、荊
襄爲根據地〔註65〕；從這些正反立場的辯證與分析，可以進一步觀
察南明遺民對「南北地域」的文化差異，但本文此處擬分析的是：「金
陵」爲王者之都，南明遺民詩中描寫「南都」作爲「帝王之都」如
何呈現？我們可先檢視底下詩作的特色：

> 精靈終浩蕩，王氣自崔嵬。(顧炎武〈再謁孝陵〉) 〔註66〕

> 歲祀南郊古帝都，天壇猶憶舊規模。棟樑處處栖靈氣，

〔註62〕〔清〕嚴可均校輯：《全上古三代秦漢三國六朝文》，頁3330。

〔註63〕〔清〕嚴可均校輯：《全上古三代秦漢三國六朝文》，頁3457。

〔註64〕黃宗羲認爲明朝「都燕之爲害也」，金陵乃王者之都，其理由乃關中
經流寇之難而東南粟帛，灌輸天下，詳見沈善洪主編：《黃宗羲全
集・建都》（杭州：浙江古籍出版社，2005年），頁20-21。

〔註65〕顧炎武的南北意見及其對山東澆薄之習與讚賞關中地勢之佳，見嚴
迪昌：《清詩史》（台北：五南，1998年），頁293。

〔註66〕《續修四庫全書・亭林詩集》，第1402冊，頁21。

賣與人家住得無。(錢澄之(1612-1693)〈金陵口號〉)〔註67〕

山飛樓閣水飛霞，冷落春城宿乳鴉。天闕雙峰銛似戟，海門高浪白如花。空勞御輦銷王氣，會畫長江作帝家。五馬渡邊龍化後，南方文物掩中華。(陳恭尹(1631-1700)〈金陵〉)〔註68〕

崟岑晉城闕，窈窕吳山水。東南富形勝，環海同書軌。王風被中區，大雅方盈耳。義心纂古調，神聽唯君子。(黃淳耀〈送雍瞻南都五首〉之二)〔註69〕

王氣秦淮古，留都漢殿新。衣冠嚴宿衛，金甲儼星巡。明月吞魚鑰，長江踞虎臣。高皇陵寢在，符節爾殊親。(黎遂球(1602-1646)〈陳都督者，其尊人忠愍公死綏遼陽殊烈，令弟朱明與遂球鄉舉，全年比于留都，相見甚歡，爰贈以詩三首〉之三)〔註70〕

潮來潮去怒未平，蘄王廟口客心驚。天風不斷黃天蕩，知是當年戰鼓聲。新長沙洲廿里長，蒹葭斜抱石城牆。江南歲歲添形勢，料得天心在建康。(屈大均〈從京江至石頭城作〉)〔註71〕

顧炎武提及的孝陵墓乃明太祖之墓穴，地處南京紫金山獨龍阜玩珠峰下，顧氏以浩蕩稱之；錢澄之以「南郊古帝都」來形容金陵帝都，「南郊」自指南方、南京，「古帝都」則有二指，一為明初洪武、建文，一為南明弘光政權，無論何指，都無礙兩者曾定都於金陵的事實；陳

〔註67〕《續修四庫全書‧田間詩集》(上海：上海古籍，2002年)，第1401冊，頁364。

〔註68〕《四庫禁燬書叢刊‧獨漉堂詩集》(北京：北京出版社，2000年)，第183冊，頁409。

〔註69〕《文津閣四庫全書‧陶菴全集》(北京：商務印書館，2005年)，第433冊，頁436。

〔註70〕《四庫禁燬書叢刊‧蓮鬚閣集》(北京：北京出版社，2000年)，第183冊，頁80。

〔註71〕歐初、王貴忱主編：《屈大均全集》(北京：人民文學出版社，1996年)，頁1182。

恭尹所述的金陵不啻具有「王氣」、「帝家」之特質更是中華文物之所依存；黃淳耀對金陵所稱述之「王風」與「大雅」；黎遂球同樣亦以「王氣」來確指金陵；到了屈大均則直稱江南的重心與天命所在──就是「建康」。總上所述，其共同觀念就是將金陵營造成一具有王者氣象的都城，誠如黎遂球〈金陵雜記〉所述：

> 予粵公車之士，必憩金陵，不繇大江無以至金陵也。……
> 夫以六代帝王之都，國家開基之地，不至則又無以極予遊觀之樂。〔註72〕

從顧、錢、陳、黃、屈到黎，均反映出了「南都」作為「帝王之都」的思維。最後可再舉劉城（1598-1650）的〈金陵八代懷古詩〉為例。此組詩分寫了歷史上定都於此的八個朝代──孫吳、東晉、宋、齊、梁、陳、南唐、明朝（包括了洪武、建文、弘光）──在此十首七律組詩中，劉城對金陵有著「王者之都」的刻畫，如〔註73〕：

> 南陽事後屬瑯琊，一代風流揭永嘉。擐甲臨江稱帝子，賭棋卻敵見名家。〈東晉〉

> 興王大業始基吳，萬國朝宗此帝都。〈明‧洪武〉

> 祖烈孫謀正代興，鍾山紫氣鬱相蒸。〈明‧建文〉

從東晉的「臨江稱帝」再到明初的「帝都」與祥瑞之「紫氣」，對於金陵的描寫都是建立在「王者之都」的觀感，旨在說明金陵乃定鼎江南的帝王之都。

　　惟「南都」除了「帝王之都」之符徵，同時也是「亡國之都」的象徵，南明遺民詩中，將南都／帝都／亡都，相互縮合在一起，形成一種錯綜複雜的多義圖象。如陳確（1604-1677）〈哀江南〉之三即為「哀金陵」：

> 樓堞橫江古帝城，高皇陵墓柏青青。……百代儒冠淪艸莽，

〔註72〕《四庫禁燬書叢刊‧蓮鬚閣集》，第183冊，頁210。

〔註73〕下引詩，詳參《叢書集成續編‧嶧桐集》（上海市：上海書店，1994年），第123冊，頁362-363。

　　六朝宮粉污羶腥。〔註74〕

首句的「帝城」指涉南明弘光政權，即金陵；後句的高皇陵墓之地
位於南京；前兩句意在說明金陵無論是明初或明亡都是帝都之所
在。到了末兩句，陳確藉由「金陵帝城」想到了在歷史上同樣定都
於此的南朝／六朝，而六朝華麗宮殿遭受北方夷狄所侵凌湮滅，正
如同此際的南明弘光之傾覆於清人鐵馬金戈般，兩者的歷史情境彼
此相互對應與參照，同寫南明弘光朝政與南都殘敗的情境者，尚有
吳應箕，其詩〈又聞〉之二，云：

　　南京一月赤書馳，未見勤王或濟師。憂辱已貽千古恨，酣
　　歌不廢六朝詩。風傳海岱名城破，藩逐淮揚觀吏遲。爲語
　　公車偕計士，不知何策可安時？〔註75〕

順治二年乃弘光元年（1645），此時應寫於弘光元年長江沿岸與南京
週遭的局勢，急如星火的軍令對比出南明軍師的無能救濟，城外戰
火一觸擊發，金陵城內卻一片紙醉金迷，歌舞昇平，君主與朝臣尚
耽溺在「六朝詩」的風月繁華之中，於是詩人發出警省：希望能夠
與有謀略之賢士共同入京（「公車」），獻上治國良策，以安家國天下。

　　再如沈磐〈金陵漫興〉其一，亦寫弘光政權：

　　崎嶇一馬駐江干，叔寶聊開南極天。驟見蛟龍失雲雨，已
　　知燕薊下樓船。旌旗畫閃三山外，壁壘星沈五校前。藩鎮
　　望風爭欵附，故將鳴鏑射中堅。〔註76〕

首聯指南明弘光政權在長江已樹倒猢猻散，勢單力薄，其形勢正如
同傾危欲墜的南朝陳叔寶；頷聯逐爾帶出了南方崩解／北方浩蕩的
對比局勢；頸聯則進一步摹寫了江口沿岸晝夜不休止的戰爭；至於
尾聯則較複雜，「藩鎮望風爭欵附」，指南明朝鎮守長江的四位將領
——高傑（？-1645）、劉澤清（？-1645）、劉良佐、黃得功（？-1645）
——在清軍南下風聲鶴唳之際，這四位藩鎮不顧大局徒以私利爲

〔註74〕《陳確集》（台北：漢京，1984年），頁744。
〔註75〕《樓山堂集》（北京：中華，1985年），頁376。
〔註76〕《清詩紀事・明遺民卷》，頁1038。

量，如二劉旋即相繼投清，末句「故將」，指的就是明朝將領張天祿發號響箭，穿射「中堅」黃得功之咽喉〔註 77〕，南明內鬨之激烈慘絕，驚駭逼人。

　　總上所述，南京因明初洪武、建文短暫定都於此，南明弘光政權亦定鼎江南，南京城實乃明遺民心中故國的象徵，正如學者王璦玲之分析：

> 南京既是明初洪武、建文時期的國都，又是南明弘光小朝
> 廷的首都，即在永樂皇帝遷都北京以後，這裡仍然還是陪
> 都，同樣設置中央機構，制度與北京略同。此外，被明朝
> 遺老看作故國象徵的明孝陵也在此地。因此，南京在很大
> 程度上便成了明朝政權的一個象徵。同時，南京又是歷史
> 上亡國慘劇發生頻率最高的一個地方：明朝的建文、弘
> 光，五代時期的南唐，以及三國孫吳、東晉、南朝宋、齊、
> 梁、陳等的種種滄桑變故，迭見層出，誠所謂「南朝自古
> 傷心地」。〔註 78〕

此論可謂精闢。南都，既是帝王之都，也是亡國之都，南明遺民詩中對「現世南都」之論析，顧炎武、錢澄之、陳恭尹、黃淳耀、黎遂球、屈大均、劉城，均反映出了「南都」作為「帝王之都」的思維；陳確、吳應箕、沈磐則著重在「南都」弘光朝的亡國論述；如此一來，南都／帝都／亡都的多維圖像，就在這王者之城、半壁江山、盛衰興亡的歷史記憶之中，益顯交錯紛雜的時代圖譜。

三、詮釋「哀江南」

　　南明遺民詩中所描繪的「南都圖像」則是對南朝庾信所開展出的「哀江南」情境，深加刻畫，用以凸顯清初江南的時代動亂與易代滄桑；此處擬先從庾信及其〈哀江南賦〉談起。庾信〈哀江南賦〉

〔註 77〕此乃沈德潛之評析，《清詩紀事・明遺民卷》，頁 1038。
〔註 78〕詳參王璦玲：〈桃花扇底送南朝──論孔尚任劇作中之記憶編織與末世想像〉，頁 30。

寫於周武帝宣政元年戊戌，即陳宣帝太建十年（578）〔註79〕。庾信
羈留北方成了亡國之民，〈哀江南賦〉中充滿鄉關之思，賦中對江
陵被攻破，百姓在道路所遭擄掠之苦，描繪出了一片「哀江南」的
慘況：

> 水毒秦涇，山高趙陘。十里五里，長亭短亭。飢隨蟄燕，
> 暗逐流螢。秦中水黑，關上泥青。於時瓦解冰泮，風飛電
> 散。渾然千里，淄、澠一亂。雪暗如沙，冰橫似岸。逢赴
> 洛之陸機，見離家之王粲。莫不聞隴水而掩泣，向關山而
> 長嘆。〔註80〕

此段前半部首先刻劃出流離路途的百姓之慘痛與喪亂飢饉之困頓，接
著再以江陵闔城長幼被擄，君主不能宣德以致天下瓦解，最後更以南
人陸機北入洛陽、王粲登樓遠望當歸的典故，隱喻庾信此刻的真實處
境；整體說來，此段深刻的描摹出江陵被攻略後的哀鴻遍野之慘況，
此一「哀江南」的情境，同樣見諸侯景之亂後的建康，如《南史・侯
景傳》：

> 千里煙絕，人跡罕見，白骨成聚，如丘隴焉。

侯景之亂是造成梁朝覆滅的主要原因之一〔註81〕，更是建康殘破凋零
成為詩人「哀江南」之所由。到了明清之際，江南地區受到清軍的凌
夷與屠殺，在遺民詩中屢見不鮮，直可視為詩史，底下，我們可以先
看幾首「哀江南」的詩作，如：

> 年年烽火徹中流，已是江南無限愁。（邢昉〈春夜宿燕子磯作
> 短歌〉）〔註82〕

> 十載江南事已非，與君辛苦各生歸。（顧炎武〈贈朱堅紀四輔〉）
> 〔註83〕

〔註79〕陳寅恪：〈讀哀江南賦〉，《金明館叢稿初編》（台北：里仁書局，1981
　　　年），頁210。

〔註80〕《庾子山集》（台北：中華書局四部備要本，1968年），頁27b-28a。

〔註81〕侯景亂事可參《梁書・侯景傳》（台北：新文豐，1975年），頁403-418。

〔註82〕《四庫禁燬書叢刊・石臼前集》，第51冊，頁58。

〔註83〕《續修四庫全書・亭林詩集》，第1402冊，頁21。

> 欲灑新亭數行淚，南朝風景已全非。（陳恭尹〈秋日西郊讌集〉）
> 〔註84〕

邢昉與顧炎武在江南歷經數年的摧殘後發出了無限愁苦與生離感
觸；陳恭尹則寫晉室南渡，朝臣宴會新亭，回望故國相視而泣〔註85〕，
後句的「南朝風景」之變調，則隱喻出易代之際，詩人對江山故土已
面目全非的深沉喟嘆；劉城則寄予余懷繾綣之思，同時也寫出了江左
易代後，不復有往日繁華的蒼涼景象：

> 江左經年景物移，有人俳側對休離。草堂猶傍黔王里，椽
> 筆徒追軒帝辭。橘頌盟心成往事，蘭橈憐友見新詩。傷心
> 異地興思日，落月梁閒獨夢知。〔註86〕（劉城〈寄白門余澹心〉）

當然，亦有江南傾滅後，力圖振復卻無力可回天者，如劉城〈金陵重
怨曲〉：

> 自是神皋舊帝區，六官京兆號西都。如何平署江南道，父
> 老悲聽說版圖。〔註87〕

「帝區」乃金陵，明初與南明弘光朝均建都於此，其有完整的「六
官」〔註88〕職掌，惟清兵南下在江南大肆殺戮，殘破殆毀的江南要如
何重署朝政、分配授職確是父老鄉親所殷切盼望卻難以為繼的幻想
了，此處所感述的「哀江南」之情，溢於紙上，於是對比明亡前後的
「江南」之狀，自然也就有冒襄如下的感嘆：

> 我昔遊江南，江南唾烟玉。我今遊江南，不見江南綠。

〔註84〕《清詩紀事‧明遺民卷》，頁883。
〔註85〕《世說新語‧言語篇》記載：「過江諸人，每至美日，輒相邀新亭，藉卉飲宴。周侯中坐而歎曰：『風景不殊，正自有山河之異！』皆相視流淚。」引自徐震堮：《世說新語校箋》（北京：中華書局，2001年），頁50。
〔註86〕《叢書集成續編‧嶧桐集》（上海市：上海書店，1994年），頁354。
〔註87〕《叢書集成續編‧嶧桐集》（上海市：上海書店，1994年），頁381。
〔註88〕六官，指的是：天官冢宰、地官司徒、春官宗伯、夏官司馬、秋官司寇、冬官司空。司徒琳（Lynn A. Struve）並認為：「弘光政府是完全按照明朝先例建立起來的，各機構一應俱全，包括六部在內，而六部自唐代以來，一直是中國政府的基石。」氏著：《南明史》（上海：上海書店，2007年），頁182。

〔註89〕
以昔往的「烟玉」繁華對照出江南此刻的衰颯凋零，說明了南明詩人的「哀江南」之情〔註90〕，陳寅恪先生（1890-1969）曾以汪然明的尺牘，分析「西湖」之景從明末到清軍入關後的改變：

> 三十年前虎林王謝子弟多好夜遊看花，選妓徵歌，集於六橋。一樹桃花一角燈，風來生動，如燭龍欲飛。較秦淮五日燈船，尤爲曠麗。滄桑後，且變爲飲馬之池。畫遊者尚多蜎縮，欲不早歸不得矣。

江南緣於「清兵入關，駐防杭州，西湖勝地亦變而爲滿軍戎馬之區。」〔註91〕所導致的蕭瑟情境，適與庾信傷侯景之亂、梁朝滅亡所述的「哀江南」兩相映照。

再如方文（1612-1669）〈金陵感懷十首〉〔註92〕對江南昔往的悼念與傷慟，映現了「哀江南」之情，如其中的〈獎山〉：「不知何事凋零盡」、〈燕雀湖〉：「黃扉碧瓦今何在」、〈玄武湖〉：「三百年來

〔註89〕〈江南曲二首〉之一，《續修四庫全書・巢民詩集》，第 1399 冊，頁 560。

〔註90〕此「哀江南」之陳述，亦見諸戲曲，如孔尚任《桃花扇・餘韻》中引用了蘇崑生的【哀江南】套曲，根據王璦玲的分析，乃：「敍寫了經過清兵洗劫過後的南京，無論是弔孝陵、訪皇城、還是問秦淮、憑長橋與過舊院，這些憑弔故都的曲子，都是一支支黯然銷魂的傷景悲物之歌。」詳參氏著：〈論清初劇作時空建構中所呈現之意識、認同與跨界現象〉，《空間與文化場域：空間移動之文化詮釋》（台北：國家圖書館，2009 年），頁 99。

〔註91〕陳寅恪：《柳如是別傳》（北京：三聯書店，2001 年），頁 384-385。王汎森則認爲造成當時西湖之所以蕭索淒清之因，尚有文人之慚愧心態，見氏著：〈清初士人的悔罪心態與消極行爲──不入城、不赴講會、不結社〉，《國史浮海開新錄：余英時教授榮退論文集》（台北：聯經，2002 年），頁 411。

〔註92〕〈金陵感懷十首〉前有序：「崇禎初年，予應京兆試，南都風景，居然全盛也。甲戌乙亥避流寇之亂，徙家於此，凡十一年。故白下山水游覽頗熟。乙酉世變予即歸桐，戊戌冬重來，此城郭人民大抵如舊，惟獎山崔湖等昔，感歎不勝，因作此詩。」足證方文寫作此詩定在明亡之後，見方文：《嵞山集・續集徐杭游草》，《續修四庫全書》第 1400 冊，頁 171。

版籍 」、〈觀象臺〉：「一旦委蒿萊古」〔註93〕，南方金陵之舊時景
觀如今已不復尋得，藉由獎山、燕雀湖、玄武湖、觀象臺等金陵地
景，因地起興，寄寓「哀江南」之情境於其中，情景融織，〈舊院〉
進一步連結歷史上的「六朝」：

> 文德橋邊亭館幽，六朝風韻未全收。那堪蕩析爲平地，白
> 草黃花無限愁。〔註94〕

明末橋畔的秦淮風月到清初金陵舊院已成荒蕪之陵谷，此中「哀江
南」的無限惆悵，使之聯想到了歷史上曾經繁盛，轉瞬成空的「六
朝」風華。

最後可再以錢謙益爲例，分析南都圖像中的「哀江南」，其〈丙
申春就醫秦淮，寓丁家水閣浹兩月。臨行作絕句三十首，留別留題，
不復論次〉之三、四，詩句云：

> 舞榭歌臺羅綺叢，都無人跡有春風。踏青無限傷心事，併
> 入南朝落照中。苑外楊花待暮潮，隔溪桃葉限紅橋。夕陽
> 凝望春如水，丁字簾前是六朝。〔註95〕

丁家水閣乃丁繼之寓居處。此組七絕的時地因緣，據陳寅恪先生考
證，乃牧齋「與當日南京暗中作政治運動者，相往還酬唱之篇什。……
丁氏水閣在此際實爲準備接應鄭延平攻取南都計劃之活動中心，而
繼之於此活動中，亦居重要地位，可不待言也。」〔註96〕其三之作，
陳先生推測：「或又曾偕河東君並馬阮輩作踏青之遊，因有學集關於
此時期之作品，皆已刪除，故亦無從考見。果爾，則此首乃述其個
人之具體事實，而非泛泛傷春之感也。」〔註97〕姑不論錢、柳與馬、
阮是否眞有踏青宴飲之事，但從「舞榭歌臺」的冶遊賞樂到「無限

〔註93〕上引諸詩見方文：《嵞山集・續集徐杭游草》，《續修四庫全書》第
1400 冊，頁 171。
〔註94〕方文：《嵞山集・續集徐杭游草》，頁 171。
〔註95〕〔清〕錢謙益著，〔清〕錢曾箋注，錢仲聯標校：《錢牧齋全集》（上
海：上海古籍出版社，2003 年），頁 280-281。
〔註96〕陳寅恪：《柳如是別傳》（北京：三聯書店，2001 年），頁 1096-1098。
〔註97〕陳寅恪：《柳如是別傳》（北京：三聯書店，2001 年），頁 1097。

傷心」之事，從「丁字簾前」迴想「是六朝」的前塵往事與酬昔記憶，何嘗不是緣於「哀江南」所致？故此，錢詩不但藉由「哀江南」的當下情境隱藏著個人的隱微心曲，同時也聯想到了「南朝落照」的夕陽餘暉與世變之後的個人際遇、身世感懷，南都圖像中的「哀江南」，更加突顯出歷史的滄桑與時運的蹇困。

第三節　1657年的秦淮——以冒襄及《同人集》卷六爲中心的討論

鄭成功兩次水師起義，爲 1657 年（永曆十一年；順治十四年）、1659 年（永曆十三年；順治十六年），其航線與路線，如圖所示*：

其中，1657 年（永曆十一年；順治十四年）的秦淮，聚集了來自各地的明朝遺民、任清朝官職的朝臣，這時鄭成功水師正準備從長江沿岸進攻。大批遺民湧進秦淮，其中以冒襄來到秦淮寓館，舉辦高會，讌集賓客，最爲引人注目，這些來訪的賓客名單大多是前朝遺民或遺民後代，聚會定在八月初九、十五、十九，一共舉辦了三次宴會，然而這三天恰與清廷舉辦鄉試之時（八月初九、十二、十五）幾乎重疊，這些遺民來到南京，卻不參加鄉試，反而在冒襄舉辦的秦淮宴會之中，抒發故國之思、追想前朝、集體記憶，這些宴會的作品後來收錄於冒襄編纂的《同人集》中之《秦淮倡和集》〔註98〕，冒襄本人亦在《巢民詩集》〔註99〕中有多首丁酉年間的秦淮作品。

＊ 鄭成功主要行蹤（1647-1661 年）（司徒琳（Lynn Struve）《1644-1662：南明史》圖 15）。

〔註98〕冒襄輯：《同人集》十二卷，《四庫全書存目叢書》集部第 35 冊（北京師範大學圖書館藏清康熙冒氏水繪庵刻本；台南縣：莊嚴文化，1997 年）。

〔註99〕冒襄撰：《巢民詩集》，《清代詩文集彙編》第 37 冊（清康熙刻本；上海：上海古籍出版社，2010 年）

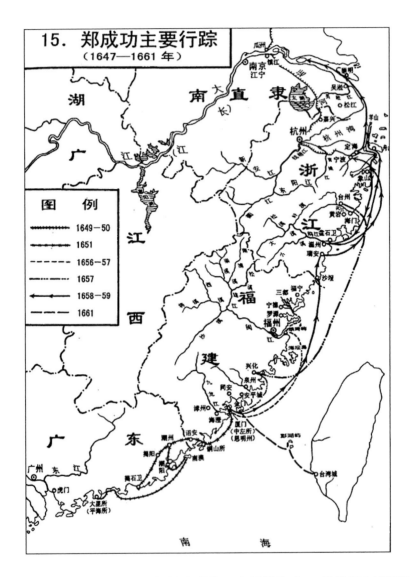

值得注意的是，丁酉年於秦淮的三次社集聚會，正值清廷南闈鄉試、鄭氏水師起義的敏感時刻，前朝遺民及其後代此際來到秦淮，聚會的意涵、目的、性質，實令人深思費解，值得細究；再次，作為社盟長的冒襄，其於丁酉（1657）年的詩，不斷反覆強調「二十年」，究竟這「二十年」對他的生命史有何意義？冒襄又將如何展示其記憶

中的晚明繁盛與個人榮景？亦頗堪玩味。再其次，收入於《同人集》中的《秦淮倡和集》，乃丁酉年諸君子來到秦淮與冒襄唱和之作的結集，諸君子回憶前朝的內容，與冒襄偏重於個人記憶中的政治事件迥異，而是側重於家國整體的「集體記憶」，可以說，冒襄的《巢民詩集》與編纂的《同人集》，分別呈顯了兩種記憶模式：個人的身世記憶與家國的集體記憶，筆者將針對這兩套記憶系統的呈現與不同之處，深入探討。

故此，底下先考證 1657 年（永曆十一年；順治十四年）以冒襄為主的「世盟高會」，逐一考釋其聚會之因緣、名單、主旨，俾使後面的討論能有厚實的基礎；接著回到冒襄詩中二十年前的身世記憶，觀察其如何追述記憶中的晚明，對冒襄之生命史有何意義；最後，再以《同人集》中的《秦淮倡和集》為主軸，諸君子聯吟唱和所引發出的甲申之變、鍾山孝陵、故國之思，於公眾空間展示出眾人之「集體記憶」。

一、《同人集》卷六《丁酉秦淮倡和》的時地因緣

（一）世盟高會的緣起

丁酉年，冒襄應龔鼎孳之邀，來到秦淮。從《同人集》卷六《秦淮倡和集》的篇目安排，我們可以知道在冒襄的秦淮寓館、友人水閣處，八月九日〔註100〕、八月十五〔註101〕、八月十九〔註102〕，各有一次聚會；這三次社集被戴本孝在《小三吾倡和詩序》中稱為

〔註100〕聚會友人中，戴本孝〈八月九日巢民先生病臥秦淮，偕陳其年、戴務斿、吳子班，衝泥過訪，譚飲榻前，竟日即席限韻〉，可知日期；《同人集》，頁 256。

〔註101〕聚會友人中，龔鼎孳〈秋日集綺季秦淮水閣，辟疆社盟長携具過飲甚歡，醉後和蕙叟壁間春日四韻〉，可知日期；《同人集》，頁 256。

〔註102〕聚會友人中，劉漢系〈中秋後四日陳其年、方田伯、吳子班、劉王孫，雨宿巢民老伯秦淮寓館即席限韻分賦〉，可知日期；《同人集》，頁 257。

「世盟高會」，這是由陳維崧倡議，冒襄在其金陵寓館組織的，復社成員、抗清義士及守節遺民的後代參與的大聚會〔註103〕。這三次社集聚會的時間點分別是八月初九、十五、十九，正值清廷南闈鄉試（八月初九、十二、十五），冒襄此次主籌的「世盟高會」，人數多達九十四人，成員大多是復社成員、抗清義士、遺民之後，他們不是為了秋闈應制，赴考而來，而是因為冒襄本人的號召，根據冒襄自述：

> 丁酉夏，余會上下江亡友子弟九十四人于秦淮，其年首倡
> 斯集，時應制者少，咸為余至。〔註104〕

不過，丁酉年諸君子群聚於秦淮，此世盟高會倒不是憑空形成，而是冒襄多年來於江南遺民圈互動經營的成果；其實在三年前（1654，永曆八年，順治十一年）已有動因促成，促成丁酉聚會的一項重要原因，乃在於水繪菴中的「碧落廬」〔註105〕之起建完成，「碧落廬」乃冒襄用來紀念抗清亡友戴重（1601-1646），據戴重之子，戴本孝（1621-1693）〈小三吾倡和詩序〉記載：

> 初，先君子嘗欲結碧落廬未及成，先生獨知其意，卒成之，
> 拓水繪庵之壖，與小三吾對峙。……甲午秋，先生自長干
> 攜余仲弟移孝來拜廬下，因命守其中，移孝耽遠遊不果
> 來。……歲丁酉，先生以穀梁、青若二子客長干，余截江

〔註103〕 此「世盟高會」一詞之考證，乃黃語提出，參氏著：〈論清初丁酉世盟高會〉，《深圳大學學報‧人文社會科學版》（第27卷第2期，2010年），頁90。所根據者乃戴本孝：〈小三吾倡和詩序〉，詳參《同人集》卷一，頁33。惟部分論證、考釋與筆者稍有出入，詳後述。

〔註104〕 冒襄：〈定惠寺哭和其年舊詩二首，後秋雨臥病，淚凝枕上，雜拉復和十八首，幽抑怨斷，付之鵾弦鐵撥，當知其哀也〉下註，《同人集》，頁395。

〔註105〕 《如皋縣誌》（清‧嘉刻本）等志書載：「水繪園位於江蘇如皋城東北隅，建於明萬曆年間，原是邑人冒一貫的別業，歷四世，到冒襄時方臻於完善。園中構妙隱香亭、壹默齋、枕煙亭、寒碧堂、洗缽池、鶴嶼、小三吾、波煙亭、湘中閣、鏡閣、煙樹樓、碧落廬等十餘處佳境。」

詣之，四方諸故人，咸列拜几杖，有小三吾世盟高會，一
時觴詠甚盛，且樂也。〔註106〕

由此可知，水繪園中，與「小三吾」中對峙而立的「碧落廬」，乃冒
襄爲了紀念盟友戴重所建，1654 年（永曆八年；順治十一年）碧落
廬落成，冒襄本欲戴重之次子戴移孝（無忝）命守其中，但移孝後
「不果來」；兩年過去，到了 1656 年（永曆十年；順治十三年），冒
襄寫有〈爲無忝成碧落廬，移竹與孟昭共坐得二首〉：

> 凶友抱負素，遺言搆此廬。子力未能逮，余心良相於。結
> 龕當二代，賴竹補孤墟。努力百年後，泉臺見有初。
>
> 荒寒開闢境，移竹護深菴。影薄水交翠，烟輕石縱嵐。倩
> 僧扶向背，放艇看西南。栽罷便沈坐，此中眞可酣。（《巢民
> 詩集》，頁 400）

蔡孟昭乃冒襄樂班〔註107〕；在第一首中清楚表達已故之亡友戴重，
其遺言未克之志乃搆建「碧落廬」，但因戴重的兩位兒子戴本孝、戴
移孝能力未逮，作爲父執輩的冒襄慨然囊括重責，碧落廬的建置，可
以連結兩個世代，經過現在的墾殖努力，百年後仍可想見泉臺原始景
象；第二首則著重在碧落廬中的「移竹」栽種，與園林境內的活
動。因此，我們可以知道從 1654 年（永曆八年；順治十一年）碧落
廬成，到 1656 年（永曆十年，順治十三年）冒襄移竹，冒襄與戴家
子嗣之間，就有密切互動。

到了 1657 年（永曆十一年，順治十四年）八月初九，戴本孝截
江，詣冒襄等諸故人子，也就是上述之「世盟高會」，他寫有〈辟翁
年伯爲先嚴建碧落廬于水繪菴，愧未瞻謁，丁酉渡江奉省于長干逆
旅，賦此志感〉其二：

> 當年奏賦共呼天，父執誰堪再比肩。且歷此身看海變，不
> 將老筆借時憐。江如淚冷深千尺，石蕊松圍定百年。短棹一
> 來親仗履，秦淮猶恨舊籠烟。（《同人集》，頁 255）

〔註106〕《同人集》，頁 33。
〔註107〕《巢民詩集》，頁 400。

戴本孝感念冒襄作爲父執輩，替先嚴完成建造碧落廬心願，從詩題來推敲，可以知道 1654 年（永曆八年，順治十一年）碧落廬即成，但戴本孝一直要到 1657 年（永曆十一年，順治十四年）奉省長干（南京）途經如皋水繪園時，才有機會瞻謁先嚴之遺志，也是在這年秋天，八月初九寫下此詩。

　　由此看來，從 1654 年（永曆八年，順治十一年）開始，因戴重的遺願「碧落廬」之建造，遂開啓了冒襄與戴家的互動，到了 1657 年（永曆十一年，順治十四年）八月初九，冒襄與戴本孝、戴移孝終有機會共聚於秦淮，這時，參加聚會的方中德、方中通亦來到秦淮寓館，同時帶來了父親方以智所繪的碧落廬畫軸，冒襄〈丁酉八月九日，余病臥秦淮，梅杓司、陳其年、戴務旃、吳子班、沈方鄴、周式玉、陳大匡、劉王孫、方田伯、位伯，衝泥過訪，譚飲榻前，竟日即席，同禾、丹兩兒限韻〉共五首，其二、其五即談到此事：

　　仰天攀桂日，吾黨曷來齊。不逐文場鹿，同聽午夜雞。詩分巫大小，畫出濃東西。田伯送尊人無可師爲余水繪菴中碧落廬詩畫一卷至自此矜蓬蓽，閒遊指舊棲。（其二）

　　豈不趨時尚，衰遲諸病齊。一身爭似葉，五德愧名雞。杜宇聲聲北，長江滾滾西。十年重此集，碧落待同棲。（其五）

其二所述：田伯爲方中德，無可大師爲方以智，方田伯帶來父親方以智爲紀念抗清志士戴重之「碧落廬」的畫卷；其五所述：冒襄與諸君子十年後再次重逢，期許大家能同棲於「碧落廬」。從這些相關詩作來看，可以確定 1657 年（永曆十一年，順治十四年）於秦淮的「世盟高會」（特別是八月初九這次聚會），其聚會內容、娛樂、成員，均與三年前也就是 1654 年（永曆八年，順治十一年）爲了紀念戴重而建立之「碧落廬」有很大關係。

（二）世盟高會的名單

　　那麼，參與這三次社集的成員、身分、屬性爲何呢？三次社集的

「世盟高會」，冒襄為「社盟長」〔註108〕當無疑義；在聚會中，大多為冒襄亡友之後輩，因此諸君子稱呼冒氏為「父執」，如戴本孝〈辟翁年伯為先嚴建碧落廬于水繪菴，愧未瞻謁，丁酉渡江奉省于長干逆旅，賦此志感〉：「當年奏賦共呼天，父執誰堪再比肩。」此三次出席總人數，如冒襄所稱：「丁酉夏，余會上下江亡友子弟九十四人于秦淮，其年首倡斯集，時應制者少，咸為余至。」總計達九十四人。方以智次子方中通（1634-1698）在其詩集《陪詩》中有〈丁酉秋日父執冒朴巢大會世講于白門〉一詩，詩前注有參與社集的大部份名單，排列如下：

> 戴務斿諱本孝，董德仲諱黃，麻天為諱乾齡，侯研德諱玄泓，魏交讓諱允枏，鄒子大諱擬海，彭古晉諱師度，周鄴侯諱叔源，沈公浚諱洙，鄒子玉諱擬泗，陳其年諱維崧，陳廣明諱玉琪，黃俞邰諱虞稷，徐安士諱寧，周壽玉諱積賢，周式玉諱瑄，戴無忝諱移孝，儲友三諱福益，陳半雪諱維嵋，李定遠諱略，沈公理諱燮，陳發仲諱鎮，楊震伯諱燁，蔣在箴諱無逸，夏無間諱敬，沈公梗諱掄，沈方鄴諱泌，曹星蕃諱拱辰，侯彥室諱曉，戴有懷諱格孝，吳子班諱孟堅，曹錫汝諱拱極，宮允大諱開宗，冒穀梁諱禾書，宮友夔諱象宗，陳絳雲諱維岳，沈公玄諱鑒，劉王孫諱漢系，孫肖武諱中碟，陳大匡諱堂謀，沈公厚諱埏，戴謀厥諱治孝，冒青若諱丹書，宋楚鴻諱思玉，梅耦長諱庚，石月川諱洰，沈孝瑟諱鏗，沈大隱諱朔，周心淵諱允潔，陳子萬諱宗石，冒無譽諱褎，蕭麗京諱一都，宋漢鷺諱思弘，冒爰及諱裔，及余兄弟田伯中德，位伯中通，素北中履，有懷中發，向者載書，被災無存，記憶不全，姑錄於此。〔註109〕

此處依照方中通「不全的記憶」乃五十八人〔註110〕，與實際的九十

<hr />

〔註108〕這是聚會中，龔鼎孳對冒襄的尊稱。《同人集》，頁256。

〔註109〕方中通《陪集》卷一《陪古集》，《清代詩文集彙編》第133冊（上海：上海古籍出版，2010年），頁78。

〔註110〕大木康則統計為六十二名，多出的這些人名，是大木康先生以為田

四人有所落差；大木康先生則進一步從冒襄自己的詩集《巢民詩集》卷三、卷四，及冒襄《同人集》卷六「丁酉秦淮倡和」中，當時題詩的作者與出現於詩題中的人名，多增加了十二位，他們是：

> 梅磊（杓司）、龔鼎孳（芝麓）、顧夢游（與治）、紀伯鐘（伯紫）、劉□（與文）〔註111〕、陶開虞（月嶠）、劉師竣（峻度）、許宸（菊溪）、王猷定（於一）、杜濬（于皇）、吳蘭次、鄧漢儀（孝威）〔註112〕

因此，結合方中通的殘存記憶之名單計有五十八人，加上這裡追加的十二位，我們可以確定這三次社集的七十位賓客之姓名。那麼，這七十位的身分、地位有何特殊之處呢？學者黃語曾研究指出：

> 戴本孝、移孝乃戴重之子，格孝、治孝乃其侄；陳維崧、維嵋、維岳乃陳貞慧之子；吳孟堅乃吳應箕之子；冒禾書、丹書乃冒襄之子，褎、裔乃其庶弟；方中德、中通、中履乃方以智之子，中發乃其侄；梅庚乃梅郎中之子；石沨乃石璜之子；周瑄乃周岐之子；沈泌乃沈壽嶠之子；沈洙、燮、槍、鑒、埏乃沈壽民之子；侯玄泓乃侯岐曾之子，其他參與者也大都為復社成員或遺民義士的晚輩後生。〔註113〕

大木康也指出：

> 戴本孝、戴移孝兄弟是明亡時絕食而死的復社成員戴重的兒子；吳孟堅是復社成員吳應箕的兒子；陳維崧是陳貞慧的兒子；杜濬（于皇）曾是復社成員，是明朝遺老；侯玄泓是因抗而隕命的侯岐曾的兒子；紀映鐘是以鍾山遺老為

伯、中德、位伯、中通、素北、中履、有懷、中發，分屬八個人；其實田伯、位伯、素北、有懷，乃中德、中通、中履、中發的字號。詳參大木康：〈順治十四年的南京秦淮——明朝的恢復與記憶〉，《文學新鑰》第10期（2009年12月），頁12。

〔註111〕此處字體難辨，以□示之，詳參《同人集》，頁256。
〔註112〕大木康：〈順治十四年的南京秦淮——明朝的恢復與記憶〉，《文學新鑰》第10期（2009年12月），頁12。
〔註113〕黃語：〈論清初丁酉世盟高會〉，《深圳大學學報・人文社會科學版》（第27卷第2期，2010年），頁89-90。

－130－

號的明朝遺民等。就某種意義而言，同樣抱持著反清復明

願望的人佔了絕大多數。〔註114〕

總上所述，我們儘可能的恢復當時聚會的賓客名單，分析這些聚會人

士的相關背景，可以知道世盟高會的大多數成員，乃遺民之後，他們

也自稱爲「世講」，亦即冒襄友人之後輩，如劉漢系〈中秋後四日陳

其年、方田伯、吳子班、劉王孫，雨宿巢民老伯秦淮寓館即席限韻分

賦〉：

> 又得重中**世講**新，蕭蕭夜雨集同人。傳家空有懸藜杖，對
>
> 客思裁漉酒巾。欲效鄭侯憂及壯，即逢趙壹未憐貧。相期
>
> 車笠從今始，此會由來屬後塵。(《同人集》，頁257)

首聯表述冒襄爲父執輩，自己乃「世講」(後輩)；聚會中的主人冒襄

「懸藜杖」儼然長者之姿，並「漉酒巾」來招待賓客，劉漢系將此次

聚會的因緣、來由與主力，歸屬於這些遺民後代，故云：「屬後塵」，

頗有薪火相傳之意味。

　　不過，三次聚會中，特別值得注意的是，不單只有遺民之後代出

席，身跨明清兩朝的著名貳臣龔鼎孳(1615-1673)，亦在其列。八月

十三日，龔鼎孳來訪冒襄於秦淮之寓館，寫有〈中秋前二日，過辟疆

老盟翁寓，樓下留飲，讀八月初九日社集詩。是日，于皇招過饌鳳軒

不得久留，因用前韻紀事一首。且與其年訂再過之約也。辟老方病不

能書。署與余同〉〔註115〕；可以推知，龔鼎孳沒有參加八月初九的

第一次社會，而是在八月十三日來到冒襄的秦淮寓館。但龔鼎孳後又

〔註114〕大木康：〈順治十四年的南京秦淮——明朝的恢復與記憶〉，《文學
　　　　新鑰》第10期(2009年12月)，頁12-13。

〔註115〕龔鼎孳此詩收錄於《同人集》，按照詩題所述，中秋前二日乃八月
　　　　十三日；冒襄亦有詩載龔鼎孳來訪，題爲〈越□日龔鼎孳先生枉過
　　　　雷飲，仍用前韻，即席見慰，復次一首〉。□印刷難辨，惟根據冒
　　　　襄《巢民詩集》中的上一首爲〈丁酉八月九日，余病臥秦淮，梅杓
　　　　司、陳其年、戴務旃、吳子班、沈方鄴、周式玉、陳大匡、劉王孫、
　　　　方田伯、位伯，衝泥過訪，譚飲榻前，竟日即席，同禾、丹兩兒限
　　　　韻〉，因此，□應爲「四」，亦即在八月九日社集後，過了四天，龔
　　　　鼎孳才來訪，如此方能與龔鼎孳詩所述之日期一致。

有〈秋日集綺季秦淮水閣，辟疆社盟長携具過飲甚歡，醉後和蘷叟壁間春日四韻〉〔註116〕，則又可以知道龔鼎孳到八月十五尚未離開，並未如先前所說的八月十三隨即要趕赴杜濬饞鳳軒，那麼幾時離開秦淮呢？根據冒襄自題〈丁酉中秋後四日陳其年、方田伯、吳子班、劉王孫，同兩兒雨宿秦淮寓館即席限韻〉，或如《同人集》中的〈中秋後四日陳其年、方田伯、吳子班、劉王孫，雨宿巢民老伯秦淮寓館即席限韻分賦〉，根據詩題所述並無龔氏，基本上可以確定龔鼎孳是不在場的。因此，我們可以判定八月十九號之前，龔鼎孳已經離開冒襄的秦淮寓館；換言之，在丁酉年，龔鼎孳來訪冒襄的確切時間，以八月十三日爲始，離開的時間最晚不會超過八月十八日。

有了這樣的理解基礎，我們可以看到丁酉中秋的八月十五，龔鼎孳參與了以冒襄爲主的聚會，而且地點不是在秦淮寓館（旅館），而是在另位友人姜綺季（河亭）的秦淮水閣舉行，龔鼎孳後寫有〈秋日集綺季秦淮水閣，辟疆社盟長携具過飲甚歡，醉後和蘷叟壁間春日四韻〉〔註117〕，冒襄亦在《巢民詩集》中依韻寫了四首七絕，總題爲〈丁酉秋病臥秦淮旅館，得芝麓先生前夕同飲，姜綺季河亭和蘷叟壁間春日四絕，依韻述懷〉，云：

> 不采芙蓉畏涉江，因君特地買孤艭。酒雄詩健無朝夕，却秋風到紙窗。（其一）

> 多病頻年藥裹餘，長安愁絕故人書。即今小極虛良約，歸去惟應伴木魚。（其二）

> 談讌經句入畫谿，浮雲無夢繫羈悽。龍魚此夕分秋水，不爲兒曹乞照犀。是夜南闈放榜（其三）

> 小閣前朝尚瘦狂，扶歸懶慢臥匡牀。遙聞新館羣賢集，寂

〔註116〕 《同人集》，頁256。

〔註117〕 此組詩共計四首，第四首寫出「中秋」，原詩作：「中秋風物縱疎狂，龍臥猶分上下牀。最憶杏花村酒熟，一痕香夢繞江郎。」詳見《同人集》，頁256。

竟今宵獨沈郎。(其四)〔註118〕

第三首中的末句寫:「不爲爾曹乞照犀」,下注云:「是夜南闈放榜」;「爾曹」指後輩,「犀照牛渚」比喻洞察幽微,「是夜」爲八月十五,故此句解爲:冒襄與龔鼎孳雖有過從甚密之友好關係,但冒襄不會爲了兒孫輩(如冒穀梁、冒青若)之前途乞援於龔鼎孳之襄助,今夜於秦淮小閣、新館的歡好愉悅與群賢畢至,意在延續「前朝」的歡樂與記憶。

　　由以上的討論,我們儘可能還原了當時三次世盟高會的七十位賓客名單(仍有二十四位待查考),其中多爲復社成員、抗清志士、遺民後代,或有如龔鼎孳之貳臣身分,但無礙世盟高會的性質,實乃深具「遺民意識」。

(三)世盟高會的性質

　　學界有關「遺民」的定義,大抵須具備三項條件。第一,是指對於明朝懷有故國之思;第二,不仕清朝;第三,有自覺地認取自己的遺民身分。依照這樣的定義,本文認爲「世盟高會」之主要性質,就在於「遺民意識」之展現。

　　以第一點「故國之思」來看,聚會中的盟友常追憶往事與前朝,如冒襄:「密旅譚疇昔」;戴本孝:「當年奏賦共呼天」;陳維崧:「靈和前殿路回首」、「秋到故宮思」;吳孟堅:「相看猶是舊時人」。戴本孝〈八月九日巢民先生病臥秦淮,偕陳其年、戴務旃、吳子班,衝泥過訪,譚飲榻前,竟日即席限韻〉其四,更直接以「桂」代永曆:

　　　秋聲橫四海,諸子雁行齊。中有雛皆鳳,寧無肋杜雞。登
　　壇爭逐北,橫榻坐晼西。爲憶空山桂,還堪夢客棲。〔註119〕

諸君子在秋日從四海異地來到秦淮,雖爲後輩卻能「雛鳳清於老鳳

〔註118〕　《巢民詩集》,頁449。
〔註119〕　《同人集》,頁256。

聲」〔註120〕；尾聯中的「空山桂」，依照明遺民的用法指永曆帝（桂王），寫作此詩的諸君子多爲遺民後代，又逢鄭成功水師於長江起義之際，因此我們可以合理地推論這裡的「空憶空山桂」，與遺民心繫西南邊境的桂王有關。

以第二點「不仕清朝」來看，吳孟堅〈八月九日巢民先生病臥秦淮，偕陳其年、戴務旃、吳子班，衝泥過訪，譚飲榻前，竟日即席限韻〉其三：

> 我以懷人至，名園傑士齊。金城飛野鶴，壇坫立鳴雞。悵望棘闈外，悲歌淮水西。玄文敢欲問，亭內許余棲。（《同人集》，頁256）

首聯點出社集中的眾盟友爲傑士，來到秦淮的諸君子就像閒雲野鶴般飛過金城（南京），相對於那些站在壇坫，爲了秋闈鄉試而來，啼叫如雞鳴的俗世庸夫，「悵望棘闈外」，清楚地揭示了他們並未應試；再如冒襄〈丁酉八月九日，余病臥秦淮，梅杓司、陳其年、戴務旃、吳子班、沈方鄴、周式玉、陳大匡、劉王孫、方田伯、位伯，衝泥過訪，譚飲榻前，竟日即席，同禾、丹兩兒限韻〉共五首，其二亦談到不應制：

> 仰天攀桂日，吾黨曷來齊。不逐文場鹿，同聽午夜雞。詩分巫大小，畫出瀼東西。田伯送尊人無可師爲余水繪菴中碧落盧詩畫一卷至自此矜蓬蓽，閒遊指舊棲。〔註121〕

此詩先以「仰天攀桂日」帶入明遺民的語境，接著乃言水繪菴中的「碧落盧」正是爲了抗清志士戴重所建，此際，戴重兩個兒子戴本孝、戴移孝，方以智兩個兒子，方中德（田伯）、方中通（位伯）均在場，方氏兄弟帶來方以智所繪的「碧落畫」，眾人沒有輩分的高低，盡情題詩，瀟灑吟對，歡宴酬酢，且再次強調丁酉此年來到

〔註120〕 李商隱〈韓冬郎既席爲詩相送，一座盡驚。他日余方追吟連宵侍坐，徘徊久之，句有老成之風，因成二絕。寄酬兼呈畏之員外〉，〔清〕馮浩箋注：《玉谿生詩集箋注》（台北：里仁書局，1981年），頁486。

〔註121〕 《巢民詩集》，頁401。

秦淮，「不逐文場鹿」，不是爲了秋闈應試，反倒是「同聽午夜雞」，
以東晉祖逖、劉琨午夜聞雞起舞，意圖中興作爲此次讌會之旨。

　　以第三點「遺民身分之自覺」來看，當日聚會之盟主冒襄，即深
具「遺民意識」之自覺，終其一生拒絕清廷徵召辭薦，瞿有仲〈留別
巢民先生〉曾如此形容冒襄：

> 偶然興到名山水，扁舟直走江千里。雲烟飄渺耳目前，波
> 濤鼓蕩心胸裏。風便帆飛射雉城，雉城主人最有情。一見
> 恰如故相識，意氣風流無等倫。好客不問家生產，買歌不
> 惜干黃金。……明日別君期何處，東西南北惟馬首。君挾
> 東山妓，余牽東門狗。同是避世人，何計不相負。……（頁
> 268-269）

冒襄自身儀態乃風流倜儻，大雅遺風之流，入清後與龔鼎孳、王士禎
等清廷名臣來往，同時也接濟遺民及其後代，與現實保持著既妥協又
隱避的關係，故云「避世人」；此外，冒襄又以南宋遺民謝翱自居，
云：

> 迄于今，懷寧之肉已在晉軍，梨園子弟復更幾主。吾與子
> 尚俯仰醉天，偃蹇濁世，與黃塵玉樹之悲，動喚宇彈翎之
> 怨，謂之幸耶？謂之不幸耶？予之教此童子也，風雨蕭蕭，
> 則以爲荊卿之歌；明月不寐，則以爲劉琨之笛；及其追維
> 生死，憑弔舊游，則又以爲謝翱之竹如意也。（陳瑚〈得全堂
> 夜讌記〉，《同人集》卷三，頁85）

更在丁酉年的世盟高會後，冒襄有〈客海陵聞龔孝升先生將至邗上先
寄二首〉其二：

> 之死之生人外人，獨聞君至便縈神。十年知己無餘恨，一
> 夜相思正小春。傾倒劇愁非涕淚，**流連故舊是遺民**。蒼山
> 白雪聆斯語，舉世何能更比倫。〔註122〕

第六句即自稱爲「遺民」，其身分認同頗爲明確；再如吳孟堅〈中秋
後四日，陳其年、方田伯、吳子班、劉王孫，雨宿巢民老伯秦淮寓館

〔註122〕《巢民詩集》，頁425。

即席限韻分賦〉其二：

> 寒更夜雨色清新，共擬千秋萬古人。長劍欲攜逢俠客，南
> 冠不戴問綸巾。九誥漫盡遊人怨，十日還誇客子貧。月社
> 高吟歸思切，帆飛江上泣風塵。〔註123〕

首聯寫讌會場景乃在飄著秋雨的夜晚進行，此次相聚的因緣盛會是在秋季，上友古人並能延續「千秋」，可以藏諸名山成為永垂不朽之業；頷聯點出吳孟堅本欲以長劍俠客之豪傑形象出席秦淮，在聚會中又「逢俠客」，巧妙地點出宴會中諸君子大多有俠義、武功、抗戰之本領，非一介腐儒書生耳，而「南冠」指楚人鍾儀戴著故鄉南國的帽子被囚，後比喻為被羈囚的人不忘故國衣冠。惟此處「南冠不戴」指此次秦淮盛會不是戰敗羈囚者的對泣之會，而是戴「綸巾」，此「巾」令人聯想到象徵明太祖時的「網巾」，所反映出的「故國之思」，至為明顯；頸聯寫吳孟堅遊歷秦淮漫歌放曲，從社集中的第一場聚會八月初九，到第三場八月十九，已歷「十日」，花費的錢財所費不貲，還解嘲自己「身家貧」；尾聯則是本詩中的關鍵，「月社」即元初的南宋遺民所創立之「月泉吟社」，是南宋遺民創立的人數最多、規模最大、影響最深的遺民詩社，《月泉吟社詩》是現存最早的一部詩社總集。詩社由宋末浙江浦人吳渭創立，遺民詩人方鳳、謝翱、吳思齊等主持，內容隱含追懷宋室、抒發亡國之痛、故國之思，表明詩人不仕元朝的情操。吳孟堅用「月社高吟」即是把此次的「世盟高會」當成如南宋遺民聚會的「月泉吟社」，將社集性質定位在抒發故國之思的「遺民」立場，吳氏乃抗清志士吳應箕之後，在這首詩中他延續了先嚴之遺志與氣節，同時也表述了丁酉年的秦淮聚會為明遺民及其後代的結社聚會，以南宋遺民的「月泉詩社」來自況處境，更是認取了自我的「遺民身分」。

　　由以上三點有關「遺民」定義與文本參照的討論，本文認為「世盟高會」之主要性質，就在於「遺民意識」之展現〔註124〕。

〔註123〕《同人集》，頁257。
〔註124〕那麼，丁酉年來到秦淮的諸君子是否有從事抗清行動？以丁酉年的

二、冒襄的個人身世／記憶：「二十年前」

以上我們考述了冒襄於丁酉年的秦淮，大會復社成員、抗清志士、遺民後代的「世盟高會」，並論證其舉辦之因緣、名單、性質；接下來將以冒襄為主軸，分析冒襄詩中有關個人記憶的書寫，在這一年中（丁酉）他如何透過回憶，寫出自己對於晚明的追憶，具體內容為何？這些回憶的事件置諸冒襄的生命史之中，又具有怎樣的意義？

檢驗《巢民詩集》可以發現，冒襄於永曆十一年（順治十四年，丁酉，1657）的創作中，常會提到「廿年」、「二十年」；往前推算，正好是崇禎十年（丁丑，1637）。崇禎九年，乃南京秋闈鄉試，冒襄並大會東林黨孤於桃葉渡；崇禎十二年（己卯，1639），冒襄響應吳應箕、黃宗羲等人起草之〈留都防亂公揭〉；這兩個事件與年代，恰巧在崇禎十年前後，距離清初丁酉則為「二十年」，無論是崇禎九年的大會東林黨孤，或是崇禎十二年響應〈留都防亂公揭〉，都是冒襄在晚明實際參與過的政治事件，對其生命史來說，有至為重大的意義。因此，在永曆十一年（順治十四年），知交、友朋、後輩紛紛來到秦淮，唱和贈答，冒襄想起「二十年前」同樣也是在秦淮的往事，崇禎九年、十二年的晚明時光，是他生命中的榮景，如今重逢秦淮，

世盟高會來看，《同人集》中有反映出當時世局的動盪與紛亂，筆者推測應是描寫鄭成功的海上水師起義，如〈中秋後四日，陳其年、方田伯、吳子班、劉王孫，雨宿巢民老伯秦淮寓館即席限韻分賦〉，戴本孝：「看盡狂瀾海上塵」；陳維崧：「今日天下方風塵」；吳孟堅：「帆飛江上泣風塵」（《同人集》，頁257）因此，諸君子必定知道鄭氏水師即將來到，故天下風塵僕僕、江上海塵四起，惟根據《巢民詩集》、《同人集》，我們最多只能猜測至此，亦即，諸君子聚會秦淮，歌舞歡樂中或談兵戎軍事、拒絕應試秋闈、懷想故國前朝、關切海上時局，具有遺民意識，可以定論；但是否真有反清的實際「行動」出現，或許由於事涉體大必須隱諱，或為後人刪改等，根據詩文所載目前尚無法找到確切證據。因此，筆者認為「世盟高會」的性質可以定位為「遺民意識」，但這些遺民是否有參與這年鄭成功起義的復明行動，還有待再搜尋周詳的資料，進行細部考證。

往事歷歷在目，遺民故老、抗清志士，卻老輩凋零，這種巨大的斷裂感不可能對他毫無影響；是以，站在丁酉此年，回顧二十年前左右（崇禎九年、崇禎十二年）所發生的事件，有助於我們理解冒襄丁酉年的個人身世之感與記憶模式。底下茲分成崇禎九年、崇禎十二年、冒襄的身世記憶，三項加以論述。

（一）崇禎九年

崇禎九年（丙子，1636 年）冒襄大會東林黨於桃葉渡；此年，也剛好是南京鄉試。二十年後（順治十四年，丁酉，1657），冒襄曾有詩回憶此政治事件，其〈雨霽式九、無忝過得全堂話舊，偶出丙子秦淮大社姓名及先人與鴻鉅往來詩文手札，批閱竟日即席限韻〉有五律、七律各一首：

> 無復紀從前，餘生事可憐。交多傾　代，姓僻賴陳編。細數只如昨，徐思已隔年。溯洄娛白日，幽興或應傳。（《巢民詩集》，頁 400）

> 聯壁清輝照眼前，開樽同坐蔚藍天。廿年風節稽名姓，七世雲仍寄簡編。人外不　惟往事，意中無可漫隨緣。琱鏤大業推諸子，應使吾家見數傳。（《巢民詩集》，頁 424）

「丙子」年即是崇禎九年，從詩題所述之「秦淮大社姓名及先人與鴻鉅往來詩文手札」，可以推知冒襄所指，乃於桃葉渡大會東林黨之事〔註 125〕。第一首指出平生雖交友廣闊但遭逢異代滄桑，知交離散，餘生擺盪，細數過往猶似昨日情景，卻已倏忽經年而過，面對「從前」之事，已然不可考、不可追、不可紀，幸賴有「陳編」的文字記錄封存過往，於白晝溯迴往事，期望能傳此逸趣幽興。第二首，首聯言今日與友朋相聚共酌，過往榮景如同清輝映照在眼前；二十年前，東林黨員在秦淮結社，既有晚明瀟灑風流，亦兼耿直氣節，當時冒襄爲主

〔註 125〕冒襄崇禎九年於桃葉渡大會東林黨，龔鼎孳亦有詩追憶，〈秋日集綺季秦淮水閣，辟疆社盟長攜具過飲甚歡，醉後和戇叟壁間，春日四韻〉其一：「桃葉誰持檝渡江垂」（《同人集》，頁 256）

事者，出席聚會者之名姓至今仍流傳、展布，可供稽考；這記憶中的重要事件就如頸聯所說的，冒襄除了將人名烙印在腦海之外，對於往事，更是他不曾或忘的；不過時移境遷，曾有的榮光與氣勢終無法恆久，對於再創如琱鍐（金玉）般的高峰大業，冒襄把希望寄託在「諸子」後輩身上。

（二）崇禎十二年

冒襄在二十年前的南都，參與了以吳應箕、黃宗羲等人為主的黨派，攻訐對象為閣黨阮大鋮；後輩陳維崧之父乃陳貞慧，與冒襄同為晚明四公子之一，在〈冒辟疆壽序〉即談到此往事：

> 維崧猶憶戊寅己卯（十一、十二）間，而懷寧有黨魁居留都云：時先人與冒先生來金陵，飾車騎，通賓客，猶喜與桐城嘉善諸孤兒遊；遊則必置酒召歌舞。金陵歌舞諸部甲天下，而懷寧歌者為冠，所歌詞皆出其主人。諸先生聞歌者名，漫召之；而懷寧者素為諸先生所詬屬也。日夜欲自贖，深念固未有路耳；則亟命歌者來，而令其老奴率以來。是日演懷寧所撰燕子箋而諸先生固醉，而且罵且稱善，懷寧聞之殊恨。〔註126〕

又，吳偉業梅村文集《冒辟疆壽序》云：

> 『往者天下多故，江左尚晏然，一時高門子弟，才地自許者，相遇於南中，列壇坫，立名氏，陽羨陳定生，歸德侯朝宗，與辟疆為三人，皆貴公子。定生朝宗儀觀偉然，雄懷顧盼；辟疆舉止蘊籍，吐納風流，視之雖若不同，其好名節揚議論一也。以此深相結，義所不可抗言排之，品覈執政，裁量公卿，雖甚強梗，不能有所屈撓。有皖人者，故奄黨也，流寓南中，通賓客，蓄聲伎，欲以氣力傾東南，知諸君子唾棄之也：乞好謁以輸平未有閒，會三人者，置酒雞鳴埭，欲召其家善謳者，歌主人所製新詞。則大喜曰：「此諸君子欲善我也」既而偵客云何，見諸君箕踞而嬉，

聽其曲，時亦稱善，夜將半，酒酣，輒眾中大罵曰：「若璫兒媼子，乃欲以詞家自贖乎，」引滿浮白，撫掌狂笑，達旦不少休。」〔註127〕

當時復社名士，驅逐阮大鋮，冒襄與諸先生觀《燕子箋》劇完，大罵阮大鋮（懷寧）〔註128〕，後爲了將阮大鋮驅逐出南都，吳應箕（1594-1645）、陳貞慧（1604-1656）、侯方域（1618-1654）、黃宗羲（1610-1695）、沈壽民（1607-1675）等復社名士，推吳應箕起草〈留都防亂公揭〉，陳貞慧《書事七則防亂公揭本末》云：

『崇禎戊寅，吳次尾有留都防亂一揭，公討阮大鋮，大鋮以黨崔魏，論城旦，罪暴於天下，其時氣魄尚能奔走四方士，南中當事多與遊，實上下其手，陰持其哃喝焉。次尾憤其附逆也，而鳴騶坐輿，偃寨如故，士大夫綑綣，爭寄腹心，良心道喪。一日言於顧子方，子方曰：「杲也不惜斧鑕，爲南都除此大憝，」兩人先後過余，言所以。余曰：「鋮罪無籍，士大夫與交通者，雖未盡不肖，特未有逆案二字提醒之，使一點破，如贅癰糞涸」爭思決之爲快，未心於人心無補。』次尾燈下隨削一薰，子方毅然首唱，臥子亟歎此舉，爲仁者之勇。獨維斗報書，以鋮不燃之灰，無俟眾溺；如吾鄉逐顧秉謙，呂純如故事，在一鄉攻一鄉，此輩窘無所託足矣。子方因與反覆辯論有書，書不載。時上江有以此舉達之御史成公勇，成公曰；「吾職掌事也，」將據揭上聞。會楊與顧之辨未已，同室之內，起而相牙，揭遲留不發，事稍稍露矣。阮心揣此事，仲馭主之。然始謀也，絕不有仲馭者；而鋮以書來，書且哀。仲馭不啓視就使者焚之，鋮銜之刻骨。』〔註129〕

崇禎十二年，復社名士書〈留都防亂公揭〉，冒襄爲「好名節，揚議

〔註127〕 冒廣生編：《冒巢民先生年譜》，頁514。
〔註128〕 此事原委與詳情，可參謝國楨：《明清之際黨社運動考》（臺北：台灣商務印書館，1978年），頁172-186。
〔註129〕 冒廣生編：《冒巢民先生年譜》，頁516。

論」之輩，亦參與其中，名列清單〔註130〕；如此看來，在 1657 年
（永曆十一年，順治十四年）群賢畢至的世盟高會上，冒襄作爲盟
主，回顧二十年前的政治事件之一，是他生命中的重大事件與記憶中
的深刻內容，這對於世講後輩來說，已然屬於上一世代，是從父執輩
聽聞來的歷史往事，但對冒襄來說，卻是親身經歷，無法忘懷的深刻
記憶。

（三）冒襄的身世記憶

以上我們討論了「二十年前」，冒襄於崇禎九年、崇禎十二年的
政治事件與生命榮光。事實上，在丁酉年間，無論是冒襄《巢民詩集》
或其所編選的《丁酉秦淮倡和》，兩者對於特殊政治議題的書寫都巧
妙地運用「幾年前」這樣的模式來呈現，例如冒襄個人身世中的大會
東林黨、參與〈留都防亂公揭〉的討檄，即用「二十年」來表達；另
《秦淮倡和集》中寫甲申之變則用「十四年」來隱藏其詞，甚至有以
秦代清的隱辭微語〔註131〕；筆者推測這樣的書寫模式，應該是冒襄
與清朝官員如龔鼎孳、王士禛等人的交接往來之密切互動，脫不了干
係。或許不要替龔、王等人製造不必要的麻煩，創作的詩、選錄的
詩，姑隱諱其確指，讓讀者自行推算某個特定時間點的重大事件，從
而造成了如解碼般的記憶系統。

準此，詩中的「二十年」就不宜輕忽。二十年後的今日，冒襄如
何回憶、看待崇禎九年、崇禎十二年，這兩段往事呢？其心境可見於
〈丁酉中秋後四日陳其年、方田伯、吳子班、劉王孫，同兩兒雨宿秦

〔註130〕〈留都防亂公揭〉的題名名單，詳見冒廣生編：《冒巢民先生年
　　　　　譜》，頁 522-525。
〔註131〕如《秦淮倡和集》收錄周瑄（式玉）的〈辟疆老伯見招，余以雨作，
　　　　　不果赴，遙和諸君子作〉，這首七律的首聯：「茌苒桃花幾度新，萍
　　　　　踪兩世避秦人。」（《同人集》，頁 258）稱述冒襄歷經兩個世代的江
　　　　　山易主，離亂變遷的生活空間，並以「避秦人」來形容冒襄拒絕清
　　　　　廷的薦舉。「秦」此處代「清」，寫得隱微，或有體諒主人，爲冒襄
　　　　　隱晦之故。

淮寓館即席限韻〉二首：

> 交態驚看異世新，流連風雨只斯人。諸君合共連牀被，顧
> 我深慚折角巾。蕉鹿夢殘前事遠，雪鴻孤寄此身貧。莫言
> 今夜難酬昔，受電甘霜一寸塵。

> **二十年來人漸**〔註132〕**新**，矧余年少不如人。有時大叫徒脫
> 帽，對爾潛辛一岸巾。飛潏下懸應壞陸，白波頻捲未全
> 貧。休將故友填胸臆，滄海于今已化塵。（《巢民詩集》，頁424）

這兩首寫於 1657 年（永曆十一年，順治十四年）八月十九，冒襄在
這第三次聚會中，有感於年輩身分、世代交替的差異，故有「二十年
來人漸新」的感慨，流連風雨之中只膽故友之世講、子孫，諸君子彼
此之間感情融洽，可以「連牀被」，此時此刻的聚會洵屬難得，有緣
相逢自當把握聚會之當下，「莫言今夜難酬昔」，今晚秦淮寓館之相聚
歡樂正如二十年前的往昔，曷云不宜？但冒襄想起晚明的知交至友，
或殉國、或抗清，自己之裝扮則仍「折角巾」，為前朝所遺之腐儒書
生，而深深感到自慚愧疚；於是「蕉鹿夢殘」，記憶已經殘缺，忘路
所由，前塵往事猶如電光石火，在記憶／遺忘之間越發撲朔迷離，難
以指辨，「雪鴻孤寄」，雪泥鴻爪只留下往事遺留的痕跡，故友與舊事
均隨塵土湮滅，留予在世的後人，無盡地追憶與懷想。冒襄詩中的「受
電甘霜一寸塵」（其一）、「滄海于今已化塵」（其二），化用李商隱詩
句而來〔註133〕。表達出物換星移、滄海桑田的人事變遷與今昔對照
後的蕭然身世，詩中的蒼茫迷離、身世恍惚、耽溺記憶之特質，可見
一斑。冒襄被這二十年的「回憶的引誘力所攫取，被纏捲在回憶的快
感和他無法忘懷的傷痛之中。」〔註134〕

〔註132〕《巢民詩集》卷四，此字作「斬」，應為「漸」之誤。

〔註133〕李商隱〈北青蘿〉：「世界微塵裡，吾寧愛與憎。」將愛恨嗔痴的情
　　　迷業障，轉化為「世界微塵」的化境，滄海桑田、物換星移終究是
　　　自然規律的變化，過於執著、癡迷、耽戀到頭來都是情感的負擔與
　　　消磨。〔清〕馮浩箋注：《玉谿生詩集箋注》（台北：里仁書局，1981
　　　年），頁 743。

〔註134〕引號內文字是宇文所安描述李清照的回憶，筆者認為很貼切的形容

　　這是冒襄對自己的身世記憶之回顧；那麼，與會諸君子如何看待冒襄的「二十年」前呢？《同人集》中有諸君子和詩〈中秋後四日陳其年、方田伯、吳子班、劉王孫，雨宿巢民老伯秦淮寓館即席限韻分賦〉，我們可以先看吳孟堅的和詩，其云：

> **十載**交情此更新，**相看**猶是**舊時人**。解衣何必憐腰帶，**折角**還期整**葛巾**。賦到秋天增客怨，遊經故國愧家貧。酣歌莫負**今宵雨**，潦倒寧須問**世塵**。

這首詩從詩句、意境、記憶的特性，均與原作幾乎相同；「十載」與原詩中的「二十年來」為紀時；「相看」與原詩中的「驚看」動作相彷；「舊時人」與原詩中的「故友」相呼應；「折角葛巾」同原詩中的「折角巾」；「今宵雨」的時景則與原詩中的「今夜」相同；「世塵」與原詩中的「寸塵」、「化塵」意境相符；由此，吳孟堅的和詩可謂深契冒襄原詩之旨意，亦即站在冒襄的角度來回顧這二十年的記憶。然《同人集》中其餘諸君子，則不以冒襄原詩為藍本（或完全站在冒襄的立場上），而是在唱和抒懷之中，各抒情志與理想，如[註135]：

> 看盡狂瀾海上塵。（戴本孝）今日天下方風塵。（陳維崧）大家珍重向風塵、舊家綈裘不飛塵。（方中德）此會由來屬後塵。（劉漢系）何日相從追絕塵。（沈泌）能禁剪拂在風塵、一任羣飛東海塵。（周瑄）

可以發現，戴、陳、方、劉、沈、周等人所描述的海塵、風塵、飛塵、絕塵、後塵（此指後輩）均偏向物理性的描繪、客觀物象的鋪陳，相較於原作中的「受電甘霜一寸塵」（其一）、「滄海于今已化塵」（其二），反映出世界微塵、滄海桑田的人事變遷與蕭條寂寥，諸君子並不偏向「記憶」中的塵世，亦即對過往的俗世感懷、人事變遷僅點到為止[註136]，不選擇活在記憶中的過去，而是迎向未來，期待

出冒襄耽溺回憶的特質，故採用。詳見氏著：《追憶：中國古典文學中的往事再現》（台北：聯經，2006 年），頁 137。
〔註135〕下引諸詩，見《同人集》，頁 256-258。
〔註136〕如方中德（田伯）雖不免有：「藉卉相逢是故人」的感嘆，但最後

著「何日相從」的一天。以此來說，這是相異於冒襄原作中耽溺「記憶」，無法自拔的書寫模式〔註137〕。

三、《丁酉秦淮倡和》中的集體記憶

那麼，諸君子的記憶內容呈現出何種面向呢？筆者認為，相對於冒襄詩中反覆追憶「二十年」前有關個人的政治事件與身世記憶；那麼，同年的《丁酉秦淮倡和》所集結的眾人唱和，則不特強調專屬私人的記憶與回顧。事實上，與會諸君子大多為遺民後代，他們不一定參與過崇禎九年東林黨大會、崇禎十二年排阮大鋮之檄文；但對他們而言，親逢面對過的天地崩坼、兵馬倥傯所帶來的震撼撕裂與悲感悽愴，乃至心中對漢家衣冠、故國文化的追憶，才是更真實的經驗與痛徹後的體悟，「生逢亂世惟存骨」〔註138〕，遭逢鼎革變遷的諸君子，這種同情共感之凝聚與共鳴，遂經由甲申之變、鍾山孝陵、故國之思，此三面向透顯出其中的「集體記憶」，也同時在聚會中，宣洩社稷焚滅、山陵夷酷的黍離之痛，敞開沉悶抑鬱之苦悶憂傷，撫慰撕裂創傷之身心重建，面對過去、迎向未來，進行一場療癒之旅。

（一）甲申之變

崇禎十七年三月十九日，李自成攻入北京，明崇禎自縊，後清軍入關，改朝換代，對心向前朝的明遺民來說，這是一個天崩地坼、哀

　　一句是寫：「大家珍重向風塵」，面對筵席離散，即將遠奔天地、各向東西的道友，方氏轉以真切的祝福，化解重逢無期的無盡感傷，不陷溺於回憶的無法自拔。（《同人集》，頁 257）沈泌：〈辟疆老伯見招余以雨作不果赴，遙和諸君子作〉：「行矣各努力，千秋孰後先。」亦以正面態度看待聚會後之各奔西東。（《同人集》，頁 258）

〔註137〕 李孝悌亦認為冒襄到了七十歲，「述說和回憶，成了冒辟疆遲暮之年的一大寄託，也為充滿頓折的日常生活帶來一波波短暫的高潮和歡愉。」〈冒辟疆與水繪園中的遺民世界〉，《昨日到城市：近世中國的逸樂與宗教》（台北：聯經出版，2008 年），頁 120。但從上面的詩作來看，冒襄從順治十四年（四十七歲）就已跌陷在「回憶」之中。

〔註138〕 方中德：〈中秋後四日陳其年、方田伯、吳子班、劉王孫，雨宿業民老伯秦淮寓館即席限韻分賦〉，《同人集》，頁 257。

慟至極，沉痛深刻的回憶，經逢甲申之變的士人，原本在明朝有一展抱負、應制獲爵的機會，卻因世變的衝擊，理想與規劃再次落空，陳維崧〈中秋後四日陳其年、方田伯、吳子班、劉王孫，雨宿巢民老伯秦淮寓館即席限韻分賦〉云：

> 金陵八月秋雨新，桃葉渡頭行少人。誰何佗儌脫皂帽，此生抑爵遭黃巾。關塞一望悉兵馬，吾汝所憂非賤貧。便復蹋臂上床臥，今日天下方風塵。（《同人集》，頁 257）

以東漢末年的「黃巾之亂」來指稱張獻忠、李自成崇禎十七年攻陷北京，致使明朝滅亡，家國的不幸也造成了個人際遇的潦倒頹喪、失意不振，此際身在江南秦淮卻想到塞北關外的兵馬風塵，此生進官封爵之理想就在「黃巾」流民起義的叛亂下，隨之破滅；同樣講到甲申之變者，尚有戴本孝〈八月九日巢民先生病臥秦淮，偕陳其年、戴務旃、吳子班，衝泥過訪，譚飲榻前，竟日即席限韻〉其三：

> 十四年相見，百千願未齊。夢夢天亦蝶，齰齰鶴猶雞。雖在北山北，何堪西復西。得來深對語，使我更棲棲。（《同人集》，頁 256）

首句的十四年正是崇禎十七年／順治元年，也就是甲申之變的改朝換代之際，亂離動盪以來，戴本孝與冒襄所代表之兩個世代，彼此之間有太多未遂之願，如今終得重逢秦淮，話舊憶遊。由陳維崧所提到的「遭黃巾」代指張獻忠、李自成之流民，乃至戴本孝所提到的「十四年前」，都指向他們心中有一特別的時間點，那即是「甲申之年」之集體回憶。

（二）鍾山孝陵

　　此外，由於南都為明朝洪武、建文之首都，即使永樂遷都燕京，仍視南京為陪都，明亡之後此處亦是南明弘光政權之行在，加上明朝開國皇帝朱元璋的陵寢座落於南京的鍾山；因此，鍾山、孝陵遂成了集體記憶中的地理景觀，《丁酉倡和集》中的諸君子，對此屢有闡述，如戴本孝〈八月九日巢民先生病臥秦淮，偕陳其年、戴務

旀、吳子班，衝泥過訪，譚飲榻前，竟日即席限韻〉其二：

> **鍾山**在何許，烟雨望難齊。天逐返魂兎，人猶失旦雞。笳
> 聲皆塞北，竹碎滿臺西。誰說陸沉子，空驚堂燕棲。時市中
> 忽競傳江南將有木災云（頁256）

吳孟堅（子班）〈八月九日巢民先生病臥秦淮，偕陳其年、
戴務旀、吳子班，衝泥過訪，譚飲榻前，竟日即席限韻〉
其一：細數交情事，存亡嘆不齊。亂離多隱鳳，旅邸聽晨
雞。星聚時還散，城頭日向西。**鍾山**秋色老，欲借一枝
棲。（頁256）

劉輿文〈丁酉秦淮奉贈辟疆先生〉：踞石臨流似贈雲，不妨
木食客來分。命官□拜臬陶理，補史先成許□文。三世並
傳朝擁笏，七香車待夜中芬。**孝陵**山水多相識，猶被同人
喚使君。（頁256）

明孝陵是明朝開國皇帝朱元璋與馬皇后之陵寢，位於南京鍾山。當
日諸君子聚會秦淮，並無親自登覽鍾山、拜謁孝陵，此處的用法毋
寧是一種明遺民對故明的記憶與民族的認同，誠如文化地理學者認
爲：

> 地理景觀的形成反映並強化了某一社會群體的構成——誰
> 被包括在內？誰被排除在外？……很顯然，我們不能把地
> 理景觀僅僅看作物質地貌，而應該把它當作可解讀的「文
> 本」，他們能告訴居民及讀者有關某民族的故事，他們的觀
> 念信仰和民族特徵。〔註139〕

朱元璋驅逐韃靼，橫掃蒙古異族，重新建立以漢人爲領導的王朝，其
光復河山、漢家衣冠之象徵，易使明遺民在民族氣節上產生認同，
《秦淮倡和集》中的諸君子通過紀念性的地理景觀使空間民族化，鍾
山、孝陵在此不單只是地質物貌或宮殿陵寢，而是充滿「民族」寓意
的象徵景觀，同時也凝聚了眾人的集體記憶。

〔註139〕〔英〕邁克、克朗著，楊淑華、宋慧敏譯：《文化地理學》（南京：
南京大學出版社，2005年），頁36-37。

（三）故國之思

最後，我們可以看到諸君子的集體記憶展現在對「故人」相逢、「故國」追思，此種深層心態即是其「遺民意識」之外顯。如：

> 扶病來詢病，欣逢故舊齊。（梅磊〈八月九日巢民先生病臥秦淮，偕陳其年、戴務旃、吳子班，衝泥過訪，譚飲榻前，竟日即席限韻〉）

> 天憐場屋客，秋到故宮西。（陳維崧〈八月九日巢民先生病臥秦淮，偕陳其年、戴務旃、吳子班，衝泥過訪，譚飲榻前，竟日即席限韻〉）

> 賦到秋天增客怨，遊經故國愧家貧。（吳孟堅〈中秋後四日陳其年、方田伯、吳子班、劉王孫，雨宿巢民老伯秦淮寓館即席限韻分賦〉）

> 金陵事事總經新，惟有相逢是故人。（周瑄〈辟疆老伯見招，余以雨作，不果赴，遙和諸君子作〉）

前已論證世盟高會的性質乃「遺民意識」之自覺展現；上引詩中，諸君子擁有共同的回憶，直接表達出對「故國之思」；可以說，藉由甲申之變、鍾山孝陵、故國之思，在聚會中他們徹底抒發壓抑的情緒，各抒情志、理想、懷抱、感發、身世，也在這三次社集大會與同人一起回想起公眾的「集體記憶」。

不過，若相較於冒襄追述晚明的政治榮景，耽溺於個人的身世記憶，深陷其中，與會諸君子所強調的家國之集體記憶，則有迎向未來的積極思維，如沈泌〈丁酉八月同戴務旃、陳其年、黃俞邰、周式玉、方田伯、位伯、吳子班、劉王孫、石月川諸君子，修昆季之禮於冒老伯金陵寓館漫賦〉：

> 平生志交結，乃自垂齔年。相期乘昭曠，謁帝承明前。天地儵晦冥，陵谷紛變遷。良朋驪讌阻，僶俛期苟全。躬畊聊自給，茅茨祇數椽。閒情涉文史，風雨惟一編。懷哉王許輩，山澤遊翩翩。索居慕儔匹，欲晤良無緣。薾夢耿相

依，山川恨邈綿。思采三秀草，每賦停雲篇。茲來建業遊，
江山秋可憐。興言睠疇曩，悲憤膺方填。何意羣燕集，傾
□同裳褰。締之縞紵誰，申以金石堅。君子富文藻，一夕
鸞鳳騫。賤子雖不敏，鞭弭敢後焉。良辰高宴會，擊筑彈
鵾弦，繁陰敷爽塏。綺疏清風延。蘭苣烟皋綠，芙蓉木茉
搴。秋虫響淒切，永夜猶相喧。大雅久垂絕，茲會實可傳。
共矢骨肉敦，詎止古處宣。氣類苟相孚，浮名殊可捐。行
矣各努力，千秋孰後先。（《同人集》，頁258）

會盟諸君子在明代即已結識，並曾相約參謁帝王宮殿（以漢代承明
殿代稱），頗有大展抱負、膺任朝廷重臣之期許；惟天地崩坼、陵
谷變遷，良朋好友受到世變的影響，讌會歡遊受阻，難以會晤，倖
存下來的遺民或自耕自足、躬耕茅茨、放遊山水，但離群索居仍舊
希望有志同道合的同儔相伴，卻苦無良緣只能夢中相會，沈泌這次
來到秦淮（建業）參加世盟高會，同人羣彥雅集，觥籌舉觴，賦詩
唱和，顯現出世亂之後，情誼更比金堅的欣慰，詩人更比擬此次聚
會爲性純正而有美德的「大雅」之會，可以世代相傳，諸君子氣類
相孚，以「遺民意識」互通聲息，歸屬同一社群，那麼「浮名殊可
捐」，轉瞬成空的虛榮浮名，盡可捐棄；詩中最後不同於筵席離散
時的落寞、悲傷與惆悵，沈泌反倒是以「行矣各努力，千秋孰後先」
來勉勵即將分別的友朋，這種正面積極朝向未來的心態，如劉漢
系：「此會由來屬後塵」，將丁酉年的世盟高會之舉辦，歸屬於「世
講」輩的推動；方中德：「大家珍重向風塵」，以珍重二字寬慰友人，
化解重逢難期的遺憾與失落。這樣看來，《秦淮倡和集》中的諸君
子縱使有家國的「集體記憶」之天地崩解與撕裂傷痕，但在面對回
憶的態度上並不一味放縱性情、沉溺情感、墜落深淵，致使與現實
之間產生脫節失序，面對不可知的未來，仍舊努力踏實地前進。

第四節　1657 年的濟南 —— 南明遺民徐夜、顧炎武、冒襄對王士禛〈秋柳詩四首〉的回應

一、王士禛〈秋柳詩四首〉之本事與其多義性

（一）王士禛〈秋柳詩四首〉之本事

以上論述了永曆十一年（順治十四年，丁酉，1657）秋天八月初九、八月十五、八月十九，冒襄於秦淮寓館、水閣，所進行三次的社集盟會與時地因緣，父執輩、世講輩兩個世代的交會與聚集，由此而衍發出個人的身世記憶與家國的集體記憶。

剛好也在此年之秋，清初著名詩人王士禛（1634-1711）於秦淮之北的濟南大明湖，賦詠〈秋柳詩四首〉，牽引了大江南北同題和者，根據王士禛〈荣根堂詩集序〉所記載：

> 順治丁酉秋，予客濟南，諸名士雲集明湖。一日，會飲水面亭，亭下楊柳千餘株，披拂水際，葉始微黃，乍染秋色，若有搖落之態。予悵然有感，賦詩四章。〔註140〕

王士禛《漁洋集序》，云：

> 昔江南王子，感落葉以興悲；金城司馬，攀長條而隕涕。僕本恨人，性多感慨。寄情楊柳，同小雅之僕夫；致託悲秋，望湘皋之遠者。偶成四什，以示同人，爲我和之。丁酉秋日北渚亭書。〔註141〕

序中的「江南王子」，指梁簡文帝蕭綱，其曾作〈秋興賦〉，賦中「秋何興而不盡，興何秋而不傷。」詩序之「落葉興悲」正化用了〈秋聲賦〉；金城司馬，指東晉大司馬桓溫，《世說新語‧言語》：「桓公北征，經金城，見前爲琅邪時種柳，皆已十圍，慨然曰：『木猶如此，人何以堪！』攀枝執條，泫然流淚。」〔註142〕僕本「恨人」自是使

〔註140〕〔清〕王士禛著，李毓芙、牟通、李茂肅整理：《漁洋精華錄集釋》（上海：上海古籍出版社，1999 年），頁 67。

〔註141〕〔清〕王士禛著，李毓芙、牟通、李茂肅整理：《漁洋精華錄集釋》（上海：上海古籍出版社，1999 年），頁 67。

〔註142〕徐震堮：《世說新語校箋》（北京：中華書局，2001 年），頁 64。

用了江淹〈恨賦〉之典，王士禛並以「性多感慨」來界定傷春悲秋的
人格特質；底下又分別使用了《詩經》：「昔我往矣，楊柳依依」、《楚
辭》：「嫋嫋兮秋風，洞庭波兮木葉下。」以楊柳、秋風織染了離別感
傷、凋零悲懷之情境，「蒲柳之姿，望秋而落」〔註143〕，此處正是結
合了秋興、楊柳、衰殘之景，帶出迷離蒼茫、神韻飄忽之象，立象盡
意，不過這「象」（楊柳）看似明確具體卻是一種符號化了的典故象
徵〔註144〕，水月鏡花，虛實之間交相掩映，以此虛／實混融之本體
來表達抽象的情感志意，益發突顯出〈秋柳詩四首〉的撲朔迷離、幽
渺空靈之虛空幻象，無怪乎〈秋柳詩四首〉之費解難讀，眾說紛紜，
各有持說。

（二）王士禛〈秋柳詩四首〉之多義性

〈秋柳詩四首〉原詩如下〔註145〕：

秋來何處最消魂？殘照西風白下門。他日差池春燕影，祇
今憔悴晚煙痕。愁生陌上黃驄曲，夢遠江南烏夜村。莫聽
臨風三弄笛，玉關哀怨總難論。（其一）

娟娟涼露欲為霜，萬縷千條拂玉塘。浦裡青荷中婦鏡，江
干黃竹女兒箱。空憐板渚隋堤水，不見琅琊大道王。若過
洛陽風景地，含情重問永豐坊。（其二）

東風作絮糝春衣，太息蕭條景物非。扶荔宮中花事盡，靈
和殿裏昔人稀。相逢南雁皆愁侶，好語西烏莫夜飛。往日
風流問枚叔，梁園回首素心違。（其三）

桃根桃葉鎮相憐，眺盡平蕪欲化煙。秋色向人猶旖旎，春

〔註143〕 《世說新語‧言語》，頁 65。

〔註144〕 此點可參蔡英俊：〈典故、意象與符號化的生活世界：關於明清詩
文研究在方法上的思考〉，《清華中文學報‧明清詩文特輯》（2009
年 11 月），頁 viii-xvi。

〔註145〕 〔清〕王士禛著，李毓芙、牟通、李茂肅整理：《漁洋精華錄集釋》
（上海：上海古籍出版社，1999 年），頁 68-72。下重引，咸出此本，
不另注。

閨曾與致纏緜。新愁帝子悲今日，舊事公孫憶往年。記否
青門珠絡鼓，松枝相映夕陽邊。（其四）

〈秋柳詩四首〉乃王士禛「悵然有感」之所發，至於所感為何？至今
仍然眾說紛紜，未有確解。根據嚴志雄先生（Lawrence C. H. Yim）
的研究指出：

王士禛所賦〈秋柳詩〉寫於 1657，順治十四年，其神韻詩
派尚未盛行詩壇之時，在這首組詩中的第一首乃回憶有關
前朝的亡明記憶，後三首乃書寫當下的歷史「南明」之歷
史事件。〔註 146〕

王士禛的神韻美學在當時被認為是對中國十七世紀中晚期獨有的貢
獻。神韻說被學者描述成在詩中是純形上哲學或難以形容的調性與氛
圍。他傳送著諸如「分離」與「含蓄的美」〔註 147〕。王士禛賦〈秋
柳詩四首〉時，二十四歲，神韻說體系尚未建立〔註 148〕；因此，若
以〈秋柳詩四首〉來佐證「神韻說」，有失妥當。不過，細讀〈秋柳
詩四首〉的確充滿著含蓄蘊藉、朦朧恍惚，如鏡花水月，玲瓏寶塔，
羚羊掛角，無迹可求，含有多向度的歧義讀法；學界歷來對此四首詩
有不同說解與意見，顯得眾說紛紜，立場複雜，若暫時不考證、追索
〈秋柳詩四首〉的創作動機與目的，而直接就文本的呈現來看，筆者
認為可以從詩章中的「抒情與回憶」切入，〈秋柳詩四首〉中充滿著
與回憶有關的典故、象徵、情境，讓熟悉這些典故、象徵的讀者（無
論是故國遺民、南闈應試者、新朝榮貴）能立即置身其中，感同身
受，產生共鳴，因為對這些不同身分地位的人來說，已經逝去的「回

〔註 146〕嚴志雄（Lawrence C. H. Yim），*The Poet-historian Qian Qianyi*
（London and New York: Routledge, 2009），introduction, p.7。

〔註 147〕嚴志雄（Lawrence C. H. Yim），*The Poet-historian Qian Qianyi*
（London and New York: Routledge, 2009），introduction, p.1。

〔註 148〕王漁洋正式以「神韻」一詞論詩的最早紀錄，出現在順治十八年
（1661）、漁洋二十八歲編《神韻集》之時。參黃繼立：《「神韻」
詩學譜系研究——以王漁洋為基點的後設考察》（台南：國立成功
大學中國文學研究所碩士論文，2002 年），頁 6。

憶」是他們當下共享的文化資產，透過〈秋柳詩四首〉的「回憶」，
將讀者帶往那個已經過去，卻存在於文字書寫中的永恆時空，以「回
憶」來連結〈秋柳詩四首〉直可貫通肌理、活絡血脈，得其肯綮；此
外，〈秋柳詩四首〉「一時和者幾遍海內」，檢閱相關文獻可以得知當
時江南遺民以「秋柳」為題相互唱和者，數量不在少數，本文選取南
明遺民徐夜、顧炎武、冒襄三人之秋柳詩，看和詩與原詩之間產生的
偏軌、疏離、錯位、對照、互涉之關係網絡。

　　底下，我們將先羅列諸家對〈秋柳詩四首〉之詩解。

1. 遺民之思

　　認為王士禛〈秋柳詩四首〉有「遺民之思」者，如于榕章，其
云：

> 其詩至今猶和者紛紜，蓋黍離之感，同於商遺，固非尋常
> 吟物之什可比也。〔註149〕

如本章上節，論及冒襄及世盟高會的諸君子所展現之「遺民意識」的
要件，乃在於不仕清朝、且充分自覺為前朝遺民；惟王士禛寫作
〈秋柳詩四首〉時二十四歲，明亡時才十一歲，在改朝換代之後也持
續參加新朝科舉，應制赴考，也算位居清廷榮貴，未改變其原本生
活，成為避世或隱遁之士；因此筆者認為詩中並無嚴格定義下的「遺
民意識」。

2. 故國之思

　　「遺民意識」因自覺為前朝之遺，故有遺民意識，必然有「故國
之思」；于榕章《紫荊山館詩話》存稿既認為〈秋柳詩四首〉乃「同
於商遺」，故順其自然地贊成詩中有「哀悼明亡」之旨意，其云：

> 漁洋山人秋柳詩，旨微意隱，寄託遙深，純為悼明亡而
> 作。〔註150〕

同此說者，尚有李兆元《漁洋山人秋柳詩箋》：

〔註149〕《紫荊山館詩話》存稿，《清詩紀事‧明遺民卷》，頁349。
〔註150〕于榕章：《紫荊山館詩話》存稿，《清詩紀事‧明遺民卷》，頁350。

（其一）此先生弔明亡之作。（其二）爲福王作也。（其三）爲南都遺老諸公作也。（其四）專爲福王故妃童氏作也。〔註151〕

鄭鴻《漁洋秋柳箋注析解》：

（其一）蓋弔明亡作也。（其二）專指弘光君臣也。（其三）起句言殘山剩水，不堪憑弔，豈復有往日繁華之盛哉？……四句言當時君臣同歸於盡，耆民遺老亦半皆隱遁矣。……五句蓋指唐桂諸王當時南都失守，而唐王僭號隆武於福州，魯王監國於紹興，永明王僭號永曆於肇慶，然未幾皆即淪喪，故曰「相逢南雁皆愁侶」也。六句蓋指鄭成功、李定國諸人也，……諸人不識天命有歸，有然犯順，不過自取滅亡耳。……結句蓋指侯朝宗。（其四）蓋專指童妃、太子兩案也。〔註152〕

哀悼「明亡」，乃指前朝朱明與南明福王。王士禎順治十七年三月，赴揚州推官任，有〈淮安新城有感二首〉，雖非丁酉年作品，《漁洋精華錄集釋》亦解作：「應爲過淮安即景所作，感懷明代滅亡事迹。」〔註153〕不過，也有反對〈秋柳詩四首〉具有家國之寄慨，如王冀民：

王士禎本新城世族，早歲知名，迴翔仕路，故其詩頗多刻畫而少寄慨。賦〈秋柳〉時，年僅二十四。詩雖婉轉哀愁，亦不過西崑獺祭之餘，少年自炫之作。或謂其有感於明福王故伎鄭妥娘流落事；如此寄慨，衡之〈燕子箋〉、〈圓圓曲〉，俱不過爲才子佳人一灑傷心之淚而已，家國之感，未嘗或見。〔註154〕

阮大鋮〈燕子箋〉敷演唐代書生霍都梁與酈學士之女飛雲的愛情故

〔註151〕周興陸編：《漁洋精華錄匯評》（濟南：齊魯書社，2007年），頁31。

〔註152〕周興陸編：《漁洋精華錄匯評》（濟南：齊魯書社，2007年），頁32-34。

〔註153〕《漁洋精華錄集釋》，頁130。原詩見，頁131-135。

〔註154〕王冀民：《顧亭林詩箋釋》（卷三），〈賦得秋柳〉【箋】，頁402。

事；吳梅村〈圓圓曲〉寫明清易代之際江蘇名妓陳圓圓與吳三桂的秦淮愛戀與時代滄桑；王冀民認為〈秋柳詩四首〉不過為「才子佳人」傷心之淚也，西崑獺祭，堆疊字詞，炫技之作，並無身世寄慨，遑論「家國之感」。此說誠可與支持「故國之思」者，相互參照。

3. 南明軼史

認為〈秋柳詩四首〉乃隱涉「南明史事」者，除了上引李兆元、鄭鴻之外，尚有高丙謀《秋柳詩釋》：

> 此詩為憐憫一個曾經侍奉過明的福王，後又淪落濟南，名
> 叫鄭妥娘的歌妓而作。〔註155〕

錢仲聯《夢苕盦詩話》亦認為與南明史事有關：

> 漁洋秋柳詩，詠南明時史事，和者蔡夥。……漁洋「往日
> 風流問枚叔，梁園回首素心違」之諷侯方域者。〔註156〕

再如屈復亦認為〈秋柳詩四首〉「四章皆寄刺南渡之亡也。」〔註157〕但衡量順治十四年的情勢來看，實際上南明政權尚未完全滅亡，當時南明政權於東南沿海有鄭成功之水師起義、西南荒江有李定國之浴血奮戰，屈復此處認為的「南渡之亡」，若特指弘光一朝，毋寧是較為適當的。

4. 入仕焦慮

這點乃嚴志雄先生所提，他主要的論點是重構王士禛寫作〈秋柳詩四首〉時的精神狀態，嚴氏認為，〈秋柳詩四首〉產生的時地因緣，以至於文本的語言特質，與王士禛的考試壓力與入仕焦慮有相當的關係〔註158〕。

〔註155〕 吉川幸次郎：〈漁洋山人的《秋柳詩》〉，《中國詩史》（上海：復旦大學出版社，2001年），頁341。

〔註156〕 轉引自《清詩紀事‧明遺民卷》，頁350。

〔註157〕 周興陸編：《漁洋精華錄匯評》（濟南：齊魯書社，2007年），頁45。

〔註158〕 詳參嚴志雄：〈王士禛〈秋柳詩四首〉新探〉（台北：臺灣大學中文系主辦物質與抒情學術研討會，文學典範的建立與轉化研究計畫，2009年10月16日），頁1-35。此為嚴先生未付梓的書稿中一章，此處引述有徵詢原作者同意。

二、抒情與回憶：〈秋柳詩四首〉的回憶特質

　　以上我們整理了有關〈秋柳詩四首〉的眾家說解；可以說，根據所寓目之歷史材料還原其所見之景象，取決於個人詮釋角度與發言立場，筆者以遺民的定義，認為〈秋柳詩四首〉除了不具有「遺民意識」外，故國之思、哀明之亡、南明史事、入仕焦慮，均容有之；惟限於學識與閱讀所限，此處擬探討的倒不是替〈秋柳詩四首〉的創作動因，作一確切的定位與論斷，而是初步分析此四首七律組詩所具有之「回憶」特質，正是藉由回憶／記憶貫穿組詩架構，透顯出〈秋柳詩四首〉的抒情美學境界，這種記憶／遺忘／書寫之間的辨證關係，廖美玉師曾以李白詩為例，提出引人深省的看法：

> 透過書寫，許多被疏忽或刻意遺忘的事物，經由語言的搜捕，在意象的聯結、延伸與交錯中，重新被召喚，甚至被遺忘許久的事物，也可能意外浮現。特別是詩歌所使用的文字與聲律，符號與語意指涉更具有多層次的糾結與擴展，同時也對記憶造成增補、侵蝕或修飾，對記憶而言，這些變置與破壞可能導致真實與虛構益發顯得錯綜迷離。
> 〔註159〕

〈秋柳詩四首〉掌握了「直尋」之美感特質，詩歌本能恣意抒情，縱橫開闔，字義的思維、詞語的指涉、句子的組織、聯句的對應、連章的架構，相互交錯，彼此牽涉，意象、典故、象徵，搭配著詩人的記憶與身世，煥發映顯，都讓此章詩顯得朦朧迷離；本文底下分成「春秋代序」、「歷史記憶」、「南北空間」等三項，來論述〈秋柳詩四首〉的回憶特質與美學形徵〔註160〕。

〔註159〕廖美玉師：〈纏綿與超曠的交響——李白記憶身世的兩種譜系〉（台北：里仁書局，2007年），頁282-283。

〔註160〕王利民：《王士禛詩歌研究》（北京：中華書局，2007年）亦提到詩中用春與秋、今與昔、南與北所形成的結構張力與無可奈何的悲感，詳參氏著，頁145。筆者在細讀文本、進行研究後，始發現王氏之說，讀者可取之與本文論述相互參照。特需說明的是，〈秋柳詩四首〉詩意象零碎、斷片飛揚，筆者此處歸納其組織，將之視為

（一）春秋代序

〈秋柳詩四首〉因秋興詠柳，首先有感於萬物衰頹、蕭颯秋景，從春天向榮到秋日衰敗，四時景象之變遷，在變化中映現其不變之道，春去秋來之季節遞嬗，本是自然常理，惟詩人曷能無感？故此，組詩中首句即云：「秋來何處最消魂？」（其一）將秋意濃厚之情思意緒鋪上了感傷的基底，接著則不斷描摹今昔對比、春去秋來的無限悵憾與失落：

> 他日差池春燕影，祇今憔悴晚煙痕。（其一）

> 東風作絮糝春衣，太息蕭條景物非。（其三）

> 扶荔宮中花事盡，靈和殿裏昔人稀。（其三）

> 往日風流問枚叔，梁園回首素心違。（其三）

從他日的過往春景，到祇今的秋涼憔悴；從東風春衣的溫馨宜人，到金風蕭條的凋零傷歎；從開到荼蘼花事了，到人去樓空的寂寥；從往日的風流酣暢，到今日筵席的離散；都緊扣著春秋代序與人事變遷的無常興感。此今昔對照、春秋代序之連構縮合，以其四最具代表：

> 桃根桃葉鎮相憐，眺盡平蕪欲化煙。秋色向人猶旖旎，春閨曾與致纏緜。新愁帝子悲今日，舊事公孫憶往年。記否青門珠絡鼓，松枝相映夕陽邊。（其四）

桃根、桃葉乃東晉王獻之之妾，「桃葉、桃根最有情」〔註161〕，惟「桃花」本春節景象，又帶有「去年今日此門中，人面桃花相映紅。人面只今何處去，桃花依舊笑春風。」〔註162〕的落寞悵然，曾有的春閨纏綿與旖旎風光，未及欣賞與把握，便幻化如煙之迷濛與虛空，「悲今日」之物事已非，「憶往年」之瀟灑榮景，即如杜甫詩中：「腰下寶玦青珊瑚，可憐王孫泣路隅。」所描述的今昔斷裂，但詩中

一有機的美學整體，用意是在復原其美學風貌。

〔註161〕 《漁洋精華錄集釋》，〈秦淮雜詩十四首〉其三，頁228。

〔註162〕 〔唐〕孟棨著，李學穎標點：《本事詩‧情感》（上海：上海古籍出版社，1991年），頁14。

又不斷反覆地追憶過往,「猶」字說明了現在仍是「過往」的延續,「曾與」則是對過去的眷戀繾綣、難以割捨,但現實情境則已是斷裂衰殘,不復有往日之情景,若仍舊執迷沉湎於往事之「記否」,答案應是無解吧?

(二)歷史記憶

〈秋柳詩四首〉展現的「回憶」特質,還在於透過「歷史記憶」來闡述盛衰興亡,如:

> 秋來何處最消魂?殘照西風白下門。(其一)

> 空憐板渚隋堤水,不見琅琊大道王。若過洛陽風景地,含
> 情重問永豐坊。(其二)

> 扶荔宮中花事盡,靈和殿裏昔人稀。(其三)

「白下門」為南京;「隋堤」乃隋煬帝沿河提建築之楊柳堤岸;「琅琊」指的是曾慨然曰:『木猶如此,人何以堪!』的桓溫;「永豐坊」指白居易曾歌詠之春日楊柳〔註163〕;「扶荔宮」指西漢宮殿;「靈和宮」為南齊宮殿;從秦淮南京、板渚隋堤、琅琊大道、永豐園坊、扶荔宮殿、靈和宮殿,這些曾經象徵王朝繁華的地景,終敵不過時間的考驗而成了記憶中的歷史——漢代、東晉、南朝、隋朝、唐代——這種歷史興衰之感,伊應鼎《漁洋先生精華錄會心偶筆》分析〈秋柳詩四首〉其一時,曾云:

> 古之白下,六朝興亡之地。殘照西風,是何景象?他日差
> 池,祇今憔悴,蓋亦樂極哀來之喻。陌上黃驄,愁隨征馬;
> 江南夢遠,永無歸期。睹此柳色,真不啻聽臨風之弄笛,
> 而腸斷於玉關之不得生入也。〔註164〕

〔註163〕白居易:〈永豐坊西南角園中有垂柳一株柔條極茂,白尚書曾賦詩傳入樂府,遍流京都,近有詔旨取兩枝葉於禁苑,乃知一顧增十倍之價,非虛言也。因此偶成絕句,非敢繼和前篇〉,白居易著,朱金城箋校:《白居易集箋校》(上海:上海古籍出版社,1988年),頁2558。

〔註164〕《漁洋精華錄集釋》,頁69。

由歷史記憶而興發的盛衰無常、榮貴卑賤、高低起滅，甚至衍發出一連串與死亡有關之意象：

> 秋來何處最消魂？（其一）

> 愁生陌上黃驄曲。（其一）

> 太息蕭條景物非。（其三）

> 眺盡平蕪欲化煙。（其四）

「黃驄曲」直接與死亡有關，《新唐書》記載唐太宗：「破竇建德也，乘馬名黃驄驃，及征高麗，死於道，頗哀惜之，命樂工製黃驄疊曲。」〔註 165〕再有消魂之心神憔悴，化煙之如夢似幻，皆指向歷史記憶的渺茫飄邈，無以名狀與掌握。

（三）南北空間

春秋代序、歷史記憶本與「時間」有關，〈秋柳詩四首〉中復使用了「南北空間」之置列共構、切換跳躍，讓讀者跌入時空錯亂的「回憶」之中，現實與歷史、真實與虛幻、過去與當下，交相雜揉，形成一片悅惚迷離的境界，〈秋柳詩四首〉均隱藏了南／北共構錯置之圖式，如：

> 愁生陌上黃驄曲，夢遠江南烏夜村。莫聽臨風三弄笛，玉關哀怨總難論。（其一）

黃驄曲乃北征高麗時作，高麗乃北國，但對句隨即跳到南方的「烏夜村」〔註 166〕；「三弄笛」乃東晉桓子野為王子猷作三調，「客主不交一語」事，屬南方之典，惟「玉關」出自王之渙〈出塞〉：「羌笛何須怨楊柳，春風不度玉門關。」狀北方關塞；此處形成了北－南－南－北之空間模式；再如：

> 空憐板渚隋堤水，不見琅琊大道王。若過洛陽風景地，含情重問永豐坊。（其二）

─────────────────

〔註 165〕《漁洋精華錄集釋》，頁 68。

〔註 166〕范成大《吳郡志》：「烏夜村。晉穆帝后，何〔準〕淮女。寓居縣南，產后於此。」《漁洋精華錄集釋》，頁 68。

隋堤河畔之柳，指南方揚州，琅琊大道，乃今之南京白下，兩者俱屬南方；洛陽、永豐坊，爲北方古都與園坊，兩者同爲北方；此處結構遂成爲南－南－北－北之空間構設；尚有：

> 扶荔宮中花事盡，靈和殿裏昔人稀。相逢南雁皆愁侶，好
> 語西鳥莫夜飛。(其三)

「扶荔殿」乃西漢武帝時苑囿，爲北方，「靈和殿」爲南齊宮殿，處南方；南雁以實指其方位，西鳥夜飛曲爲荆州刺史沈攸之所作〔註167〕，荆州爲湖北，偏北；由此，本詩實則隱藏著北－南－南－北之空間結構；又如：

> 桃根桃葉鎭相憐，眺盡平蕪欲化煙。……記否青門珠絡鼓，
> 松枝相映夕陽邊。(其四)

桃根、桃葉爲東晉典，王子敬嘗臨渡歌以送之曰：「桃葉復桃葉，渡江不用楫。但渡無所苦，我自迎接女。」〔註168〕長江逝水，自屬南方；後接之「青門」，「青門」，《三輔黃圖・橋》：「漢青門外有霸橋，漢人送客至此橋，折柳贈別。」「青門」，漢長安東南門名〔註169〕，劃屬北方。由此本詩爲從南－北之空間圖式。

　　總上所分析，詩中從南到北、或北到南，南京、揚州、長安、洛陽、關塞，名城古都並列出現，南北空間跳躍，循環往復，幾令人時空錯亂。〈秋柳詩四首〉或難確指其故實，詩中所呈現之「記憶」迷離蒼茫，難以指認，但我們將其視作「回憶文學」之代表，應無疑義；詩中表現「記憶」之方式有三，「春秋代序」、「歷史記憶」、「南北空間」三大圖塊，時間的今昔滄桑，歷史的盛衰滄桑，空間的移位錯置，又有重層繁複的典故涉入其中，加上典故之解讀更因應情境而有不同解釋；故此，身世／時空／典故／情境，相互加乘的聯繫牽涉與交錯織綜，也就造成了〈秋柳詩四首〉織密如網，霧花稜鏡之美學效果。

〔註167〕《漁洋精華錄集釋》，頁70。

〔註168〕《漁洋精華錄集釋》，頁71。

〔註169〕《漁洋精華錄集釋》，頁72。

更進一步的說，筆者認為〈秋柳詩四首〉乃是掌握到如錢仲聯所說：「蓋大家未有不深於情者。」〔註 170〕也就是將回憶所深具之「情」發揮得淋漓盡致，而此情是人之所獨具，正如同鍾嶸《詩品序》所云：

> 若乃春風春鳥，秋月秋蟬，夏雲暑雨，冬月祁寒，斯四候之感諸詩者也。嘉會寄詩以親，離群托詩以怨。至於楚臣去境，漢妾辭宮，或骨橫朔野，或魂逐飛蓬；或負戈外戍，殺氣雄邊；塞客衣單，孀閨淚盡；又士有解佩出朝，一去忘返；女有揚蛾入寵，再盼傾國：凡斯種種，感蕩心靈，非陳詩何以展其義？非長歌何以騁其情？〔註 171〕

四時物候變遷所引發的情思蕩漾加上人際興會所衍生出的悲歡離合，這都是人之常情，無限於朝代、身分、地位、尊貴而為「人」之所共有；王士禛〈秋柳詩四首〉正是運用了秋興（季節）物感（楊柳）的人情共感與物我交會〔註 172〕，發揮了物感與人情的匯通與激盪，將「回憶之思」發揮到淋漓盡致，而這「回憶」既屬於王士禛個人的，同時也是當時所共享的「文化記憶」，甚至是現當代讀者的。

三、徐夜〈秋柳三首〉析論

王士禛的〈秋柳詩四章〉從「一時和者數十」、「大江南北和者益眾」到「一時和者幾遍海內」，筆者此處選取三位南明遺民──徐夜（1611-1683）、顧炎武（1613-1682）、冒襄（1611-1693）──與王士禛原詩作一參照，這三位都具有不仕清朝的遺民之身分，與王士禛的發言位置，誠然有別，其中的對照異同，頗堪玩味〔註 173〕。我們將

〔註 170〕 《夢苕盦詩話》（濟南：齊魯書社出版，1986 年），頁 138。王士禛為名家或大家之討論，不在本文研究之內，我此處僅初步提出〈秋柳詩四首〉之所以產生群體共鳴的原因之一。

〔註 171〕 鍾嶸著、曹旭集注：《詩品集注》（上海：上海古籍出版社，1994 年），頁 47。

〔註 172〕 雖然通篇並無出現「柳」字。

〔註 173〕 嚴志雄先生已經注意到後人和〈秋柳詩四章〉的身分差異，其所舉

藉以觀察徐、顧、冒如何將王士禛〈秋柳詩四首〉中「抒情與回憶」的特質，拉回到當下的「南明」歷史情境。

徐夜〔註174〕，其〈和阮亭秋柳四首〉逸一首〔註175〕：

> 若爲愁病殢眉端，金縷香消舞袖闌。絕塞無心隨入破，離亭何事上征鞍？謝娘老去風猶在，張尹歸來月已殘。莫向白門歌此曲，蕭蕭烏起不勝寒。（其一）

> 悲哉爲氣祇悲伊，同是風流楚所師。衰質往先驚鬢髮，柔情鎖只剩腰肢。美人遲暮何嗟及！異代蕭條有怨思。日夕相看猶古道，漢家宮樹半無枝。（其二）

> 搖落江天倍黯然，隋堤鴉亂夕陽邊。誰家樓角當霜杵？幾處關程送晚蟬？爲計使人西出日，不堪流涕北征年。孤生所寄今如此，蘇武魂傷漢史前。（其三）

此三首無和原韻，並且少了第一首。鄭鴻《秋柳詩箋註析解》：「近閱《漁洋詩話》，謂〈秋柳〉和詩，推新城徐東癡（夜）爲最，疑其詩

列的對象如明遺民徐夜、顧炎武；著名貳臣曹溶；年輕詩人陳其年、朱彝尊；惟詩中重點乃在錢謙益《投筆集》與詩史理論的實踐上，對〈秋柳詩〉和作尚待深入探討。此外，筆者發現冒襄亦有和作，值得分析。詳參嚴志雄（Lawrence C. H. Yim）：*The Poet-historian Qian Qianyi*（London and New York: Routledge, 2009），introduction, p.7。筆者重新校稿博士論文的過程中（2014 年 9 月），同時也吸收學界現有成果，欣悉嚴志雄先生已在近年撰著：《秋柳的世界：王士禛與清初詩壇側議》（香港：香港大學出版社，2013 年 11 月），針對明遺民的秋柳詩與清初詩壇的關係，作了更深入的分析與全面的探討，精湛嚴密的詮解對筆者亦有啓發，茲附記於此，供讀者參閱。

〔註174〕 初名元善，字長公。王士禛《漁洋詩話》：「徐夜，字東癡，叔祖季木考功象春外孫，與余兄弟爲外從兄弟。」其事可參《清詩紀事·明遺民卷》，頁 345-348。

〔註175〕 徐夜撰，王士禛批點：《徐詩二卷》，《清代詩文集彙編》第 37 冊（上海：上海古籍出版，2010 年，頁 159。此詩創作年代俟考。但從卷中詩題的編排乃按照時序來推測，〈和阮亭秋柳四首〉後有〈庚子九日同張括江登大谷山庵〉（頁 160）；按「庚子」爲 1660 年（永曆十四年；順治十七年），故此，〈和阮亭秋柳四首〉寫成時間絕不晚於 1660 年，故所紀錄者仍屬永曆年間事。

必有以異於他人者。……詩凡四首，初首已逸，豈漁洋嫌其太過顯露，故去之歟？……尾有漁洋跋云：『余少時在明湖賦〈秋柳〉，屬和者殆數百家，推東癡爲擅場』等語，亦可見茲詩之價值矣。」〔註176〕

　　首先，我們可以觀察徐夜的〈秋柳三首〉與原作相同之處：白門、烏起、隋堤、夕陽、關程、今如此、魂消，這些詞語都是原作中已經出現過的了；筆者認爲，此詩別出之處乃其三中的頸聯、尾聯：

> 爲計使人西出日，不堪流涕北征年。孤生所寄今如此，蘇
> 武魂傷漢史前。（其三）

蘇武，出使匈奴，單于脅迫，不屈，被留十九年，仍持漢節。西出、北征乃指南明重臣左懋第，北使燕京，不屈死節〔註177〕，故云「北征年」，正與出使北方堅決不降的蘇武，兩相映照。徐夜使用了「北使蘇武」來比喻「北征左懋第」，以古典的漢代來闡述今典的南明，並以「孤生所寄今如此」，傷悼左懋第「所寄」之忠誠志節卻遭逢「今如此」之際遇，同時也襃揚了左氏即使殉國「魂消」仍不忘出使之任務，堅守漢節至死不休。錢仲聯《夢苕盦詩話》曾云：

> 徐東癡「爲計使人西出日，不堪流涕北征年。」似傷左懋
> 第使清不屈節而死，與漁洋「往日風流問枚叔，梁園回首
> 素心違」之諷侯方域者，一襃一貶，異曲同工。〔註178〕

雖然異曲同工，不過，相較王漁洋站在新朝立場來看改朝換代後的士人行止與出處，儼然隔了一層距離；誠如王冀民所說：

> 士禛四世仕明，明末罹難者，舉族計三十餘人，而其詩竟
> 能超脫現實，沉浸于鏡花水月之中，縱不責其「毫無心
> 肝」，其人品可知矣。徐元善與士禛同姻婭，其和詩：「爲

〔註176〕《清詩紀事・明遺民卷》，頁 350。

〔註177〕《忠義錄》曾記載左懋第不屈事，云：「懋第叱曰：『無多道，左蘿石山左弟子，必不肯爲清宰相。』南面再拜，引頸受刃。」高洪鈞編：《明清遺書五種》（北京：北京圖書館，2006 年），頁 516。其弟爲左懋泰，曾投降李自成，後又歸順清廷。

〔註178〕《清詩紀事・明遺民卷》，頁 350。

> 計使人西出日，不堪流涕北征年。」「美人遲暮何嗟及！異
> 代蕭條有怨思。」同一詠柳，寄意相去甚遠。〔註179〕

王士禛賦秋柳之動機，筆者無能置一辭；但徐夜確實是站在活著的遺
民立場，深契左懋第橫越生死界線，引頸一刀的決心，那是一種堅決
誓死，捍衛志節之耿烈心志，知其艱難而敢作、敢爲矣！徐夜〈和阮
亭秋柳四首〉後寫有〈富春山中弔謝皋羽〉：

> 晞髮吟成未了身，可憐無地著斯人。生爲信國流離客，死
> 結嚴陵寂寞鄰。疑向西臺猶慟哭，思當南宋合酸辛。我來
> 憑弔荒山曲，朱鳥魂歸若有神。（頁160）

此詩作於庚子（1660年，永曆十四年，順治十七年），時鄭成功水師
頹敗，詩人或有感於南明潰敗之勢，故有感而發。可與前述〈和阮亭
秋柳四首〉相互映證；徐夜的「遺民意識」在南明結束後，仍持有自
覺，到了康熙年，仍嚮往前朝，〈九日登百花樓畔三層樓過劬庵飲〉
中頷聯，云：

> 登臨且縱高樓目，搖落誰憐異代身。（頁162-163）

「異代」二字，清楚劃分出前明與清初的世代差異，可以見出徐夜將
自己歸屬於前朝的身分標識。另如〈平臺晚眺〉中首聯，云：

> 梁園舊事久蕭條，異世同心尚可招。（頁163）

同樣以「異世」來表述自己的立場。至於〈十七日匡廬舅招飲觀燈賦
呈〉中，尾聯：

> 窮春有此豐年樂，曾記先朝全盛時。（頁164）

直言不諱「先朝」的美好榮景。因此，王士禛在評點徐夜詩〈漫興四
首〉時，便稱其爲：「似月泉吟社詩風味。」〔註180〕「月泉吟社」即
元初的南宋遺民所創立，是南宋遺民創立的人數最多、規模最大、影
響最深的遺民詩社。

　　總上所述，縱使已入清，王士禛仍如許標誌徐夜的遺民身分，是

〔註179〕《顧亭林詩箋釋》，頁402-403。
〔註180〕《徐詩二卷》，頁165。

以從徐夜的自我認同、他人的客觀理解，都可確認徐夜除了具有「故國之思」外更具有「遺民意識」的自覺。故此，回到他在 1660 年（永曆十四年）所寫的〈和阮亭秋柳四首〉之吟詠南明歷史情事，將之隸屬於南明遺民群，用來理解南明時勢，是可以成立的。

四、顧炎武〈賦得秋柳〉

顧炎武〈賦得秋柳〉僅一首，亦無和韻，寫於永曆十一年（順治十四年，1657），其詩如下：

> 昔日金枝間白花，只今搖落向天涯。條空不繫長征馬，葉少難藏覓宿鴉。老去桓公重出塞，罷官陶令乍歸家。先皇玉座靈和殿，淚灑西風夕日斜。〔註181〕

題目雖云「賦得」，但僅借王士禛之題，用來闡明寓意，其立場與王甚異。首聯出句金枝、白花，據《白孔六帖》：「金枝玉葉，帝王之子孫也。」蓋喻永曆帝。對句言流離至滇南之桂王；頷聯「不繫」、「難藏」典出李商隱〈諧柳詩〉：「長時須拂馬，密處少藏鴉。」喻永曆文武臣民已無庇蔭。頸聯則以桓溫北伐，懸望永曆武臣猶能北上伐清。並以陶潛罷官歎永曆文臣多棄官星散。尾聯先皇、淚灑二句，典出李商隱：「腸斷靈和殿，先皇玉座空。「先皇」實指明思宗，本極忌諱，乃知顧炎武借李商隱句，先生用事之妙可見〔註182〕。顧炎武賦秋柳，通篇未言柳，且專寫西南永曆帝事，以遺民自居的顧氏來到濟南，吟詠王士禛秋柳，卻不含糊其辭，字句確指南明永曆事、哀悼思宗，蓋 1657 年（永曆十一年，順治十四年）正值鄭成功號召水師準備起義，詩人此時應有熱切的興復之志，此從同為遺民徐夜（元善）〈濟南贈顧寧人先生〉可看出：

> 窮秋搖落此相尋，吳下才名眾所欽。一自驅車來北道，即今遺瑟操南音。浯溪頌具元顏筆，楚澤悲同屈宋吟。歷覽

〔註181〕《顧亭林詩箋釋》，頁 400-401。

〔註182〕以上分析，《顧亭林詩箋釋》說之甚詳，此處據其說，詳參頁 401-402。

　　國風幾萬里，就中何處最傷心？〔註183〕

此詩除了點出秋涼蕭瑟，並與屈原、宋玉等悲秋者並論外；還指出顧炎武從南方「吳下」到北道「濟南」的空間移動，帶著楚囚對泣之「南音」，也就是遺民之音的身分，期待中興之日的到來，所以用浯溪上的「大唐中興頌」碑，此乃元結撰、顏魯公書，內容言「安祿山亂，肅宗復兩京事」，指復明之望，尾聯感嘆顧氏飄零如萍蓬的身世，歷遊各地，觀覽國風，萬里之遙遠與跋涉之艱苦，卻都比不上家國變動對心靈產生的重大衝擊與撕裂，「就中何處最傷心」，也唯有同為遺民身分的徐夜，才能如此惺惺相惜吧！

五、冒襄〈和阮亭秋柳詩原韻四首〉

　　1660 年（永曆十四年，順治十七年），王士禛任揚州推官時，冒襄作〈和阮亭秋柳詩原韻〉四首，較諸徐夜、顧炎武之和作，在情韻格調上乃扣緊王士禛原作之秋景、柳物、記憶。其實在同年冒襄寫〈和阮亭秋柳詩原韻〉前，就已有〈客邗候阮亭使君不至〉詩贈王士禛，詩中頸聯：「隋堤衰柳殊相憶」〔註184〕，正與王士禛〈秋柳詩四首〉之二：「空憐板渚隋堤水」意境相呼應。

　　不過，筆者認為冒襄雖與清朝權貴王士禛交往酬贈，互動頻仍，卻無礙其遺民意識與身分認同，試解析〈和阮亭秋柳詩原韻〉四首如下〔註185〕：

　　　南浦西風合斷魂，數枝清影立朱門。可知春去渾無跡，忽地霜來漸有痕。家世淒涼靈武殿，腰肢憔悴莫愁村。曲中舊侶如相憶，急管哀箏與細論。（其一）

　　　紅閨紫塞晝飛霜，顧影羞窺白玉塘。近日心情惟短笛，當年花絮已空箱。夢殘舞榭還歌榭，落淚岐王與薛王。回首三春攀折苦，錯教根種善和坊。（其二）

〔註183〕《顧亭林詩箋釋》，頁 46。
〔註184〕《巢民詩集》，頁 430。
〔註185〕《巢民詩集》，頁 430。

無復春城金縷衣，班騅躞蹀是耶非。張郎街後人何處？白傅園中客已稀。誓作浮萍隨水去，好從燕子背人飛。悞傳柳宿來天上，一墮風塵萬事違。（其三）

臺城隋苑總相憐，憶昔縈堤并拂烟。金屋流螢俱寂寞，玉關羈雁苦纏綿。十圍種就知何代，千縷垂時已隔年。最恨健兒偏欲折，涼秋聞道又臨邊。（其四）

第一首首聯「南浦西風」，典出白居易〈南浦別〉：「南浦淒淒別，西風裊裊吹。一看腸一斷，好去莫回頭。」〔註186〕西風河堤夾岸，數枝柳樹清影，點出秋柳；頷聯描摹春去秋來，明媚春光消逝之無消無息，忽見遍地霜雪之迹，始知年歲匆匆；頸聯以靈武殿應為南齊靈和殿，或是冒襄不與原作相同故改之，「莫愁村」指莫愁，曾得屈原、宋玉之指導，完成古曲「陽春白雪」的入歌傳唱〔註187〕，此處形容陽春白雪之古調，知音難覓，無人知曉心曲，蓋冒襄用來表述「遺民身分」之滿腹心事，身世際遇可謂曲高和寡，知音罕希，在繁弦急管、哀怨絲竹的高低錯落樂音之中，回憶起那些故明舊侶、前朝知交，只有他們才能理解冒襄的遺民情志，能與之細論心曲。也從此句拉開了自己與王士禛的身分距離。

第二首首聯以飛霜呼應前述「忽地霜」；頷聯短笛吹奏出的樂曲，是今日心情寫照，回想當年滿城花絮的春日情景，再到頸聯「落花時節又逢君」的參差對照下，凸顯出王孫流離四方的悲涼落寞，「岐王」出自杜甫〈江南逢李龜年〉詩「岐王宅裡尋常見」〔註188〕，為唐睿宗第四子李范，「薛王」出自唐代閻德隱〈薛王花燭行〉，兩者用來形容今昔盛衰，蕉夢鹿稀，歌榭香舞離散之後，王孫流落掩悲之淒涼景象；尾聯「善和坊」，指士人冶遊賦詩之地〔註189〕，「錯教」

〔註186〕《白居易集箋校》，頁1220。

〔註187〕宋玉《對楚王問》：「客有歌於郢中者，其始曰下里巴人，國中屬而和者數千人。其為陽阿薤露，國中屬而和者數百人。其為陽春白雪，國中屬而和者不過數十人。」

〔註188〕仇兆鰲：《杜詩詳註》，頁2060。

〔註189〕唐范攄《雲溪友議》卷五：「崔涯者，吳楚之狂生也，與張祜齊名。

二字或有對於晚明風流歲月的追悔吧。

第三首與第四首的主旨基調，與前二首不同。第三首首聯接續第二首尾聯，對於過日情景之歡好與放縱，有一回顧與檢討，「勸君莫惜金縷衣，勸君惜取少年時」，指韶光易逝，把握春景與時間，切莫蹉跎年歲、沉酣縱樂；頷聯以張敞遠酒樓歌伎之所〔註190〕，在歌舞昇平之後，街坊大道遊人何在？帶出曾有繁華榮景終究衰頹的自然定律，故白居易的名園（渭上南園、廬山草堂、忠州東波園、洛陽履道園）中賓客盡散，抵擋不住人事動盪與世離變遷，此亦冒襄水繪園的喻況；頸聯書寫浮萍無蹤、北燕徙南的流離身世；尾聯使用「柳宿」，按理以明遺民的語境，「柳宿」為南方朱雀也就是故明象徵〔註191〕，但筆者認為「柳宿」在此應指王士禛，所謂：「誤傳柳宿來天上」，柳宿諧音柳樹，冒襄前此有詩「客邗候阮亭使君不至」，故應指冒襄等候不至賦有秋柳四首的王士禛，所以云「誤傳」。

第四首則展示了冒襄的「遺民意識」。首聯臺城指秦淮南京、隋苑指淮北揚州，清初的兩座城市，前有錢謙益迎降、後則慘遭屠城之殺戮，故云「總相憐」；頷聯分別化用李白〈長門怨〉「金屋無人螢火流」〔註192〕，文徵明〈鷓鴣天・秋月〉：「玉關羈雁年年度，桂殿寒潮夜夜生。」春去秋來的季節變化正與上述「春去渾無跡」相映，點染出秋夜寂寥蕭瑟之情境；尾聯饒富興味。「十圍種就」之典為桓公北征，經金城，見前為琅邪時種柳，皆已十圍，慨然曰：『木猶如此，人何以堪！』攀枝執條，泫然流淚。對句：「千縷垂時已隔年」，柳絲

　　每題一詩於娼肆，無不誦之於衢路……祜涯久在維揚，天下晏清，篇詞縱橫，貴達欽憚，呼吸風生，頗暢此時之意也。贈端端詩曰：『覓得黃驄鞍繡鞍，善和坊裏取端端。揚州近日渾相詫，一朵能行白牡丹。』」

〔註190〕《漢書》：敞無威儀，時罷朝會，過走馬章臺街，使御吏驅，自以便面拊馬。

〔註191〕可參論文第二章第四節「南方的意識與隱喻」一節。

〔註192〕〔清〕王琦注：《李太白全集》（台北：九思出版，1979 年），頁1174。

細縷隨風垂揚，今已「隔年」，亦即 1660 年（永曆十四年，順治十七年），那麼冒襄追憶者便是去年 1659 年（永曆十三年，順治十六年），此年也正好是鄭成功大舉水師，自廈門、泉州起兵，驅入長江口，聲勢進逼金陵，復明有望之年。循此，尾聯遂云：「最恨健兒偏欲折」，感嘆鄭成功水師本來可以攻克金陵，卻誤判情勢，潰不成軍之殘局，深感「最恨」，若相較錢謙益有感弟子鄭成功敗戰所寫下的〈後秋興八首之二〉疊八月初二日聞警而作，中的第二首首聯：「羽檄橫飛建斾斜，便應一戰決戎華。」〔註 193〕之豪壯激烈，再到第四首勉勵鄭成功：「小挫我當嚴警候，驕驕彼是滅亡時。」〔註 194〕時隔一年後，冒襄此時應是有感於興復之願已漸渺茫，故顯得委婉許多，僅以「最恨」二字表達內心之遺憾與惋惜。

　　總上所述，當時明遺民賦秋柳者，如徐夜、顧炎武、冒襄，此三人均自覺有遺民身分，在詠物賦柳中，也投射了自我的遺民情志與家國興感。無論是徐夜讚揚南明重臣左懋第；顧炎武專指永曆帝事；冒襄寫鄭成功水師健兒；不但均確有所指，不含糊其辭，且也都與「南明」有關，無諱其遺民身分，凡此均與王士禎〈秋柳詩四首〉的美學風格、話語建構、發言位置，有著明顯的差異。對照於王士禎的含糊其辭與模糊難辨，南明遺民以詠物「秋柳」，將記憶書寫的主導權拉回來當下的南明歷史。對於 1657 年（永曆十一年，順治十四年），王士禎於濟南的〈秋柳詩四首〉，南明遺民徐夜、顧炎武、冒襄等人以其和作，回應了南明史事的見證與建構，也將〈秋柳詩四首〉中的「抒情與回憶」，拉至「南明」當下的歷史情境之中。

小　結

　　明清鼎革之改朝換代，此斷裂對士大夫、遺民生命史來說是一創傷記憶，對於曾經在明朝南京有過風流記憶、瀟灑歲月的知識份子而

〔註 193〕《錢牧齋全集》第七冊，頁 4。
〔註 194〕《錢牧齋全集》第七冊，頁 5。

言，南京在此的幾重重要性乃在於：第一，南京秦淮爲晚明以降文人匯聚、士大夫聚集之地，多數明朝遺民曾在晚明南京度過風流瀟灑之歲月，在面對改朝換代後的南京，心中寄予南都諸多感慨；第二，南明弘光政權曾立都於此，南明遺民心嚮往之，金陵實擔負著承繫漢鼎之責；第三，鄭成功遵奉永曆帝，航海東亞，1657 年（永曆十一年；順治十四年）、1659 年（永曆十三年；順治十六年）兩次長江水師起義，進逼鎮江、京口，聲勢直迫南京，使大量具有前朝意識的遺民聚集到了南京，準備抗清行動，儼然成爲復興基地。

　　值得注意的是，南明遺民詩中如何呈現「南都」及伴隨而來的記憶活動？也就是說，南都作爲一空間實體，如何再現個人與集體、過去與現在？面對今昔之間的斷裂，引發出主體的創傷記憶與世變的家國傷慟，個人的身世記憶鑲嵌於社群的集體記憶，相互交融與疊聚，如何處理往昔的創傷？如何再現個人與集體、過去與現在？南明遺民如何撫平創傷、保存回憶或與現實妥協，在在顯示出城市中的記憶圖象，值得探究。

　　就此，本章先考述明末清初的南京圖像之變遷與斷裂，從明末的旖旎繁華到清初的鞠爲茂草，其空間景觀隨著鼎革以來，時遺物換的變遷，見證著一個時代的繁華興衰，也記錄了心嚮故國的遺民之悲與回憶之慟。在書寫南都的過程，呈現出追憶中的「明末南都」與現世中的「清初南都」。追憶中的「明末南都」，其記憶內容爲，秦淮／風月、貢院／舊院、畫舫／酒館、名士／名妓；現世中的「清初南都」，則有「長江天塹」、「帝都／亡都」、「詮釋哀江南」，反映出入清之後的南明遺民對南都的戰略、時局、政權之深刻思考，此兩種型態構成了極具反差與對照之「南都圖像」。

　　接著，我們針對南明遺民不斷「回憶」的書寫特徵來分析「回憶文學」。筆者舉用 1657 年（永曆十一年；順治十四年）的冒襄、王士禎及和秋柳詩者，在同一年分別舉辦之聚會爲討論主軸，以詩作觀察其中的記憶模式、書寫樣態做深入說明。

　　以冒襄來說，首先考證 1657 年的秦淮，以冒襄爲主的三次社集聚會，亦即「世盟高會」的因緣、名單、性質；並從冒襄《巢民詩集》中的個人身世記憶爲主軸，探討其「二十年」前的回憶內容與生命史中的意義；再藉由冒襄編選的《秦淮倡和集》，分析諸君子回憶前朝的內容，此正與冒襄偏重於個人記憶中的政治事件迥異，而是側重於公眾的政治事件或文化地景（如甲申之變、鍾山孝陵、故國之思）之「集體記憶」，可以說，冒襄的《巢民詩集》與編纂的《同人集・丁酉倡和集》，分別呈顯了兩種記憶模式：冒襄個人的身世記憶與諸君子家國的集體記憶，這兩套記憶系統的要件、呈現、性質、心境，各自不同，耐人尋索。

　　而同年（1657），於南京秦淮稍北的濟南，正有王士禛〈秋柳詩四首〉，此組詩亦以「抒情與回憶」做爲連串詩意的血脈與肌理。筆者認爲，王士禛〈秋柳詩四首〉中的回憶特質與朦朧美感，與前述之冒襄、遺民後講，有著明顯的差異，在這同一年（1657）的兩場大型聚會，對於前朝的「回憶」可說是各自表述與形構。冒襄等人深具「遺民意識」，王士禛則不具「遺民意識」。爲了證明這個說解，筆者先初步分析王士禛〈秋柳詩四首〉中的回憶美學特質，接著導引出三位南明遺民（徐夜、顧炎武、冒襄）賦詠〈秋柳詩四首〉的和作，藉以對照出和作與原作之間的對話、回應、殊離、變遷之軌跡。據本文分析，徐夜、顧炎武、冒襄等人〈秋柳詩〉中之「南明書寫」明顯而直接，具有明確的「遺民意識」，以詠物「秋柳」，投射了自我的遺民情志與家國興感。相較於王士禛〈秋柳詩四首〉中「回憶」的朦朧與含蓄，南明遺民徐夜、顧炎武、冒襄等人以其和作，將記憶書寫的主導權拉回來當下的南明歷史，回應了王士禛的〈秋柳詩四首〉，對於南明歷史的見證與建構，有其不可忽視的地位。